BERTIL SCALI ET RAPHAËL DE ANDREIS

Bertil Scali est éditeur et reporter (Radio Nova, *ELLE*, *VSD*, *Paris Match*). Il est l'auteur de plusieurs romans et documents, dont *Hitler, mon voisin* (2013), traduit en 13 langues et adapté en documentaire (NetfLix, Amazon Prime).

Raphaël De Andreis travaille dans l'univers de la communication. Fils de libraire et d'éditeur, il a grandi entouré de livres et d'écrivains engagés dans les grands combats des années 1970.

La défense de l'environnement tient une place particulière dans leurs engagements professionnels et personnels.

AIR, paru en 2019 chez Michel Lafon, est en cours d'adaptation audiovisuelle.

AIR

À nos enfants,
Chiara, Bianca, Inès, Harold, Joseph, Phoebé

BERTIL SCALI
RAPHAËL DE ANDREIS

AIR

Roman

Michel LAFON

FSC
www.fsc.org
MIXTE
Papier issu de sources responsables
FSC® C003309

L'éditeur de cet ouvrage s'engage dans une démarche de certification FSC® qui contribue à la préservation des forêts pour les générations futures.

Pour en savoir plus :
www.editis.com/engagement-rse/

ISBN : 978-2-266-32026-9
Dépôt légal : janvier 2022

Merci à Sacha Loiseau pour sa relecture amicale,
mais impitoyable.
Sacha est entrepreneur et investisseur
dans le domaine des technologies médicales.
Ancien élève de l'École polytechnique
et titulaire d'un doctorat
en astrophysique et techniques spatiales,
il a travaillé à l'Observatoire de Paris
et au Jet Propulsion Laboratory de la NASA
avant de fonder Mauna Kea Technologies.

Il le fallait bien

Neil Armstrong, hécatombe et dictature

Nous sommes tous les cinq dans la voiture, Sylvia, nos deux enfants, le chien et moi. Il grêle si fort que toute la carlingue résonne comme une batterie : caisse, grosse caisse, cymbales ride, charleston et crash, et puis le tom basse. Je monte le son pour couvrir ce déluge angoissant et la musique de Dire Straits se mêle au concert du cyclone : le saxo suave de mon enfance semble avoir été enregistré pour cet instant. La fin du monde. Nous traversons un paysage de tempête blanche aux voitures arrêtées sur le côté, contrôlées par les brigades du nouveau régime. Un homme de mon âge, la cinquantaine, ouvre sa portière. Je vois son regard effrayé sous la capuche de son imperméable. Il montre ses papiers à la police écologique, reconnaissable à son uniforme vert. Son véhicule disparaît dans mon rétroviseur. Puis, après avoir roulé longtemps ainsi, la neige s'arrête et la lumière revient.

Telles sont les images qui me reviennent de cette époque, lorsque le temps s'est déréglé, que le nouveau pouvoir s'est installé et que beaucoup ont dû fuir. Nous étions de ceux-là. C'était il y a longtemps.

Cette histoire est mon histoire. Mais aussi celle de notre famille et de toute une génération. Elle commence à une époque où le désir d'accumulation de biens dirigeait encore le monde. Elle raconte le sursaut de conscience, lorsque, au bord de l'abîme, la France a ouvert les yeux des autres États sur la possibilité d'un futur sans pollution. Elle est le récit vécu des premiers jours d'une dictature écologiste, instaurée pour le bien du plus grand nombre. Mais n'est-ce pas ainsi que se justifient tous les régimes totalitaires ?

Les volutes de mon havane s'en vont rejoindre les nuages dans le ciel bleu, une gorgée de vieux rhum réchauffe mon cœur usé et je suis ému. Car cette histoire est aussi celle de la seconde partie de ma vie. Oui, je n'ai été qu'un homme parmi d'autres, emporté avec sa famille par le courant de l'histoire. Mais je me suis dérobé au jugement de mes contemporains, et même à celui du Tout-Puissant, s'il existe. Aujourd'hui, je souhaiterais me laver de mes péchés, comme disait un prêtre que j'ai bien connu et dont je vous raconterai l'étonnante trajectoire. Lui m'avait jugé. Mais est-ce ma faute si ma génération et tant de précédentes ont consommé sans compter ? Peut-on me reprocher les excès de tous les hommes ?

Au crépuscule de mon existence, seul sur mes chers plateaux de l'Aubrac devenus de fertiles vignobles biologiques couverts d'éoliennes et de panneaux solaires, j'ai souhaité donner ma part de vérité. Sans rien oublier. Ni les excès dont j'ai été témoin, ni mes fautes, ni mes pensées, même les plus viles ou les plus triviales, telles que mon dédain pour la chose politique ou mon amour pour l'aligot très aillé de l'Aveyron, les havanes importés de façon illicite et le vieux rhum de contrebande. Car, s'il est une leçon que j'ai bien apprise de mes déboires et pérégrinations, c'est qu'on ne se refait pas. En tout cas, jamais complètement.

Je m'appelle Samuel Bourget. Je suis né en 1969, l'année où Neil Armstrong posant le pied sur la Lune a déclaré : « C'est un petit pas pour l'homme, mais un grand pas pour l'humanité. » Cette phrase a comme scellé le caractère de ma génération : l'optimisme à tout prix. Mes parents étaient pleins d'espoir pour mon avenir. Celui-ci s'annonçait pavé de plaisirs et de joies. Sauf qu'il n'en a rien été. Le monde qu'ils m'ont laissé a été anéanti et il ne reste pas grand-chose de mon enfance. J'ai moi-même contribué à l'hécatombe.

Des hommes ont été jugés et condamnés selon leur responsabilité dans le génocide écologique – « l'écocide », ont dit les juges – qui se profilait, et qui, heureusement, a pu être évité. D'autres ont gravi les échelons du nouvel ordre en raison de leur engagement au service de l'écologie.

Sans y prêter attention, nous avions tous laissé des traces de notre comportement environnemental : les relevés de carte bancaire, achats en ligne, photos postées sur les réseaux sociaux étaient autant de preuves de notre attitude de pollueurs. La cellule AIR (Artificial Intelligence Research) a calculé le bonus-malus environnemental de chacun. Ceux dont l'empreinte carbone était la plus réduite ont été récompensés par des subventions de toutes sortes. Notre impact environnemental a été estimé comme si nous n'étions que de vulgaires machines à laver. Les plus méritants ont touché le gros lot : crédits d'impôts, priorité à l'emploi dans la fonction publique et remise de la Médaille verte de l'Ordre de la légion écologiste. Il en a été de même pour les hommes qui ont aidé à traquer les délinquants, les resquilleurs et les profiteurs ayant refusé de participer à l'effort de guerre pour sauver la planète – ou, pire, s'y étant opposés. Des hommes et des femmes de peu se sont enrichis. Des privilégiés du système précédent ont été ruinés. Les plus mauvais élèves ont été punis : pénalités fiscales, amendes, peines de prison pour les pires d'entre eux. La menace de déchéance de l'Honneur national, une notion nouvelle, a déclenché un climat malsain, mélange de suspicion et de paranoïa. L'identité des fautifs était rendue publique et l'humiliation s'abattait sur tous ceux qui portaient le même nom de famille. C'était une mise au ban de la société en bonne et due forme. La violence de ces mesures en a conduit beaucoup au désespoir, et pour quelques milliers d'entre eux au suicide. Mais le pire n'a pas eu lieu. La famine prédite sur le continent africain a été jugulée, les océans et les rivières se sont repeuplés. Les innombrables maux causés par la pollution à l'homme et à la nature ont reculé.

Les nouvelles générations ont l'air plus en accord que nous avec le monde. Sont-elles aveuglées par les idéaux qu'on leur a inculqués ? Sont-elles meilleures que la nôtre ? Je me garderais bien de répondre à ces questions. Mon regard n'est pas objectif. Il est celui d'un homme d'avant. Un des derniers à pouvoir témoigner d'une époque où l'on polluait encore sans compter, appartenant à la dernière génération qui n'imaginait pas pouvoir être jugée pour les conséquences de ses actes sur les générations futures.

Mais, je l'ai dit plus tôt, on ne se refait pas. Secrètement, je m'autorise de rares écarts afin de retrouver ce plaisir qui n'existe plus, celui qui consiste à ne penser qu'à soi, et qui a été le fondement de mon éducation : l'individualisme. Je dois l'avouer : il ne s'agit de rien d'autre que de l'égoïsme, cette tendance qui auparavant était le moteur de notre monde. Mes parents fumaient dans la voiture en notre présence. Ils savaient que c'était mauvais, pour eux comme pour nous, leurs enfants. Mais ils le faisaient. C'était plus fort qu'eux. Leur plaisir était peut-être, justement, de défier l'évidence. Libres, même contre la logique !

Il fallait bien mettre un terme à cette folie suicidaire. Je pense qu'une voie moins radicale aurait pu être empruntée. Une voie démocratique qui aurait permis d'éviter la disparition de tant de personnes, coupables d'être nées dans le monde d'hier. Il n'en a pas été ainsi. Pourtant, des solutions existaient… Nous les connaissions.

En décembre 2015, 190 pays avaient voté un texte pour limiter le réchauffement climatique à moins de 2 °C. Les vingt-huit États de l'Union européenne s'étaient engagés à réduire de 40 % les émissions de gaz à effet de serre en 2030 par rapport à 1990, la Russie de 25 % à 30 % d'ici 2030, les États-Unis de 26 à 28 % d'ici 2025 et la Chine de 60 à 65 %.

Ces objectifs n'ont pas été suivis d'effet. Le 1er juin 2017, le président Donald Trump a annoncé le retrait des États-Unis de l'accord de Paris et, le 31 juillet de la même année, la revue *Nature Climate Change* a évalué à 5 % la probabilité de limiter le réchauffement climatique à 2 °C d'ici 2100. Il était évident que l'humanité ne pourrait en aucun cas survivre à cette fuite en avant. Les plus riches ont commencé à investir dans l'industrie spatiale. Comme si l'espace pouvait être une solution !

Vanité, aveuglement, puérilité… Les scientifiques n'avaient pas de mot pour qualifier le comportement des hommes. En particulier celui des habitants des pays les plus riches. Les plus pollueurs aussi. Et qui, sans états d'âme, les traitaient en retour d'oiseaux de mauvais augure. Des philosophes ont parlé de suicide collectif. Des biologistes de réaction immunitaire de la planète pour se débarrasser d'un corps étranger et nuisible :

l'homme. Même l'Église a condamné le comportement humain. Las, rien n'y faisait. Rien.

Le 4 décembre 2018, Greta Thunberg, aujourd'hui célèbre, n'avait que quinze ans. Ce jour-là, elle s'est adressée à la COP 24, le sommet des Nations unies sur les changements climatiques. Beaucoup d'entre nous l'ont écoutée, très peu l'ont entendue. Rien ne semblait pouvoir freiner le processus d'autodestruction de l'humanité.

Plus tard, les Français ont élu une présidente écologiste. Par surprise et par la force, elle a instauré un régime totalitaire, une dictature verte. Cela a été une période triste et dure, en particulier pour ses opposants. Le Grand Recensement, la mise en place du Taux de pollution personnelle, comptabilisant l'empreinte carbone de chacun depuis la COP 21, et le Système de notation verte ont été l'objet de manipulations regrettables.

À mon sens, ce n'était rien d'autre qu'une dictature. Mais la Présidente a su galvaniser le peuple. Elle a réussi à détourner au service de sa cause la colère des plus pauvres à l'égard des classes dirigeantes. Au cours des années suivantes, vingt-deux pays européens ont imité la France. C'était le Printemps vert. Les États-Unis ont pris la même voie, puis la Russie et la Chine. L'essor démographique a été maîtrisé, les gaz à effet de serre ont été annihilés, et les déchets drastiquement réduits.

Bien plus tard, les révélations sur les excès de la cellule AIR ont mis fin à ce régime. Lors de leur procès, les dirigeants verts ont affirmé avoir sauvé l'humanité. C'est possible. Mais à quel prix ? À l'époque, mieux valait ne pas être dans leur collimateur. Comme moi lorsqu'ils m'ont inscrit sur leur liste noire : la liste Carbone.

Que cela vous plaise ou non
Greta Thunberg, croissance éternelle et frein à main

COP 24 des Nations unies, Pologne, décembre 2018

Je m'appelle Greta Thunberg. J'ai quinze ans. Je viens de Suède.

Je parle au nom de Climate Justice Now.

Beaucoup de gens disent que la Suède n'est qu'un petit pays et que peu importe ce que nous y faisons.

Mais j'ai appris qu'on est jamais trop petit pour changer les choses.

Et si quelques enfants réussissent à faire la une des journaux du monde entier juste en n'allant pas à l'école, alors imaginez ce que nous pourrions faire tous ensemble si nous le souhaitions vraiment. Mais pour cela, nous devons parler clairement, et même si ça dérange.

Vous ne parlez de croissance économique éternelle et verte que parce que vous avez trop peur de devenir impopulaires. Vous ne parlez que d'avancer avec les mêmes mauvaises idées qui nous ont mis dans ce pétrin, alors que la seule chose sensée serait de tirer le frein à main.

Vous n'êtes pas assez matures pour en parler. Vous n'osez même pas évoquer ce fardeau que vous nous laissez, à nous, les enfants. Mais, moi, je me fiche d'être populaire. Je me soucie de la justice climatique et de la vie de la planète.

Notre civilisation est sacrifiée pour permettre à une infime minorité de continuer à gagner énormément d'argent. Notre biosphère est assassinée pour que les riches de pays comme le mien puissent baigner dans le luxe. Le plus grand nombre paye en souffrance pour les excès de quelques-uns.

En 2078, je fêterai mes soixante-quinze ans. Si j'ai eu des enfants, ils passeront alors peut-être cette journée avec moi. Peut-être me parleront-ils de vous. Peut-être me demanderont-ils pourquoi vous n'avez pas agi quand il était encore temps.

Vous dites aimer vos enfants par-dessus tout, pourtant vous leur volez leur avenir sous leurs yeux. Tant que vous ne vous concentrerez pas sur ce qu'il faut faire plutôt que sur ce qui est politiquement possible, il n'y aura pas d'espoir. Nous ne pouvons pas résoudre une crise sans la traiter comme une crise.

Nous devons laisser les énergies fossiles dans le sol et nous concentrer sur l'équité. Et s'il n'existe pas de solutions au sein du système, alors peut-être faut-il changer le système lui-même.

Nous ne sommes pas ici pour supplier les maîtres du monde de s'en préoccuper. Vous nous avez ignorés dans le passé, et vous nous ignorerez encore.

Nous sommes à court d'excuses et de temps.

Nous sommes ici pour vous informer que le changement s'annonce, que cela vous plaise ou non. Le pouvoir appartient au peuple.

Je vous remercie.

Maintenant, on va montrer l'exemple

Bulletins de vote, papier journal et magma terrestre

Ce matin du mois de mai, il m'a semblé déceler une pointe d'amusement dans la voix du présentateur radio quand il a annoncé la victoire de la candidate de Décroissance maintenant, avec 90 000 voix d'avance sur la candidate d'extrême droite. Le vent frais filtrait par la fenêtre ouverte à l'espagnolette. Les premières lumières de l'aube perçaient à travers les rideaux de coton blanc. Souvenirs de l'enfance, de nonchalance et d'insouciance. Envie d'arrêter le temps. J'ai éteint le transistor dans un demi-sommeil, avant de me rendormir un instant, le temps d'un dernier rêve.

Sylvia était déjà sous la douche. Elle s'était levée en silence, sans me toucher, comme depuis des mois. Avait-elle entendu la nouvelle ? Nous avions échappé au pire. Soit. Mais nous allions être dirigés par une demi-givrée. C'était mon avis. J'ai préféré sortir de la chambre sans bruit plutôt que de me lancer dans un débat qui ne manquerait pas de se terminer en dispute. Sylvia a toujours détesté commenter les questions politiques.

Pour lui laisser le temps de se prélasser le matin, son seul moment de tranquillité entre ses gardes du soir et sa reprise dès 10 heures à l'hôpital, j'ai pris l'habitude d'utiliser la salle de bains des enfants. Comme tous les jours, j'ai retrouvé le même inconnu dans mon miroir : moi. Le beau jeune homme aux faux airs de James Dean, fruit des amours d'un Latin de Marseille et d'une Alsacienne de Strasbourg, était devenu un mâle blanc ordinaire aux cheveux hirsutes, au teint blafard et aux cernes gonflés.

Dans les soirées, au restaurant ou au supermarché, les gens croyaient parfois reconnaître en moi un de leurs vieux amis, puis ils se rendaient compte que nous ne nous étions jamais rencontrés. Ils me prenaient à la fois pour un autre et pour personne en particulier. C'est d'ordinaire le lot des célébrités : si familières qu'elles nous semblent presque intimes. Il m'est ainsi arrivé un jour d'aborder Sophie Marceau. La prenant par erreur pour une copine de lycée dont j'avais oublié le nom, je l'ai embrassée sur les deux joues avant de comprendre qu'elle était en réalité l'actrice de mon enfance. Moi aussi des inconnus croyaient me connaître. Ainsi m'étais-je habitué aux sourires et poignées de main dans la rue suivis d'excuses embarrassées. Sans cesse, les gens me confondaient avec un proche qu'ils n'arrivaient pas à identifier ou une star dont le nom leur échappait. Combien de fois ai-je entendu cette question : « Nous nous connaissons ? » Sauf que cette confusion n'était pas liée à ma notoriété. Au contraire, moi j'étais le plus commun des inconnus. Physiquement, je crois que l'on peut dire que je n'avais pas de défauts remarquables, mais que j'étais hélas tout aussi dénué de qualités particulières. Ma banalité me rendait familier.

Rasé et coiffé, j'ai dit adieu à l'étranger du miroir et me suis dirigé vers le salon-salle à manger. Nous habitions un cent vingt mètres carrés dans un immeuble neuf d'Asnières, acheté sur plan, avec un large balcon donnant sur d'autres bâtiments à peu près identiques : des cubes de béton blancs agencés de façon asymétrique. J'ai fermé la porte du salon et je me suis installé à l'îlot de la cuisine, face à la baie vitrée. Le jour s'était levé. La chaleur qui étouffait la France depuis plusieurs semaines allait reprendre.

J'ai glissé dans la machine à café une capsule noire, la plus forte. Comme chaque matin. La machine a cessé son ronronnement. J'ai dû la relancer par deux fois. Elle allait bientôt être bonne pour la casse, comme les précédentes. J'ai enfoui la dosette sous un déchet dans la poubelle au lieu de la mettre de côté pour la déposer plus tard dans une boutique de recyclage. Pourquoi tout recycler puisque même le recyclage était source de pollution ? En tant que comptable de la société GreenTires, je connaissais le sujet. Nous avions optimisé, sécurisé et tracé toutes les procédures nécessaires au traitement annuel de millions de pneus usagés. On parlait alors de deuxième vie du pneu. Nous délivrions même des certificats d'économies environnementales.

Dehors, la température montait. Des courants d'air chaud traversaient l'appartement. La journée promettait d'être caniculaire. Une de plus. Les alertes surgissaient sur tous les écrans de la maison. Nous ne les regardions même plus, bercés par leurs sons divers : imitation d'une goutte d'eau, d'une flèche plantée dans une cible, d'une vieille sonnerie. À quoi bon lire ce que nous savions déjà ? Il fallait éviter les activités sportives, se désaltérer, prendre soin des enfants et des personnes âgées, utiliser les transports collectifs... Mais tous ces conseils se contredisaient à tel point qu'il devenait difficile de s'y retrouver : l'air du métro était plus pollué que celui d'une voiture sur le périphérique, rôtir une pièce de bœuf émettait plus de particules fines que les pots d'échappement à Londres lors d'un pic de pollution… C'était sans fin. Et sans espoir. Théories de paranos ? Informations avérées ? On s'y perdait. Les découvertes sur les méfaits de la modernité se télescopaient et s'annulaient. Face aux informations anxiogènes, le cerveau humain se protège en fermant les écoutilles. Il commande un remède immédiat, un petit plaisir : un carré de chocolat, une cigarette, une série télé, un verre de vin, un café serré… J'ai lancé un deuxième café pour apaiser l'angoisse réflexe de mon cerveau reptilien, et j'ai monté le volume de la radio. Le journaliste était en train de terminer une de ces interminables phrases qui avaient bercé tous les lendemains d'élections que j'avais pu connaître.

« … Elle n'a pas été élue pour appliquer son programme, de toute façon inapplicable et inconstitutionnel, mais par opposition aux extrêmes. L'application de son programme signifierait la sortie de la France de l'Union européenne, de tous les accords commerciaux internationaux, la faillite de notre industrie et donc une hausse massive du chômage et la fuite des capitaux. Et, surtout, je viens de le dire, ce programme est inconstitutionnel. Dans quelques semaines se tiendront les élections législatives et la Présidente sera bien obligée de composer avec la nouvelle Assemblée nationale puisqu'elle ne pourra pas obtenir de majorité. »

Jeanne, ma fille aînée, lycéenne en terminale, est arrivée la première, en petite culotte sous un T-shirt trop court. Elle avait encore un visage de biche, avec de grands yeux noirs et de longs cheveux blonds.

— Tu as vu, papa, les Français ne sont pas si cons. Ils n'ont pas voté facho. Maintenant on va montrer l'exemple. J'suis trop fière.

— Oui ma chérie, c'est super, ai-je répondu, tout en me demandant ce qui nous attendait – et surtout ce qui les attendait, elle, son frère et ma femme qui, d'ailleurs, se contrefichait de mes interrogations.

Comme Jeanne et à peu près tout le monde sur cette planète…

— Putain, papa, tu déconnes ! a crié Jeanne, en me jetant à la figure la capsule noire qu'elle venait de trouver dans la poubelle.

Mon T-shirt était constellé de taches marron. J'aurais dû la reprendre, la gifler peut-être, mais cela faisait déjà un an que je ne relevais plus ses accès de colère. Le soleil se reflétait dans la blancheur de la façade et les vitres miroirs de l'immeuble d'en face. C'était aveuglant. Il faisait déjà trop chaud. J'ai ouvert la fenêtre mais le pollen – ou les particules fines ? – m'a fouetté les parois nasales. Quel mal était le moins grave ? Le manque d'oxygène et la suffocation dans l'appartement parfaitement isolé ou un petit courant d'air frais et l'assaut de la pollution ? J'ai choisi la pollution, en essayant d'oublier que par ma faute Sylvia et les enfants allaient respirer un bon bol de particules fines. Avec un peu de chance, leur organisme les éliminerait. L'homme s'est toujours adapté, après tout… J'ai lancé un troisième café serré.

Sylvia est apparue, vêtue d'un jean et de baskets, ses cheveux noirs tirés en arrière. On aurait dit qu'elle partait, elle aussi, pour le lycée. Son beau visage à la Modigliani est passé devant moi, sans un regard. Elle a accueilli d'un baiser notre fils, Sacha, huit ans. Je me suis moi aussi approché de lui pour l'embrasser et il m'a serré dans ses bras. Avec son petit nez, ses yeux noirs mi-clos et ses cheveux raides, on aurait dit un hérisson au réveil. Il s'est blotti contre moi. À ses yeux à lui, j'étais encore un peu un héros. Mais qu'en serait-il lorsqu'il sortirait de l'enfance ? Rejoindrait-il le camp adverse, lui aussi ?

Jeanne a encore monté le volume du transistor d'un geste ample, comme la ballerine que toute son enfance elle avait rêvé d'être. Notre nouvelle présidente – ces mots accolés les uns aux autres sonnaient encore bizarrement, comme une faute de syntaxe, enfin, c'est ainsi que les journalistes, qui aiment les vainqueurs, la présentaient déjà –, notre nouvelle présidente donc, faisait sa première déclaration :

« Les Français ont décidé de voter pour le parti de la décroissance, le seul à avoir décidé de mettre fin à la destruction massive de notre planète. C'est un jour historique pour notre pays et, je l'espère, l'humanité. La France, pays des Lumières, va corriger le système qui depuis deux cents ans a ruiné le monde dont nous avions hérité… »

* * *

Le soir de la victoire, Jeanne a passé la nuit à danser place de la République avec ses amies face au podium où la Présidente est montée, souriante, façon Hollywood. Avec ses cheveux noirs, son long cou et son nez fin, elle avait l'allure d'une star de péplum des années 1960. Elle me rappelait Audrey Hepburn, version banlieue parisienne. Je dois avouer qu'elle était séduisante. Presque attirante. Son maquillage laissait penser qu'elle n'en portait pas, ses cheveux soigneusement coupés et sa peau mate lui donnaient l'air d'avoir passé la journée à la plage.

Passion, un vieux tube de Rod Stewart que je n'avais pas entendu depuis au moins trente ans, a retenti et des sous-titres sont apparus sur un écran LED au-dessus de la scène. Ils clignotaient en alternance en anglais et en français : « *Even the Presidents need Passion* »/ « *Même les présidentes ont besoin de passion.* »

Le dimanche matin, je suis allé acheter le journal au kiosque de ma rue. La pile était encore intacte, et je savais qu'elle le resterait : nous ne devions pas être plus de deux ou trois dans le quartier à continuer d'acheter ce quotidien du dimanche – une appellation qui m'a souvent étonné – dans sa version papier. Et la moyenne de nos âges devait tourner autour de soixante-dix ans. À cinquante et un ans, j'étais de loin le benjamin de ce dernier clan que ma femme qualifiait « d'irréductibles dévoreurs de papier d'Asnières », en pestant lorsqu'elle découvrait dans l'appartement un vieux numéro que j'avais oublié. Elle avait probablement raison, mais je me suis demandé intérieurement quel monde serait le nôtre lorsque la presse papier aurait disparu. Je ne lui ai jamais posé la question. Les photos de la fête s'étalaient sur trente pages, suivies de dizaines de messages de félicitations envoyés par les présidents du monde entier.

Quelques articles étaient consacrés aux penseurs qui avaient inspiré la Présidente. Il s'agissait d'obscurs professeurs d'université qui avaient laborieusement imaginé un nouveau monde proche de la science-fiction. Ces chercheurs à l'air fatigué, habitués des colonnes d'opinion de quotidiens en perte de vitesse et des blogs d'étudiants aux photos floues et mal cadrées, voyaient leurs utopies les plus audacieuses se réaliser : la fameuse « décroissance », ce serpent de mer des économistes, allait peut-être être testée dans la sixième puissance économique mondiale. Les critiques des partis opposants reléguées, quant à elles, aux dernières pages étaient pratiquement invisibles.

* * *

Au lendemain des législatives, face à une Assemblée morcelée – aucun de la dizaine de partis représentés ne pouvant constituer une majorité –, la Présidente a créé la surprise en nommant comme Premier ministre un militaire à la retraite, le général Henri de Marchand. La droite, le centre et la gauche modérée ont rapidement apprécié son côté vieux soldat reconverti sans vagues à la vie civile. Avec ses yeux bleus, ses cheveux blancs coiffés en brosse, ses chemises en oxford sur des pantalons beiges à pinces et ses mocassins Sebago, très style American College, il avait un côté Paul Newman. Son imitation du général de Gaulle disant « Croit-on qu'à soixante-sept ans je vais commencer une carrière de dictateur ? » avait été partagée 5 millions de fois sur les réseaux sociaux. Les milieux catholiques modérés se sont réjouis de sa fréquentation de l'église le dimanche matin. Même les représentants des cultes judaïque et coranique se sont félicités de la nomination d'un homme de foi à la tête du gouvernement : tout plutôt que l'un de ces laïques intégristes dont raffole la République ! L'extrême droite, le considérant comme l'un des leurs, s'est gargarisée de ses dénonciations de l'islamisme, des GAFA et du monde de la finance dans un ouvrage collectif publié deux ans plus tôt, qui avait créé la polémique, provoquant sa disgrâce au sein de l'état-major et finalement sa démission. Les grands sportifs, les lève-tôt et toutes sortes de stakhanovistes ont été fascinés par des détails invérifiables apparus sur sa page Wikipédia : il se couchait avec un livre à 23 heures, lisait pendant une heure poésie, philosophie et essais sur l'histoire des religions, la géographie et les sciences du vivant, se levait à 4 heures du matin, ne prenait qu'une tasse d'eau bouillante pour petit déjeuner, méditait pendant une demi-heure, s'imposait quinze minutes de yoga, pouvait exécuter dix pompes sur une seule main, cent avec les deux, et courait dix kilomètres deux fois par semaine. Les militants des ligues catholiques intégristes ont jugé véridiques les rumeurs selon lesquelles il était contre le mariage gay, l'avortement et la fécondation in vitro. Je pense que celui qui avait lancé ces bruits était son conseiller en communication, un ancien journaliste radio, fils d'un philosophe autrefois médiatique, qui sur les plateaux de télévision affirmait tout le contraire. Cet essayiste auparavant de gauche, marié à une polémiste de droite, naviguait facilement dans les rédactions, cafés et cocktails parisiens. Il avait livré à un magazine d'actualité un reportage clé en main dans lequel on découvrait le général de Marchand plaisantant dans les rues de Montmartre avec « un vieil ami gay », puis dans la loge d'une actrice lesbienne présentée comme « sa fidèle complice ». Bref, le général Henri de Marchand faisait l'unanimité. Il avait réuni à ses côtés un panel arc-en-ciel représentant toutes les tendances de la société, qualifiant son gouvernement de « réunion de gens de bon sens, de bonne volonté et de bonne compagnie ». Lors d'un passage au journal de 20 heures, il était allé jusqu'à s'adresser aux accros des séries télévisées en lâchant trois mots d'anglais : « *Spring is coming* ». La phrase culte de *Game of Thrones*, détournée au profit de la cause verte, s'était aussitôt répandue sur les réseaux sociaux. Le général Henri de Marchand se voyait à présent comparé à Jon Snow, le héros aux cheveux longs, à la cuirasse de cuir, au sabre d'ivoire et d'acier. Ne lui manquait plus qu'un loup blanc géant.

Ironie de cette petite histoire, le printemps arrivait en effet et il allait s'accompagner de tempêtes dignes de l'univers apocalyptique de George R. R. Martin. Un temps de mousson s'est abattu sur le pays. De violents orages éclataient. Leur succédaient des périodes de canicule. Les sols, desséchés par le soleil, ne pouvaient plus absorber l'eau de pluie. Elle glissait dessus comme un jet d'eau sur du plastique. Les rues se transformaient en toboggans de parcs aquatiques, sauf que c'étaient des voitures qui étaient propulsées à pleine vitesse. Dans cette atmosphère de déluge caniculaire, un premier sondage a fait état d'une popularité record pour notre Premier ministre : plus de 65 % des Français accordaient leur confiance au « géant vert ». On attendait le sauveur. Moi, je transpirais à grosses gouttes au bureau, dans les transports et la nuit dans mon lit. Sylvia continuait de me tourner le dos, Jeanne de me mépriser et Sacha de grandir dans un monde qui allait le broyer. J'étais déprimé.

Mais la politique n'est jamais un long fleuve tranquille. Bientôt, les opposants ont crié à la manipulation, dénonçant le fait que les derniers sondages, tous favorables au nouveau gouvernement, avaient été réalisés par l'agence CBDDF, propriété à 49 % d'un oligarque polonais, Vicktor Pokanowski, et soulignant que l'étude n'avait porté que sur un panel de cinq cents personnes. Les résultats ne pouvaient donc pas être considérés comme fiables. Les commentaires inquiets se sont multipliés sur les réseaux sociaux et sur les chaînes d'info. Qui était Vicktor Pokanowski, ce milliardaire, ouvertement engagé pour la création de nouvelles centrales nucléaires, allant jusqu'à proposer « gratuitement » les services de sa société DeepRecycling ? Looké dans un style muscu/Hugo Boss, il avait une de ces petites bouches sans lèvres qui semblent toujours fermées. Il portait sur son visage sa principale qualité, la discrétion, et elle venait de voler en éclats sous le feu des médias. J'ai découvert en même temps que tout le monde son parcours typique des « nouveaux tsars » de cette époque : Pokanowski avait fait fortune dans l'industrie de l'énergie avant de se lancer dans une frénésie d'achats de groupes de presse déficitaires et de petites agences publicitaires en difficulté face aux quasi-monopoles des cinq grandes régies publicitaires mondiales. Était-il un Robin des Bois des affaires ou un sous-marin du président russe ? Avait-il réellement été pressenti pour le prix Nobel de la paix, comme sa page Wikipédia l'affirmait, ou n'était-il qu'un homme d'affaires corrompu et manipulateur ? Une vidéo YouTube relatait son parcours en moins de trente secondes : après s'être retiré de l'industrie de l'énergie, il avait créé Green Hope, le premier fonds d'investissement dévolu au financement de la recherche pour le recyclage des déchets radioactifs. Green Hope avait injecté un milliard d'euros dans la start-up DeepRecycling contre une participation majoritaire de 92 %. La start-up venait de breveter le processus de fusion naturelle des déchets nucléaires, méthode consistant à propulser les barils radioactifs au cœur du magma terrestre. Introduite au NASDAQ, DeepRecycling était devenue la première licorne issue de l'ancien bloc de l'Est valorisée dès la première semaine à plus de 70 milliards de dollars – et Pokanowski, la neuvième fortune mondiale. La vidéo avait été visionnée plus de 17 millions de fois.

Mais, à vrai dire, ces montages financiers alambiqués n'étaient compris que des journalistes d'investigation. Il fallait vraiment être un obsédé de l'information pour s'y retrouver. La suspicion a fini par se tasser, son cas ne suscitant plus l'intérêt que d'une poignée de commentateurs anonymes sur Internet.

J'ai décidé d'accepter les mesures d'exception

Complot, énergie nucléaire et général Tapioca

Je n'ai jamais cru à la théorie de l'homme ou de la femme providentiels. Est-ce en raison de mon parcours discret que je n'ai pas l'admiration de mes contemporains pour les Napoléon et Alexandre le Grand de notre histoire ? Je ne sais pas. Mais j'ai toujours trouvé ridicules ces statuettes de l'Empereur trônant sur un bureau, les mémoires de grands hommes soigneusement posés sur un guéridon ou le portrait de je ne sais quel militaire magnifique accroché au mur du salon, comme si la mise en scène de ces objets liés à de glorieux personnages pouvait attester des qualités morales de leur propriétaire. À l'exception, tout de même, du général de Gaulle dont je possède depuis l'adolescence une reproduction de son appel du 18 juin héritée de mon grand-père. Sur l'écran de mon ordinateur portable, je me contentais de photos de famille, jusqu'à ce qu'un ami de lycée, particulièrement *successful*, m'avertisse de l'image que je donnais ainsi de moi : « On dirait un PC de collégienne. » Je m'apprêtais à polémiquer, à fustiger le sexisme et la prétention de ces propos : pour qui se prenait-il, lui qui avait été si gâté par la vie ? Puis j'ai pensé à Sylvia qui m'avait banni de son intimité. J'avais en effet pris un peu d'embonpoint, mon front s'était agrandi. Mais cela était dû à l'âge, l'usure normale de la vie, et je me rassurais en pensant aux acteurs de mon enfance : Michel Piccoli, Jack Nicholson, ou même Jean-Marc Barr, le héros du *Grand Bleu*. D'autres changements m'étaient directement imputables : pourquoi avais-je troqué les Ray-Ban de ma jeunesse pour des lunettes à bas prix de grandes surfaces ? Et quelle idée, en effet, cette photo un peu niaise de bonheur familial étalé en fond d'écran ? Je ne suis pas allé jusqu'à la remplacer par un portrait de la Présidente, comme Jeanne et beaucoup de mes collègues, mais j'ai opté pour une photo de New York. J'avais conscience de m'être un peu laissé aller, mais je me consolais avec la certitude de ma clairvoyance : le charme de la Présidente et l'aisance du Général me laissaient définitivement sceptique.

Je ne devais pas être le seul. La gloire du duo présidentiel a en effet été de courte durée. Le week-end suivant, deux drones chargés de plastic se sont écrasés sur la centrale de Saclay, dans les Yvelines. Le cœur du réacteur n'a pas été atteint, mais le souvenir de Tchernobyl était dans tous les esprits. L'armée a fait évacuer huit cent mille personnes en moins de vingt-quatre heures. Les images de soldats en combinaison blanche patrouillant dans des villes désertes ont envahi les écrans. Le Général a revêtu une tenue de pilote de chasse pour aller survoler la zone à bord d'un hélicoptère. Grâce aux nombreuses caméras placées dans l'habitacle et aux drones de la télévision, la France a pu le suivre en direct : 6 millions de Français ont assisté pendant six heures d'affilée à la mission « militaire » du Général, comme s'il s'agissait d'un GI dans un film de guerre américain. Henri de Marchand m'irritait avec son visage impassible et ses yeux bleus brillant de fierté. Il ne parvenait plus à cacher son autosatisfaction.

Et plus il s'admirait dans le miroir des médias, plus il descendait dans mon estime.

Les éditorialistes ont prévenu que si les coupables n'étaient pas rapidement identifiés, ces images de communication – certains disaient « propagande » – risqueraient de se retourner contre le gouvernement : les Français n'ont jamais aimé la suffisance des premiers de la classe, recevant le tableau d'honneur seuls sur l'estrade, drapés dans une modestie de façade, sans la moindre empathie pour la banalité de leurs camarades. Ça les agace. C'est exactement ce que je ressentais. Comme un Français moyen, en somme.

Le dispositif militaire, comprenant chars et avions de chasse, associé à une mobilisation sans précédent des services de police, n'avait pas permis d'identifier l'origine de l'attaque de Saclay. Des théories plus ou moins plausibles se sont répandues : complot de l'ultragauche manipulée par la Russie; manipulation de la fachosphère financée par l'Amérique puritaine? Greenpeace, coutumière du survol de centrales nucléaires par des drones, a décliné toute responsabilité, arguant que sa méthode de communication consistait à mener des actions spectaculaires mais inoffensives. Al-Qaida, Al-Nosra et l'El ont été suspectés, bien qu'ils n'aient pas revendiqué l'attaque. Pourquoi auraient-ils monté un tel coup sans s'en attribuer la gloire?

Un site d'investigation en ligne et un important quotidien national de centre gauche ont publié chacun une grande enquête fustigeant l'impréparation de la nouvelle équipe dirigeante. Les médias ont relayé l'agacement de la population, en particulier celui des déplacés de Saclay, contraints de séjourner dans des gymnases depuis une semaine alors que la centrale avait été à peine éraflée. Beaucoup d'ouvriers du nucléaire avaient hâte de reprendre leur travail.

Les syndicats ont commencé à critiquer la réaction disproportionnée de la Présidente, aveuglée par son dogmatisme qui mettait en péril cette filière modèle du savoir-faire français. Une prestigieuse association écologiste indépendante a au contraire publié un communiqué mettant en demeure le gouvernement de prouver qu'il n'y avait eu aucune fuite radioactive, provoquant une certaine panique : en quelques heures, les stocks de pastilles d'iode dont disposaient les pharmacies ont tous été épuisés.

Le grand show du général Henri de Marchand était terminé.

Je me souviens d'une humoriste dont j'ai oublié le nom, s'exclamant sur les ondes avec ironie :

— Le bon peuple voudrait maintenant des résultats. Et où sont-ils, ces résultats ? Je vous le demande… Eh bien, c'est simple, ils ne sont nulle part… Monsieur de Marchand, mon Général, mon Généralissime, mon cher Henri, nous n'en avons que faire de vos blousons d'aviateur et de votre gueule d'acteur. Riton, nous te le demandons : y a-t-il un pilote dans l'avion ?

Un mois plus tard, un groupuscule inconnu, les Hordes de Dieu, s'est attribué l'attentat de Saclay dans un texte nébuleux diffusé dans les médias : « La Présidente et son valet, le Général, ne sauvent pas la planète : ils creusent le tombeau de l'humanité. Le mausolée radioactif qu'elle prépare sera incandescent comme le feu au centre de la Terre. Le magma, c'est l'enfer. »

Ce message était une allusion à peine cryptique à Vicktor Pokanowski.

Les critiques s'étaient jusqu'à présent concentrées sur Henri de Marchand, en première ligne. La Madone était encore intouchable. Elle risquait maintenant de se retrouver dans leur collimateur : pour une bonne partie des militants environnementaux, son programme d'écologie pronucléaire ne passait pas. L'affaire de Saclay gonflait chaque jour. Les Français attendaient qu'elle s'exprime. Au lieu de prendre la parole, elle est partie à Helsinki pour le Bal de la Planète, le grand événement politico-mondain de l'époque qui, chaque année, réunissait les leaders écologistes du monde et un parterre de milliardaires humanistes. Le rock qu'elle a dansé pieds nus au bras de l'homme le plus riche du monde, un Américain de vingt-huit ans, a donné le sentiment qu'elle préférait fuir les problèmes de son pays pour courir les pince-fesses et les honneurs faciles à l'étranger.

À la maison, Jeanne et Sylvia ont pris sa défense :

— La presse est misogyne, a dit Jeanne. C'est tout.

— Il faut bien lever des fonds, a ajouté Sylvia, sortant de son habituelle réserve sur les sujets politiques. Le pognon, c'est le nerf de la guerre. Alors, danser et boire du champagne avec des multimillionnaires engagés, c'est quand même une façon de récupérer un butin plus civilisée que d'envahir un pays. C'est mieux que tous ces Napoléons de pacotille et leurs campagnes militaires qui trustaient jusqu'à présent les livres d'histoire.

Je ne suis pas entré dans le débat.

À Helsinki, tout le monde voulait afficher son soutien à la Présidente. De grands patrons s'étaient déplacés. Le très discret Vicktor Pokanowski avait été aperçu parmi eux. Sur une photo de groupe, on distinguait vaguement son visage, caché derrière une rangée d'hommes qui avaient joué des coudes pour être au premier rang.

Les journaux qui avaient couvert le Bal de la Planète s'étaient arrachés. Les Français avaient su décrypter les attitudes martiales du Général, démasqué dans son rôle de militaire bidon, mais ils étaient encore sous le charme charismatique de notre cheffe de l'État, décidément bien habile dans sa manipulation des médias.

Le vent a tourné quand *Le Monde Magazine* a publié une enquête la décrivant comme coupée des réalités. Après avoir un temps accueilli quelques journalistes amis, elle était devenue inaccessible. Des articles désobligeants paraissaient un peu partout. Au palais de l'Élysée, elle se serait murée dans ses appartements. Elle aurait perdu le sommeil. Elle aurait besoin d'une heure de maquillage, deux fois par jour, pour cacher les marques de fatigue. Les mots « mépris » et « arrogance » ont été de plus en plus fréquemment employés dans les micros-trottoirs réalisés par les chaînes d'information de la TNT.

L'attaque de Saclay, qui aurait dû souder l'opinion publique autour des nouveaux dirigeants de la France, fervents défenseurs de l'atome, a mis un terme à leur ascension. Peu à peu, « la Présidente et son général », comme a commencé à les surnommer la presse satirique, ont été à leur tour frappés par le syndrome du « dégagisme » qui avait balayé les présidents précédents.

Malgré la formation d'un gouvernement d'unité nationale, la majorité ne tenait qu'à une voix à l'Assemblée. Après l'attaque de la centrale nucléaire de Saclay, les militants les plus ultras de l'écologie se sont, comme c'était désormais l'usage, réunis sur les ronds-points pour exprimer leurs « doléances » : ils ont réclamé de nouvelles élections, une nouvelle Constitution, un référendum… Selon un sondage IFOP, organisme indépendant de toute influence étrangère, moins de 12 % des Français faisaient encore confiance à la Présidente. Le dérèglement démocratique a emboîté le pas au dérèglement climatique. Vous pouviez passer d'un grand ciel bleu à une tempête glacière en quelques heures : dorénavant, sous l'effet d'une bourrasque médiatique, vous étiez relégué en quelques jours du statut d'idole de la nation à celui de marchand d'illusions. Les oppositions, de l'extrême droite à l'extrême gauche, ont réclamé sa démission.

* * *

Lors de sa première prise de parole devant les députés, le Général a été hué par une grande partie de l'Assemblée. La cheffe du parti nationaliste l'a appelé « général Tapioca », surnom que mes enfants continuent à lui donner depuis, et le dirigeant du parti populaire a déclaré : « N'est pas de Gaulle qui veut ! » provoquant un fou rire même dans les rangs du parti présidentiel. Il a finalement tout de même obtenu la confiance du Parlement. Mais de justesse.

Si ma mémoire est bonne, c'est là que tout a basculé. Il me semble avec le recul que tout avait en fait été prémédité, même peut-être l'attaque de la centrale de Saclay.

Le 22 juin, deux mois après son élection, deux semaines après les législatives, la Présidente est apparue à la télévision, le Général à sa droite, et au lieu de la démission prédite par les médias, elle a annoncé la tenue d'un référendum. Pour des questions pratiques, et comme c'était souvent le cas avec les votations suisses, une référence pour les Français, elle a indiqué que trois questions seraient posées ensemble : « Souhaitez-vous une nouvelle Constitution ? Êtes-vous prêts à maintenir et développer notre parc nucléaire afin de réduire l'empreinte carbone de la France ? Souhaitez-vous la mobilisation de l'armée au service de la sécurité écologique ? »

Le « oui » aux trois questions l'a emporté, avec, respectivement 98,5 %, 61,8 % et 58,4 % des voix. Le soir même, la Présidente a prononcé en direct ce discours qui a ensuite été affiché dans les mairies et les écoles : « Les Français ont voté à l'immense majorité pour une révision totale de notre système. À partir d'aujourd'hui, et afin de respecter la volonté du peuple souverain, nous déclarons l'état d'urgence écologique et allons prendre les mesures nécessaires à une accélération immédiate vers le nucléaire et les solutions décarbonées, selon le programme dont le gouvernement vient de terminer l'élaboration, conformément aux règles de la République et en accord avec la seconde question du référendum. Cette période provisoire durera le temps qu'un comité de sages rédige la nouvelle Constitution souhaitée par les Français, conformément à la première question du référendum. Afin que l'ordre et le calme règnent pendant cette étape transitoire, et dans le respect de la troisième question du référendum adoptée par une large majorité de Français, j'ai décidé d'appliquer les mesures d'exception proposées par le général de Marchand, au premier rang desquelles la régulation des divorces pour mettre un frein à la hausse immobilière et à l'explosion des besoins d'équipements qu'ils provoquent, le contrôle des naissances, l'interdiction provisoire de sortie du territoire, et le contrôle des flux financiers. Ces mesures seront mises en œuvre par le ministère de la Défense. »

Pas le moment de se laisser engluer

RER, Minizzas et Green New Deal

Je pressentais que l'accès au réseau électrique serait bientôt restreint et que l'utilisation de mon ordinateur risquait de devenir compliquée. J'ai donc imprimé les informations les plus importantes archivées depuis des années dans mon iBook.

Je me perds un peu dans la chronologie, mais le temps qu'il a fait lors de tel ou tel événement reste pour moi un repère mnémotechnique infaillible. Le matin de la mise en application des premières mesures, il faisait beau et la journée s'annonçait très chaude. J'ai été réveillé tôt par le chant des oiseaux mêlé au bruit des voitures. Cette onde vibrante ressemblait au son des vagues sur les plages de l'Atlantique. Elle signalait la traversée d'Asnières par des dizaines de milliers de banlieusards, comme chaque matin de la semaine depuis des décennies. Je me souviens d'un tableau de Kees van Dongen exposé au Metropolitan Museum de New York représentant une foule de Parisiens se promenant sur l'avenue du Bois, cette large chaussée bordée de marronniers que l'on empruntait autrefois pour aller respirer le dimanche au Bois de Boulogne, le plus grand parc de Paris. On apercevait au loin l'Arc de triomphe et la place de l'Étoile dans une sorte de halo brumeux.

Descendaient vers le bois des femmes en robe et manteau de fourrure, des hommes en costume trois pièces coiffés de chapeaux, des fillettes en jupette, un chiot tenu en laisse, des policiers à cheval, et des dizaines, peut-être des centaines de tacots dont les gaz d'échappement allaient rejoindre la fumée noire des cheminées et le crachat gris des usines. Cette scène d'embouteillage géant datait je crois de l'année 1925. La pollution n'est pas un mal nouveau : elle a de tous temps enrobé les villes de son manteau grisâtre. L'homme a toujours été habitué à regarder la fumée se dissiper dans les cieux. Dans l'Antiquité, les dix mille habitants de la Lutèce romaine se chauffaient au feu de bois. À l'an mille, ils étaient cinquante mille. On les a estimés à trois cent mille en 1328 et cinq cent cinquante mille, en 1800. En 1848, selon un recensement, Paris comptait soixante-quatre mille ateliers et usines. D'antiques molécules de monoxyde de carbone, de dioxyde d'azote ou de soufre, émises depuis deux millénaires, flottent-elles encore dans le ciel bleu de la Ville lumière ? À la veille de la fermeture des frontières et de l'exode de tous ceux qui voulaient quitter le pays pour l'étranger – les « exilés écolos » –, le Grand Paris comptait près de 10 millions d'habitants. La planète s'apprêtait à battre un nouveau record démographique avec près de 8 milliards d'habitants. Les 10 milliards étaient annoncés pour 2050. Et après ? Quelle serait la prochaine étape ? La prolifération humaine était exponentielle.

Je suis parti le premier de la maison, comme chaque matin, à 7 h 30. À 7 h 38 j'étais à la gare des Grésillons pour attraper mon Transilien, ligne L. Je me suis réjoui de voir le quai quasiment vide. C'était très rare. Cela signifiait que j'avais une chance de trouver une place assise. J'avais envie de me plonger dans mon livre fétiche, *L'Argent*, d'Émile Zola, que j'avais glissé dans ma serviette, une sacoche en cuir héritée de mon grand-père. J'aimais beaucoup, à cette époque, redécouvrir les lectures de ma jeunesse dont j'avais conservé les éditions de poche annotées de mes études. Mais le RER C en provenance de la banlieue a déversé sur mon quai des centaines de passagers qui emprunteraient avec moi la ligne L. Comme tous les jours, j'allais devoir supporter les odeurs de parfum, et les conversations de mes voisins. J'ai toujours été fasciné par la capacité des gens à dire au téléphone des choses extrêmement banales sur un ton dramatique. « Tu es assise, là ? Il ne m'a pas même pas rendu mon écharpe ! » On imagine à l'autre bout du fil : « Je ne peux pas le croire ! » Ces petits riens transformés en apocalypse, cette invention des hommes pour oublier qu'ils vont mourir. Mais c'est aussi sans doute ce qui fait que notre planète en est là. Au fond, comme les animaux, nous ne réagissons que face à l'urgence. L'écharpe de ma voisine devient soudain plus importante que la fin programmée de notre espèce.

À la station suivante, une dame s'est assise à côté de moi. Coiffée comme une maman bien comme il faut, vêtue d'un col roulé bleu ciel, elle s'est mise à raconter des histoires de syndic à un grand-père habillé d'une veste de chasse molletonnée, d'une casquette assortie, et d'une écharpe bordeaux. De sa voix haut perchée, elle précisait chaque détail, le nom du président du syndic, celui de la société qui avait changé un radiateur ; elle a même montré au vieil homme, sur son smartphone, les mails qu'elle avait envoyés la veille. Ses mouvements agités et saccadés avaient quelque chose du pivert s'acharnant sur un arbre. Ses mots me tapaient sur le cerveau. C'était insupportable. Pour m'en extraire, j'ai me suis concentré sur une conversation derrière moi, d'une autre nature :

— Nous, nous nous sommes préparés. J'ai profité du plan de départ organisé en ce moment dans ma boîte et Christine a proposé une rupture conventionnelle au sein de sa start-up. On tire tout en cash à la banque, on achète des louis d'or, et on se barre à la campagne, sur l'Aubrac, dans la famille de Christine. Au moins, on sait qu'on aura à manger là-bas. Ils parlent de fermer les frontières aux importations agricoles. On ne peut déjà plus avoir de visa pour les États-Unis ou l'Angleterre. J'aurais dû faire comme ma sœur et mon beau-frère qui se sont installés au Canada l'année dernière. Ils nous disent de venir. Mais maintenant c'est trop compliqué…

La dame en bleu a repris son staccato verbal et heureusement le train est arrivé à La Défense. Je n'avais pas eu une seconde pour ouvrir mon bouquin.

Mon estomac s'est noué à la vision des grandes tours de bureau en bord de Seine. Je ne sais pas ce qui m'angoissait le plus. Voir le temps s'écouler dans le bocal de mon bureau grisâtre avec vue sur le pont de Neuilly ou subir les remontrances de ma femme et mes enfants dans mon T5 flambant neuf. Au bureau, personne n'a parlé de la Présidente.

Comment connaître les opinions des autres ? Mieux valait se taire que de dévoiler les miennes. L'idée de partir commençait à me titiller.

La journée s'est ensuite déroulée normalement. Les gens ont continué à envoyer des mails qui expliquaient qu'ils ne pouvaient rien faire, que ce n'était pas de leur ressort, et à se plaindre de toutes sortes de tracasseries allant de la température du climatiseur à la énième panne de l'imprimante couleur – autant de considérations citées aujourd'hui en exemple pour démontrer la folie de notre génération.

Avant de quitter le bureau, je suis passé à l'étage du service juridique. Benoît Cresson faisait son pot d'adieu. Autour de lui se trouvaient ses collègues, mais aussi des inconnus d'autres étages attirés par l'odeur du Ricard gratuit. C'étaient des professionnels des pots de départ. Leur alimentation se composait principalement de cacahuètes et Minizzas. La tendance émergente des tomates cerises et du Coca zéro pousserait sans doute ces grands fauves modernes vers des terres plus hospitalières dans le futur. Benoît n'avait pas l'âge de la retraite, mais un plan de départs anticipés avait été ouvert dans son service. Il avait décidé d'en profiter. Il était déjà bourré. L'œil amusé, il m'a pris dans ses bras et m'a entraîné à l'écart. Quand je pense à lui, me revient l'image d'un dromadaire. Ne me demandez pas pourquoi, je n'en sais rien moi-même. Il sentait le whisky, mais, dans mon souvenir, il avait l'air en forme. Il m'a parlé des rumeurs. Son frère, chauffeur Uber à Bordeaux, avait conduit un grand patron pendant toute une journée de château en château. Craignant d'être sur écoute, il n'avait pas voulu donner son nom au téléphone à Benoît. Tout au long de cet étrange voyage d'affaires, le type avait passé des coups de fil : il organisait l'installation de sa famille sur l'Aubrac. Lui aussi.

Le soir, dans le Transilien, pressé contre des inconnus qui ne sentaient plus le parfum mais la transpiration, j'ai glissé la main dans ma poche pour palper mon livre de Zola. Mais je n'avais pas du tout la tête à me plonger dans un roman.

* * *

Les premières mesures, baptisées Green New Deal, en hommage au New Deal de Roosevelt pour sortir de la crise de 1929, sont tombées : création de l'AIR, cellule digitale chargée de calculer l'empreinte individuelle des citoyens à l'aide de l'intelligence artificielle, mise en place d'un pôle judiciaire pour traquer les pollueurs, particuliers ou entreprises, correction et enrichissement des programmes scolaires pour enseigner dès le plus jeune âge l'origine des « vraies » causes de la destruction de la planète, service civique vert pour les jeunes et les chômeurs, avec pour principal objectif l'élimination de tous les détritus plastiques présents sur le sol français. Cette dernière initiative, démagogique à mon sens, avait fait la joie de mes enfants. Sacha était rentré de l'école avec une casquette verte et Jeanne avait reçu au lycée un T-shirt moulant de la même couleur.

La Présidente avait usé de sa beauté pour séduire ses homologues étrangers de la même façon qu'elle avait envoûté les médias français lors des présidentielles. Son arrivée sur les tarmacs des capitales européennes, puis à Kennedy Airport, en pantalon fuseau, chemise ajustée et manteau près du corps avait fait l'ouverture des JT du monde entier. Sur une vidéo YouTube, elle se déhanchait dans les couloirs de l'Élysée, en hommage à une militante américaine, première femme politique à avoir évoqué un Green New Deal, coutumière de cette danse sexy. Notre présidente aussi était jeune, issue de l'immigration. Elle était en phase avec la jeunesse.

— Tu vois, papa, c'est quand même mieux que tous ces vieux qui n'ont rien foutu depuis des décennies.

Je préférais ne plus répondre aux interpellations enthousiastes de Jeanne. Elle avait peut-être raison, pourtant j'étais certain que même avec son Green New Deal, malgré son sourire d'actrice américaine et son QI hors du commun, la Présidente ne pourrait pas faire mieux que ses prédécesseurs. Ou bien ce serait une dictature, option impossible en France, à l'heure d'Internet. Comment imaginer que les Français accepteraient plus de quinze jours un régime autoritaire ? Mais je n'avais pas envie de me disputer. Ni surtout de lui enlever ses illusions. Tout cela me semblait fumeux et irréalisable. Même si je savais bien pourtant qu'elle était dans le vrai : il fallait que quelque chose change. Mais quoi ?

Les jours suivants, il ne s'est rien passé de particulier. J'ai continué de faire mes balades à vélo autour de l'hippodrome de Longchamp. Je m'étais joint à une bande de vieux copains du quartier, des octogénaires adeptes du cyclisme de route sur vélo électrique. Leurs bolides roulaient plus vite que n'importe quel engin du Tour de France. Parfois, l'un d'eux tombait et se tuait sans que cela ne semble écorner la bonne humeur de ses amis d'enfance. Le dimanche d'après, les survivants étaient là, à comparer leurs montures. Les générations d'avant étaient-elles joyeuses de nature, en toutes circonstances ? Sylvia a continué à rentrer tard le soir et disparaître les après-midi du week-end. Et Jeanne a poursuivi sa vie de lycéenne, un peu trop militante à mon goût. Ses sessions de travail en groupe ressemblaient plus à des meetings politiques qu'à du bachotage en règle.

Un quotidien similaire devait se dérouler dans la plupart des appartements alentour, ponctué de disputes, de rêves irréalistes et de minuscules instants de bonheur : découvrir le visage de Sylvia endormie, la moue boudeuse de Jeanne, les babines pleines de chocolat de Sacha, et traverser le vent à vélo dans le bois de Boulogne.

Je n'existais pour personne, sauf pour Sacha à qui je venais d'offrir une PlayStation. Un dimanche après-midi d'ennui, j'avais succombé à cette activité bien connue d'Asnières : la partie de PlayStation du papa avec son fiston. En jouant, j'avais retrouvé par hasard

Christian de Boutanche, un autre papa de mes connaissances – je l'avais rencontré pendant mon service militaire –, qui vivait à Orléans.

« *Salut @chris31. Comment vas-tu ? #longtimenosee depuis les Fusco à Chartres !* »

Nous n'avions plus rien en commun, mis à part de vagues réminiscences de nuits d'ivresse dans un bar où nous nous retrouvions les soirs de perm. Une nuit, nous avions échoué dans une boîte de nuit. Christian avait sympathisé avec le DJ, qui nous offrait bouteille sur bouteille, et moi avec une bande de jeunes filles de famille de la région. Cela aurait dû être de bons souvenirs, mais justement, je ne m'en souvenais plus vraiment. Tout s'était évaporé avec les litres de whisky-Coca que j'avais bus. Mais cela m'a fait plaisir de le retrouver. Christian était comme une bouteille à la mer, échouée des années plus tard sur le rivage, avec un message à l'intérieur écrit des années plus tôt. Émouvant, mais obsolète.

Ce n'était pas le moment de me laisser engluer. J'ai préféré interrompre la partie et me replonger dans le travail. J'avais des comptes d'exploitation à relire pour Blanchard, la maison à ranger, une ampoule à changer et le dîner à préparer. J'ai laissé Sacha poursuivre sa partie avec le fils de Christian et une tripotée de camarades.

Et le coupable c'était moi !

Corbillard, colliers de perles et Dire Straits

Quelques jours plus tard, j'étais au bureau, mon portable en silencieux, concentré sur un rapport que je devais remettre dans l'heure, lorsque j'ai remarqué que Sylvia avait essayé de m'appeler huit fois en cinq minutes. Dans le même temps, elle m'avait envoyé six SMS identiques : « Urgent, rappelle ».

Mon portable capte mal au bureau alors je suis sorti dans la rue pour lui téléphoner au calme. Je me doutais que c'était un appel privé. À peine franchi le pas de la porte, j'ai vu des voitures de police se garer devant le siège. La police avait bouclé le quartier. J'ai hésité à répondre à Sylvia qui insistait encore pour me joindre. J'ai décroché et j'ai entendu sa voix crier :

— Regarde les chaînes info, ils font des descentes dans le secteur des pièces détachées automobiles d'occasion. Il y aurait eu des trucages au niveau des certificats environnementaux. Ils disent que c'est un crime contre les générations à venir, ils veulent juger les responsables pour homicide volontaire.

Les flics étaient partout autour du bureau. J'ai coupé et je me suis mêlé à la foule qui grossissait devant le siège. Un camion de télévision s'est garé sur le trottoir, et une équipe en a bondi, caméra au poing. Ils étaient à cinquante mètres de moi mais je n'entendais pas ce que la journaliste, vingt-cinq ans à peine, maquillée comme un mannequin, criait dans le micro. J'ai ouvert l'appli TV et pris son intervention en cours : « … ce certificat convertissait le poids total des pneus collectés pendant l'année en bénéfices environnementaux. Pour cela, GreenTires s'appuyait sur l'analyse de cycle de vie du pneu usagé réalisée pour leur compte par le cabinet Holland Springer White. » Puis, la journaliste a ajouté une dernière phrase : « Sauf que tout était truqué… »

Blanchard est apparu menotté au pied du bâtiment. Il marchait voûté. C'était comme si la vieillesse lui avait été jetée au visage tel un seau d'eau sale. La foule a crié des insultes. Les traits creusés, il a à peine frémi. Je me rappelle encore son allure de condamné avançant vers un destin sans espoir, ses mèches volant au vent. La veille encore, les salariés l'appelaient Casque d'argent, un surnom de superhéros de proximité. J'ai failli m'évanouir en voyant apparaître une nouvelle dépêche sur l'écran de mon portable : « Le directeur, Christian Blanchard, a été placé en garde à vue, mais une source nous informe que l'enquête va se poursuivre à l'étranger, dans les filiales du groupe. Il s'agirait d'une escroquerie gigantesque organisée au niveau européen. Depuis ce matin, le coup de filet judiciaire mené par la Police écologique a permis l'arrestation dans toute la France de deux cent quatre-vingt-six personnes, toutes liées aux centres d'homologation des certificats environnementaux et à de gros réseaux indépendants de pièces détachées. »

J'ai compris mon erreur. À la demande de Blanchard, j'avais accepté de prendre divers mandats sociaux de filiales secondaires en Allemagne, en Pologne, aux Pays-Bas, en Belgique et en Ukraine. J'avais signé parapheur sur parapheur. Sans le savoir, j'étais devenu l'homme de paille d'une escroquerie environnementale au sein d'un régime écologiste militaire. Il leur fallait des coupables. Et le coupable, c'était moi. J'ai eu une seconde de désespoir : j'allais payer pour les autres. J'ai eu envie de me rendre, tout de suite, pour tout expliquer. J'avais laissé mes affaires dans mon bureau. J'ai décidé d'aller les chercher. Ma chemise était trempée de sueur. Les badauds continuaient de commenter l'arrestation. En me dirigeant vers l'accueil, j'ai perçu des bribes de conversation :

— Ce sont des porcs…

— Ils ont pourri la planète…

— Ils ne pensent qu'au fric…

— Ils méritent tous la taule…

— Des millions de gens vont mourir par leur faute…

— Ce sont des assassins…

C'était la foule des récits bibliques, impitoyable, prête à châtier avec cruauté. La colère déformait le visage de cette jeune fille en minijupe, faisait postillonner ce vieux garçon aux joues rongées par l'acné. Un couple BCBG, qui se tenait amoureusement par la main, a bousculé un agent pour tenter de voir Blanchard à l'arrière de la voiture de police. Il m'a soudain semblé ressentir comme un déclic, au fond de mon esprit. Une envie. Une tentation que je n'ai pas osé me formuler tout de suite. Mais c'était bien ça : le moment de fuir était peut-être venu. J'ai toujours aimé passionnément l'histoire. La grande et la petite. Dans ce moment de trouble, je me suis rappelé le récit de la grand-mère d'Elie, mon meilleur ami. Une grande bourgeoise juive, qui, quand j'avais dix ans, m'avait raconté comment en 1940 ses trois fils et elle étaient passés juste à temps en zone libre. Ses amis juifs avaient continué à se promener le dimanche après-midi au jardin du Ranelagh, s'abritant des menaces derrière l'humour et des costumes impeccables, comme s'ils allaient suffire à les mettre hors d'atteinte des folles rumeurs. Alors, bien sûr, cette fois, pas de nazis à l'horizon. Mais la certitude qu'il fallait partir avant que les portes de Paris ne se ferment sur nous. En emportant le moins d'affaires possible, pour ne pas éveiller les soupçons. Les fuyards le savent, c'est une lourde décision que celle d'entrer en clandestinité. Il faut prendre la route comme quand, poursuivi par les flammes, on saute dans une rivière glacée, et espérer que le courant ne vous emporte pas. Je le savais, les épreuves seraient nombreuses. Et la première : convaincre ma femme et mes enfants. Surtout Jeanne pour qui j'étais un pauvre type avant d'être son père. Moi qui avais jusqu'ici réussi à contourner les obstacles, à épouser les décisions des autres, de mes professeurs, de ma femme, de mes patrons, j'allais pour la première fois me dérober à ce que l'on attendait de moi. J'avais peur. Mais j'ai été étonné de ressentir un frisson inconnu. Qui ressemblait à de la joie.

On était vendredi. J'ai estimé que nous avions le week-end pour disparaître. La Police écologique commencerait sa traque dès lundi. J'étais certain qu'il leur fallait des coupables à offrir en pâture aux médias. On allait me jeter en prison dans l'attente d'un procès : celui du millénaire. Et à coup sûr, il ne serait pas le mien mais celui de toutes les générations qui m'avaient précédé.

J'ai envoyé un texto précis mais anodin à Sylvia, de crainte que la ligne ne soit déjà fliquée : « On se retrouve à la maison après ton boulot. Je passe prendre Jeanne après son cours de danse. Je n'ai plus de batterie, n'essaye pas de me joindre. » J'avais décidé d'aller la cueillir par surprise à la sortie de son travail, mais je ne voulais laisser aucune trace chez l'opérateur téléphonique. Il me suffirait de l'attendre devant l'hôpital à 20 heures, à la fin de son service. J'avais pris l'habitude, à l'époque, d'aller chercher Jeanne le vendredi à 19 heures. Cela me laissait trois heures pour trouver une voiture et acheter le nécessaire : nous allions devoir lever les voiles ce soir, sans bruit et sans laisser d'indice sur notre destination. J'avais une idée à ce sujet. Personne ne remarquerait notre absence avant lundi matin.

* * *

Notre société possédait un concessionnaire de véhicules d'occasion avenue du Général-Leclerc, à Cachan, à la limite de Montrouge. C'était là que je changeais chaque année ma voiture de fonction. Il m'arrivait de prendre un peu de liquide au passage. J'avais aidé le gérant à obtenir le bail pour l'appartement de sa fille en lui fournissant un vrai-faux contrat de travail à son nom que je n'avais pas enregistré dans la comptabilité. Depuis, c'est lui qui entretenait notre camping-car familial, une Dodge Capucine de 1981, et ma SM de collection, deux dinosaures de l'automobile. La Dodge était dotée d'un 5,2l V8 essence et consommait dans les 25 litres aux cent et la SM, avec son V6 Maserati à 90 degrés, à trois carburateurs double corps, engloutissait, elle, dans les 15 litres. Je les avais eues pour une bouchée de pain dix ans plus tôt. Je ne sortais la SM que deux ou trois samedis par an, le week-end. Mais les enfants avaient littéralement grandi dans la Dodge. Nous avions traversé toute l'Europe à son bord. J'ai pensé que je pourrais les échanger contre une voiture d'aujourd'hui et un peu de cash. On ne me demanderait pas de paperasse pour ça. J'ai éteint mon portable, retiré la batterie et la carte SIM, et j'ai pris le tram jusqu'au pont du Garigliano, puis la Porte d'Orléans.

Je devais traverser le périphérique à pied pour aller récupérer le RER à la station de Gentilly. En passant au-dessus du lent flot de voitures, ondulant doucement comme tous les jours depuis cinquante ans, j'ai vu apparaître un message sur un panneau d'information de la ville : le gouvernement annonçait la mise en place d'un Grand Recensement écologiste. Les rumeurs étaient donc en train de se réaliser. L'État commençait à appliquer le programme des plus radicaux : interdire tout ce qui polluait ou produisait des gaz à effet de serre. Tous les secteurs seraient concernés : l'industrie, l'agriculture et les services. Même l'utilisation d'Internet était une cause importante du réchauffement de la planète. Le Web faisait fonctionner non-stop des serveurs par millions, regroupés dans des hangars réfrigérés installés au nord de la planète. Traquer les récalcitrants, calculer l'empreinte carbone était un jeu d'enfants. Depuis dix ans, tout ce que nous faisions était enregistré dans les bases de données des moteurs de recherche, des fournisseurs d'accès, des réseaux mobiles, des banques, des supermarchés et de toutes les boutiques où nos factures était réglées par carte bancaire.

Je suis sorti du RER à Cachan. Ma traversée de Paris avait duré moins de quarante-cinq minutes. J'ai pris la rue Anatole-France. De loin, le garage était presque invisible, coincé entre deux immeubles de briques. En quinze ans, ce quartier autrefois sinistre s'était métamorphosé. Les immeubles délabrés, peuplés de familles multiethniques accrochant en guise de frigos des sacs plastique aux fenêtres, avaient tous été refaits. On se serait crus dans les beaux quartiers de Boulogne avec ces bâtiments étincelant au soleil du blanc de leur peinture neuve. J'avais connu cet endroit en achetant ma vieille SM collector. C'est là que son ancien propriétaire la faisait réviser. En bavardant avec le patron, j'avais compris qu'il était aux abois. Son trou de trésorerie frôlait les 100 000 euros, sans compter les arriérés d'Urssaf. Dès le lendemain, j'avais proposé à Blanchard que GreenTires reprenne la boîte. Cet achat nous permettrait de diminuer nos bénéfices, records cette année-là, et ainsi de baisser nos impôts. Posséder un concessionnaire de voitures d'occasion avait d'autres avantages. Les clients réglaient souvent en cash. Nous pourrions facilement nous en servir comme d'un distributeur de liquide. Enfin, le gardiennage et la révision de nos voitures seraient gratuits. Blanchard possédait une jolie collection d'AC Cobra et de Porsche 911.

José Parchao était dans son bureau, en train de classer des factures. Il a eu l'air surpris de me voir débarquer à l'improviste, se redressant d'un coup, comme une sorte de parapluie qu'on ouvre à la hâte pour s'abriter de l'averse. Ce n'était pas dans mes habitudes d'arriver sans prévenir.

— Patron, fallait me prévenir ! m'a-t-il d'ailleurs lancé.

— J'étais dans le quartier, mais je n'avais plus de batterie. Je me suis dit que j'allais passer te dire bonjour !

Je ne pense pas qu'il m'ait cru. Mais depuis que je l'avais sorti de la mouise, il me vouait une reconnaissance à toute épreuve. Enfin, ce serait l'occasion de le tester. Ses cheveux coiffés en arrière et enduits de brillantine, ses yeux noirs, le poil dru de sa barbe qu'aucun rasoir ne semblait en mesure de raser de près, sa petite taille et ses bras musclés faisaient de lui une espèce d'Al Pacino local.

— Vous avez bien fait patron. Je vous sers un café ?

Je me suis assis un instant. Depuis que nous avions tout refait, la salle ressemblait à un laboratoire high-tech. La lumière des lampes suspendues se reflétait dans le sol en béton ciré blanc. Les voitures de luxe étaient lustrées comme des chaussures de lord anglais. On avait envie de les caresser. J'adorais venir là. Le temps aurait pu s'arrêter.

— José, j'ai un petit problème.

Il ne m'a pas répondu, ce qui signifiait qu'il comprenait. Il n'allait pas poser de question. J'ai poursuivi :

— Combien valent la Dodge et la SM ?

— Avec les nouvelles lois, pas grand-chose…

Il a dû percevoir l'angoisse qui montait en moi.

— … Mais il y aura toujours des amateurs fortunés prêts à se débarrasser d'un peu d'oseille…

— Combien, José, là, tout de suite ?

— 20 000 pour la SM, 15 000 pour la Dodge. Mais si on n'est pas trop pressés pour la revente, on peut doubler. Enfin, si la boîte est OK, pour moi il n'y a pas de problème. Et la boîte, c'est vous, patron. J'ai juste besoin de votre accord. Même pas d'un papier, juste de savoir que vous êtes OK.

Il voulait dire : « Si vous vous en tapez qu'on les revende et que vous avez besoin du cash tout de suite, fiscalement, ça passera pour 70 000 euros. » Je me suis levé et j'ai regardé les voitures dans la salle. Il nous fallait quelque chose de discret, fiable, et répondant aux normes qui allaient bientôt s'appliquer. Mon œil s'est arrêté sur un monospace BMW hybride. Il était affiché à 50 000 euros.

— Quelle est son autonomie, José ?

— Deux cents kilomètres en électrique, et trois cents en plus avec le réservoir d'essence.

— Ça va pas être assez.

Je ne savais pas quand j'allais pouvoir faire le plein. Je me suis assis au volant. C'était comme un vaisseau spatial. J'ai réalisé que le GPS était un mouchard. Il me fallait une voiture avec un gros réservoir, et pas de GPS. À l'ancienne. J'ai aperçu au fond du garage un break Chrysler. La fiche technique était précise : « CR 400 3.0 CDI V6 218 CV, jantes alu 20', boîte auto, intérieur cuir, rég/lim de vitesses, compartiment de rangement matériel arrière, ouverture et fermeture hayon par télécommande. Excellent état, aucun frais à prévoir. Première main. CT OK. APAVE OK. Modèle 2010, kilométrage 117 500 km, diesel. » Ce charabia ne me disait pas si elle était équipée d'un GPS.

J'ai demandé à José si elle en avait un.

— Non, car c'est un ancien corbillard : il n'a jamais roulé qu'entre la morgue, l'église et le cimetière. Toujours le même trajet ! Comme il est gris clair, on dirait juste un gros break. J'ai rarement vu une voiture avec un coffre aussi grand.

— Tu connais son autonomie ?

— Dans les mille kilomètres sans problème, peut-être plus si vous n'appuyez pas trop sur le champignon.

Elle était affichée à 70 000 euros.

Un corbillard, ça pourrait être utile : on n'arrête pas un corbillard…

— T'as combien dans la caisse, José ?

— 30 000.

— OK. Tu me reprends les deux bagnoles à 100 000 mais on déclare 50 000. Tu me vends celle-là 20 000. Tu diras qu'elle avait un défaut de châssis et qu'avec les nouvelles normes les diesels sont invendables. Tu me donnes 30 000 en cash, et pour les 60 000 de black restants tu régleras les factures de restauration de sellerie que t'enverra la maison André. Pour les papiers, tu mets ça à ce nom-là.

Je lui ai mis sur une feuille les coordonnées de mon cousin Edwin Bourget, domicilié boulevard de Beauséjour mais habitant au Sénégal depuis une dizaine d'années, sachant que je me débrouillerais pour lui expliquer plus tard. Edwin est toujours compréhensif quand il s'agit de la famille.

* * *

Le réservoir était plein. La jauge indiquait une consommation moyenne de 4 litres aux cent et une autonomie de mille trois cents kilomètres. Je n'en revenais pas : les moteurs diesels dont on ne voulait plus étaient ceux qui consommaient le moins, et les derniers modèles étaient particulièrement propres. Les retirer du marché n'était-il pas une aberration ? Mais j'avais d'autres problèmes plus urgents à régler. Je suis sorti du garage et j'ai pris la nationale vers Paris. La voiture flottait comme un bateau. Elle sentait bon le cuir. Un autre jour, j'aurais fait durer cet instant de bien-être. L'habitacle d'une voiture doit déclencher l'éveil d'une zone de plaisir dans le cerveau, comme la Méditerranée l'été ou un bain chaud le dimanche matin. Mais j'étais en fuite, et la chaleur continuait de monter. J'étais en nage. J'ai pensé à mettre la clim mais cela aurait augmenté ma consommation. J'ai allumé la radio. Les infos ne parlaient pas de la descente au siège de GreenTires. Les mesures écolos pleuvaient. Le commentateur parlait du système de bonus-malus qui allait être mis en place. Il était question d'obtenir l'historique des achats de chacun depuis la COP 21, date à partir de laquelle, selon le nouveau pouvoir, personne ne pouvait plus dire « je ne savais pas », et de punir les mauvais élèves. Au-delà d'un certain seuil, qui n'était pas communiqué, l'excès de consommation de produits polluants ou producteurs de gaz à effet de serre serait considéré comme un « crime écologique » et relèverait du pénal. Les revenus de ceux qui n'avaient pas tenu compte de leur empreinte carbone seraient imposés à hauteur de 70 % jusqu'à ce qu'ils aient racheté leur déficit. Ceux qui au contraire n'avaient pas dépassé leurs quotas pourraient les faire valoriser auprès de la Caf ou en crédit d'impôt ou kilométrique pour se déplacer.

J'ai rapidement calculé que nous devions être parmi les mauvais élèves. Malgré les injonctions des médias, des militants ou des autorités, nous n'avions pas cessé d'acheter des produits suremballés de plastique, et nos factures de pleins d'essence étaient considérables.

Dans la rue, la Police écologique procédait à des contrôles. José avait apposé un faux certificat sous le pare-brise : j'imaginais que je n'aurais pas de problème. Certains étaient contraints d'abandonner leurs voitures sur le bas-côté. Des dépanneuses privées emportaient pour la police les SUV par dizaines, malgré les protestations de leurs propriétaires qui se retrouvaient à pied dans leur costume cravate. Des passants les insultaient copieusement. J'ai préféré ouvrir les fenêtres pour que l'on ne me soupçonne pas de réchauffer la planète avec la clim.

Une heure après, j'étais chez Dominique André, un ami d'enfance, restaurateur et antiquaire rue de Verneuil. Trois mariages et trois divorces avaient fait passer mon vieux copain de fac de l'état de grande gigue à l'esprit aérien à celui de papa ours brun renfrogné en hibernation perpétuelle. Aussi, le poil de sa grosse barbe et ses cheveux mi-longs gominés en arrière avaient blanchi. Il menait maintenant la vie d'un ours polaire perdu sur un iceberg à la dérive, dans sa petite boutique du Carré Rive Gauche.

Je savais qu'il avait en stock des colliers de perles et des napoléons qui seraient faciles à écouler au cours de notre exil. Je me doutais que me voir débarquer comme ça suffirait à lui faire comprendre que j'avais besoin d'un coup de main. Il avait toujours été fiable, confiant et généreux. Il bidouillait sur son ordinateur au fond de la boutique. Passionné de gadgets, il était tout le temps en train de pirater des films, d'acheter des montres de contrefaçon sur des sites chinois ou d'installer des écrans un peu partout : sur son bureau, dans sa voiture, même aux toilettes. On s'est embrassés et je suis allé droit au but :

— Dominique, il me faut pour 150 000 de matos, transportable dans les poches d'un blouson. Tout de suite. Dans dix minutes, je suis parti et tu ne m'auras pas vu. Tu enverras une facture de restauration de sellerie à cette adresse.

J'ai posé sur son bureau la carte que j'avais prise chez José. J'en avais une dizaine d'autres dans la poche. Elles pourraient toujours me servir de chéquier pendant un petit moment.

Dominique est revenu de l'arrière-boutique d'un pas léger, quatre petites bourses de tissu entre ses pattes d'ours velu.

— Il y en a pour 150 000, mais de la main à la main tu auras du mal à en tirer plus de 100 000. Les perles, tu peux les proposer à 2 000 euros pièce, il y a trois colliers de vingt pièces chacun, et les 20 francs Napoléon sont cotés à 250 euros. Je t'en ai mis cinquante. À mon avis, ça va grimper. Au marché noir, c'est 20 % de moins. Je t'ai ajouté 5 000 de cash.

— OK. Tu vas envoyer à José quatre factures de travaux de sellerie de 20 000 à trois mois d'intervalle chaque fois. Et pour les 100 000 restants… tu as encore ton vieux coupé Mercedes ? Tu sais à combien il est coté ?

— Il valait dans les 100 000, mais avec les nouvelles lois, on ne peut plus l'utiliser dans Paris. Du coup, je ne sais pas…

— Si tu veux bien, José peut te le reprendre à 100 000. C'est un bon deal.

Il m'a invité à m'asseoir à son bureau. Tout le nécessaire de papeterie était soigneusement rangé. J'ai pris une carte, emprunté son Montblanc, et j'ai écrit un mot à l'attention de José. J'ai ajouté trois napoléons.

— Tu lui dis de passer te voir au sujet de la sellerie et tu lui donnes cette enveloppe. Il te dira comment faire.

Dominique n'a jamais su ce que j'avais écrit : « José, règle toutes les factures que t'enverra Dominique André, rachète sa Mercos 100 000 euros au nom de la boîte, et détruis ce mot. Je te le revaudrai. Sam. »

Je savais que ce langage de polar de gare ne serait pas pour déplaire à José. Moi aussi, ça commençait à m'amuser, comme si j'avais été escroc dans une autre vie.

* * *

J'ai glissé les sacs dans les poches de ma gabardine, j'ai embrassé Dominique, qui m'a serré à m'étouffer, l'œil humide, j'ai repris la Chrysler que j'avais confiée à un voiturier rue de Lille et mis le cap sur la tour Montparnasse. Je me suis garé devant chez Doursoux, le surplus de vêtements militaires des armées du monde entier. J'ai choisi une cantine américaine de la dernière guerre et l'ai remplie de tout le nécessaire à un bivouac : gamelles, sacs de couchage, allume-feu, bandes adhésives, couvertures, lampes et kits de survie. J'ai pris des lots de T-shirts, de chaussettes de laine et de coton, de treillis et pulls militaires bleu marine, sable et kaki pour toute la famille. J'ai ajouté des cartes IGN, des manteaux fourrés et des chaussures de marche à la taille de chacun que j'ai directement fourrés dans un sac de l'armée suédoise. Puis, j'ai choisi une tente militaire et réglé le tout en espèces. Enfin, en deux ou trois voyages jusqu'à la voiture, garée devant le magasin, j'avais casé le tout dans le coffre.

J'ai lancé le moteur et roulé vers le nord : l'École militaire, les Invalides, les quais, ce décor si famillier que j'allais bientôt quitter. Les rues m'ont semblé un peu vides. Arrivé rapidement dans le Marais, j'ai mis du temps à trouver une place, derrière le BHV, mais je préférais ne pas descendre au parking : je me méfiais des lecteurs de plaques minéralogiques et des caméras de surveillance.

Je suis encore étonné d'avoir fait tout cela en moins de trois heures, moi qui pouvais hésiter pendant deux ans avant de m'acheter un nouveau téléphone. Je disposais maintenant de temps devant moi. J'ai commencé à marcher. J'ai été saisi par une sensation de calme. Je me suis assis à une terrasse de bistrot près de l'école de danse. À 18 heures, on ne sait pas quoi commander. Trop tard pour un café, un peu tôt pour un apéro. J'ai opté pour un whisky. « Un double, s'il vous plaît », me suis-je entendu dire, moi qui n'avais jamais consommé de whisky dans un café. J'en avais souvent eu envie, comme dans les films américains. C'était un breuvage réservé aux héros fatigués. Au moment de sauter dans le vide, je ne me voyais pas choisir une boisson médiocre. À la terrasse, mon regard s'est arrêté sur des passants. Souvent, étudiant, j'imaginais ce que faisaient les gens dans la vie. Je me projetais dans l'avenir et rêvais. Mais je ne me rappelle pas m'être jamais imaginé un destin de chef contrôleur de gestion dans une société de dépollution automobile… Je me suis adonné à nouveau à ce délicieux passe-temps : cette grande femme métisse de cinquante ans devait être prof de collège, dure et douce à la fois. Elle avait certainement compté dans la vie de ses élèves. Peut-être avait-elle su bâtir des ponts entre les poèmes de Saint-John Perse et le rap français : « Les bons rappeurs sont des poètes, pensez-y les enfants. Savez-vous pourquoi la francophonie repart en Afrique ? Grâce au rap français. » J'avais lu cette information dans un journal. En y repensant, je trouvais cela enthousiasmant… J'ai ensuite pris un café. La nuit promettait d'être longue…

* * *

Quand Jeanne est sortie de l'école de danse, elle ne m'a pas vu tout de suite. Elle embrassait ses copains pour leur dire au revoir. Que s'était-il passé depuis ce premier jour où je l'avais emmenée à l'école maternelle ? Quinze années passées en quinze secondes… Mon bébé était devenu une jeune femme. Et moi, je n'avais rien vu venir. J'ai encore dans mon armoire le costume beige que je portais le jour de sa première rentrée des classes. Ce matin-là, elle s'était accrochée à moi, espérant que je ne la laisserais pas là. Elle avait finalement pris sur elle. J'étais si fier. En sortant, j'avais découvert deux gouttes sur mon épaule gauche, à l'endroit où elle avait frotté ses yeux.

Il fallait maintenant que je lui explique que nous allions tout quitter, sur-le-champ. Je me préparais à me faire injurier. Dans mon esprit, je ressemblais plus à un vieux chien docile qu'à un père. Mais la situation était trop grave pour m'apitoyer sur mon sort. J'ai pensé très fort : « En voiture Simone ! » Je ne sais pas pourquoi, cette expression idiote m'a donné du courage.

— Jeanne, je vais te demander de me faire confiance. Cela va te paraître bizarre, mais je n'ai pas le temps de t'expliquer. Tu coupes ton portable et tu ne le rallumes pas tant que je ne te l'ai pas dit. Nous allons à la maison. Tu remplis ton sac à dos avec tes affaires de toilette, des chaussettes, des petites culottes, quelques bouquins, et rien d'autre. Tout doit tenir dedans. Tu fais la même chose pour ta mère, dans son sac à dos de vacances. On embarque Sacha et on repart tout de suite. On a quinze minutes, pas une de plus.

Quand nous sommes arrivés à la maison, Sacha était rentré de l'étude. Son vrai nom était Alexandre mais on l'appelait Sacha en souvenir de l'arrière-grand-père de Sylvia, un Russe blanc de presque deux mètres qui avait fui le bolchevisme en 1917 avec sa famille. Il était venu en France avec d'autres grands noms comme les Staël. Il était d'ailleurs très ami avec Nicolas de Staël et nous racontait, il y a longtemps, entre deux vodkas, un flot d'anecdotes sur leur vie de grands aristocrates devenus les clochards célestes de Montparnasse. Il ne se rappelait pas avoir eu une vie plus riche que lors de ces années de peu.

— Sacha, dépêche-toi, remplis ton sac de voyage de vêtements chauds, et n'oublie pas ta PlayStation.

En entendant ces mots, il a compris que quelque chose d'anormal se passait. Il était plutôt habitué à ce que je lui demande de lâcher sa console. De mon côté, j'ai pris la recharge à énergie solaire. Dans l'urgence, mon petit garçon s'est comporté comme un pro, en dix minutes il était équipé et au garde-à-vous dans l'entrée.

— Bravo mon fils. Mais je suis désolé on ne peut pas emmener Rocky. On va le laisser quelques jours à la gardienne. Ils s'adorent.

À Noël dernier, Sylvia avait eu la riche idée d'acheter un chiot Husky à Sacha. « On en avait toujours dans notre famille, en Russie. » L'argument était imparable. Heureusement qu'elle n'était pas issue d'une lignée de Maharadjas, notre appartement aurait été trop petit pour un éléphant. Sous le nouveau régime, posséder un animal de compagnie donnait un important malus écologique. Et nous ferait repérer. La planète avait déjà du mal à nourrir tout le monde. Pour limiter l'élevage, et ses rejets de CO_2, il était impératif de consommer les vaches et autres cochons en entier et cesser d'utiliser les abats pour en faire des croquettes pour chien. Sacha s'est mis à pleurer. J'ai tenu cinq longues minutes afin qu'il finisse par comprendre. Lui et moi échangions des regards comme dans les films de Sergio Leone. Qui du petit garçon de huit ans ou du père de famille craquerait en premier ? Nous avons finalement emmené Rocky avec nous. Mission accomplie : en moins de quinze minutes, nous avions récupéré le nécessaire et nous étions dans la voiture.

* * *

— Waouh, papa, canon, la voiture ! Alors, on part en vacances ? J'ai vu ça sur l'Instagram de Jeanne !

J'ai compris à cet instant que Jeanne avait rallumé son portable. Au lieu de s'excuser, elle a attaqué :

— Putain, papa, mais qu'est-ce que ça peut foutre ? C'est qu'une info de rien du tout partagée avec mes amies.

Je n'avais pas le temps de me lancer dans des explications. Et moins elle en savait, mieux c'était. Je leur ai demandé de me remettre leurs portables. J'ai supprimé le post Instagram de Jeanne. Il n'avait été liké que par Sacha. Avec un peu de chance, la Police écologique n'était pas encore remontée jusqu'à moi, et n'avait pas commencé à scanner les réseaux sociaux de la famille.

Je me suis demandé si le commentaire allait rester inscrit dans la mémoire du fournisseur d'accès ou dans les serveurs d'Instagram.

J'ai éteint les deux appareils et les ai rangés dans la boîte à gants.

Il me restait à me débarrasser du sac-poubelle rempli d'appareils électroménagers ramassés à la maison. Je me doutais que le moindre de ces objets de métal et de plastique serait utilisé un jour contre nous comme pièce à conviction. J'ai balancé au coin de la rue le bric-à-brac de cafetière, brosses à dents électriques, radio-réveil, ordinateur portable HS, vieil iPad et dizaines d'autres appareils obsolètes. J'ai également compté dix-sept chargeurs ou adaptateurs électriques. Le trottoir était jonché de sacs-poubelle débordants de quincaillerie électronique. Ainsi, je n'étais pas le seul à comprendre ce qui se tramait.

Et j'ai pris la direction de l'hôpital pour aller chercher Sylvia à la fin de son service.

Le bois de Boulogne était également jonché d'appareils électroménagers et de sacs-poubelle regorgeant de bricoles. De vieilles voitures semblaient abandonnées. J'ai aperçu un petit homme accroupi devant une vieille BX, un tournevis à la main. Il bougeait frénétiquement comme un chien qui déterre un os. Je me suis approché, au ralenti, et j'ai ouvert la fenêtre.

— Vous avez besoin d'aide ?

Le type a sursauté, les cheveux dressés. Il s'est levé, tenant le tournevis comme un couteau. J'ai levé les deux mains, avec un sourire amical. Il a vu les enfants, les bagages dans le coffre, la drôle de dégaine de la voiture, et il s'est détendu. Il a dû comprendre. Je lui ai fait signe qu'on se carapatait.

— Pardon, je ne voulais pas vous effrayer. On s'en va. On quitte la ville.

— Nous aussi. J'enlève les plaques de ma vieille voiture, je la gare dans un coin et on part aussitôt. Je la déclarerai volée, ça suffit pour échapper aux nouvelles lois. Sinon, c'est la totale. Ils répertorient les bagnoles hors d'âge, et l'amende forfaitaire est de 10 000 euros : le coût du recyclage de la guimbarde. Si on ne peut pas payer, c'est direct le stage d'éveil à l'écologie : six semaines, de 8 heures à 18 heures, au fort de Vincennes. Là on vous enrôle comme auxiliaire de la Police écologique. C'est peut-être bon pour l'écologie, mais moi j'ai d'autres projets pour mon argent et mon emploi du temps.

— Vous savez s'il y a des contrôles sur les routes ?

— Il y en a un peu partout, mais surtout vers les frontières. Mieux vaut éviter les péages. Nous, on va se mettre au vert dans la maison des parents de ma femme, dans l'Aveyron. Pas de péages sur la route, pas de frontière, pas trop de flics, et à boire et à manger pour tout le monde.

Décidément, nous n'étions pas les seuls à penser à l'Aubrac. J'ai toutefois préféré ne pas évoquer notre destination, le buron du beau-père de Sylvia, bâti au cœur de ces hauts plateaux méconnus des Français. Nous-mêmes, nous n'y étions jamais allés. Je ne savais qu'une chose : il était situé près du village d'Aubrac.

J'ai salué amicalement ce sympathique inconnu, et j'ai remis le contact. Mais Sacha est sorti d'un bond par la porte arrière.

— Attends, papa, attends une seconde !

— Reviens ici, Sacha, ce n'est pas le moment !

Il avait déjà parcouru cinquante mètres. Jeanne s'apprêtait à lui courir après.

— Jeanne, tu restes ici !

J'ai rattrapé Sacha au pied d'un monceau de déchets. Il tenait à la main un sac bourré de je ne sais quoi et un vieux poste de radio.

— C'est un Boombox Ghettoblaster Sanyo. Sur Le Bon Coin, ça vaut plus de 300 euros. Et c'est la première fois que je vois des cassettes à bande magnétique. Il paraît que c'est génial. Il y a même les piles.

Il a ouvert le compartiment, qui devait contenir au moins dix piles gros format comme je n'en avais plus vu depuis des décennies. Le sac-poubelle devait contenir deux cents cassettes. Pendant un quart de secondes, je me suis revu sur le pont d'un ferry en Grèce, avec mes deux potes de lycée. Pendant tout notre périple de routards, nous avions trimballé des sacs à dos, des matelas de camping, des sacs de couchage et un ghetto blaster de cette taille avec des cassettes par dizaines. Je ne sais même plus où j'ai abandonné tout ça. Au fond d'une benne à ordures, certainement.

— Mais t'es dingue, Sacha, des cassettes comme celles-là nous ont encombrés toute notre vie…

— Je sais, vous en avez produit des milliards, et vous avez tout jeté dans la nature. Puis vous avez fait la même chose avec les CD. Et ça a tout foutu en l'air. Alors, moi, je récupère.

Et il est remonté en voiture. Quinze minutes plus tard, nous étions devant l'hôpital. J'ai soudain entendu Dire Straits à l'arrière de la voiture. C'était le son chaleureux de ma jeunesse. Comme un vieux feu de bois. Jeanne était dans ses pensées, un léger sourire aux lèvres. Sacha avait raison. Nous n'aurions pas dû jeter tout cela.

* * *

Depuis le début de l'année, Sylvia terminait ses gardes à 20 heures. Autrefois, j'allais souvent l'attendre sur le parking pour l'emmener dîner ensuite. Seulement nous deux. En été, nous allions parfois dans une guinguette du parc de Saint-Cloud. C'était notre jardin secret. Avant de nous installer autour des nappes à carreaux vichy, il nous arrivait de prendre une coupe de champagne ou de nous promener dans le parc en regardant les nuages blancs flotter dans le ciel de Paris. Mais cela devait faire au moins deux ans que nous ne nous étions pas retrouvés à la sortie de sa garde. Depuis qu'on lui avait confié la direction du service des aides-soignantes de l'hôpital, elle préférait se coucher tôt. C'est moi qui faisais dîner les enfants.

Le célèbre professeur Olivier Demarchelier l'avait prise sous son aile. Grâce à ce sympathique athlète au QI hors norme, son salaire avait enfin été augmenté. Le patron l'avait même incorporée à son équipe de recherche sur la maladie d'Alzheimer. Sylvia avait maintenant des responsabilités et serait même créditée dans l'étude qui en découlerait. Pourtant, elle avait failli refuser. C'est moi qui l'avais encouragée à accepter : son travail serait reconnu. C'était pour elle une nouveauté. Malheureusement, cela n'avait pas eu sur son humeur l'effet bénéfique que j'espérais. Le surplus de travail n'avait fait qu'augmenter son anxiété. À la maison, elle était à fleur de peau.

Il était 19 h 30. J'ai demandé à Jeanne d'aller avec Sacha nous acheter des sandwichs à la boulangerie et d'en profiter pour promener Rocky. Alors que j'observais les gens qui entraient et sortaient par la porte principale, j'ai aperçu sur le parking la Porsche de Demarchelier. J'ai tout de suite reconnu sa chevelure blond cendré à la Robert Redford. Il était seul au volant. J'ai envisagé d'aller me garer plus loin de crainte qu'il nous remarque. Mais ce n'était pas nécessaire. Nous étions derrière lui. Il ne pouvait pas nous voir. Les vitres de sa voiture étaient embuées. J'ai continué à observer la porte de l'hôpital en me demandant comment procéder lorsque Sylvia apparaîtrait en haut des escaliers. Je ne voulais pas que Demarchelier nous voie partir à bord de notre nouvelle voiture. Personne ne devait savoir que nous partions, ni au volant de quel véhicule.

Il fallait encore attendre quinze minutes. Et Demarchelier était toujours là. Un peu avant 20 heures, j'ai compris qu'il n'était pas seul dans sa voiture : une femme s'est redressée à ses côtés. J'ai failli m'esclaffer tout seul : le vieux Demarchelier se faisait tailler une pipe dans sa Porsche sur le parking de l'hôpital ! À soixante-quinze ans passés, il n'avait peur de rien !

La porte passager s'est ouverte et la Porsche a démarré, laissant sur place son amie. Et mon cœur s'est arrêté.

Un voile rouge m'a aveuglé. J'ai bondi hors de la voiture. Mais au même moment, j'ai vu apparaître Jeanne, Sacha et Rocky.

Sylvia a tourné la tête et nous a aperçus. Elle est venue vers nous en souriant. Était-ce un cauchemar ou mon petit monde venait-il réellement de voler en éclats ? Intégralement.

Le Grand Départ

Vol plané, Kosovo et pharmacie

Les survivants de catastrophes inattendues, ceux qui ont cru mourir renversés par un véhicule, broyés dans un accident de la circulation, emportés par une vague ou après avoir trébuché en haut d'un escalier, les victimes de ces drames survenus sans prévenir, racontent souvent avoir vu leur vie défiler. Incapables de réagir physiquement, en plein vol plané vers un obstacle, par exemple, ne pouvant plus rien pour changer le cours des choses, face à la mort, leur mort, ils ont revu leur vie, comme si leurs souvenirs pouvaient les secourir, changer la réalité, retarder le drame, voire éviter l'inévitable. En une fraction de seconde, la dernière de leur vie, ils traversent les sept fameuses étapes du deuil : le choc et le déni, la douleur, la colère et la négociation, la dépression, l'acceptation et la résignation. Après, pour ceux qui restent, il y aura la reconstruction. Et, pour le mort, l'au-delà. Ou rien du tout.

Il en va de même pour les hommes ou les femmes trompés. Que ça leur plaise ou non, ils devront faire avec. Pas de retour en arrière possible.

Sylvia se tenait devant moi et les enfants. Et moi j'étais devant le destin qui venait de frapper. Mais qui avait-il fauché, sous mes yeux, à l'instant? Notre couple ? Mes illusions ? Ma jeunesse ? Ma virilité ? Mon romantisme ? Ou notre famille ?

Passé le stade de la surprise, j'ai embrassé Sylvia comme si de rien n'était. Était-ce déjà le déni ? Je souriais mécaniquement, ressentant mes pulsations cardiaques jusque dans mon bras gauche. Au moins, si mon cœur devait lâcher, j'étais devant un hôpital, ai-je pensé. Demarchelier viendrait-il me sauver ? Pire : avec Sylvia pour l'assister ! Se tiendraient-ils la main à mon chevet ? Mots, images et sensations n'étaient plus synchronisés. Broyé de l'intérieur, je souriais, tout en continuant de débattre en moi-même. Avais-je pu rêver ? Avaient-ils des sentiments l'un pour l'autre ? Ou n'était-ce qu'une relation physique ? Quel serait le plus grave ? Et s'ils s'aimaient et se désiraient à la fois ?

— Sam, t'es devenu muet, ou quoi ?

Sylvia me regardait bizarrement.

— Et c'est quoi, ce regard ? a-t-elle ajouté, agressive. Allez, on y va, non ? T'as eu des nouvelles de la descente de police ?

Le bruit d'un klaxon alors que je brûlais un feu rouge m'a fait réaliser que je roulais. Sans que je m'en rende compte, chacun avait claqué sa portière, j'avais mis le contact et démarré. La voiture filait dans le silence de l'habitacle. Notre vie me revenait. Et je décortiquais les derniers mois. Je comprenais maintenant pourquoi Sylvia m'avait si souvent encouragé à emmener seul les enfants en vacances. Elle disait aimer « profiter de notre petit nid douillet » en attendant notre retour. L'avait-elle invité chez nous ? Je devais arriver au stade de la colère. Mais je suis aussitôt passé à celui de la tristesse. J'étais anéanti.

— Putain, Sam, réveille-toi ! a crié Sylvia. Et redescends ! On a failli se faire défoncer, là.

Un millième de secondes de plus. Mille autres souvenirs et autant d'interrogations. Dans le rétroviseur, j'ai aperçu les enfants. Contrairement à Sylvia, ils n'avaient rien remarqué. Elle devait se douter de quelque chose, mais je savais qu'elle n'en laisserait rien paraître. J'avais entendu ses conseils à une amie d'enfance dont le mari soupçonnait la liaison qu'elle entretenait depuis des années avec son amant : « La tête sur le billot, Sandra, tu ne dois rien avouer. Ne dis rien. Pas d'aveu, pas de tromperie. Pas de tromperie, pas de divorce. » Inutile de la confronter à sa duplicité : jamais elle n'avouerait.

Je ne vais pas m'étendre plus longtemps sur cet épisode douloureux et finalement banal. Ce sont des choses qui arrivent, comme on dit. On pourrait même ajouter qu'elles arrivent à presque tout le monde. Et que l'on s'y fait. Je me souviens m'être décidé à me concentrer sur le volant, la route, la vitesse. L'accident évité de justesse m'avait rappelé que nous étions en fuite. Ce n'était pas le moment de nous faire pincer par la Police écologique.

J'ai levé le pied. Si quelqu'un nous avait vus, tous les quatre avec le chien dans notre break bondé, il aurait sans doute pensé que nous étions en train de partir pour de grandes vacances. À ce moment où, les mains sur le volant, on voit l'année écoulée défiler au rythme des bandes blanches sur la chaussée. Où l'on se dit que malgré les soucis du quotidien on avance. Qu'on a toujours son boulot, que les enfants sont difficiles mais que, chaque année, ils passent dans la classe supérieure sans trop de heurts et que, avec Sylvia, même si l'on ne forme plus un couple passionné, on reste une équipe, tendre et solide.

Cette fois, les vacances seraient très longues.

J'ai regardé Paris un peu comme un migrant laisse derrière lui le port d'Alger ou de Tripoli. J'étais né à Bordeaux sous la présidence du général de Gaulle, j'avais fondé une famille en région parisienne sous celle de Jacques Chirac, puis joué les pères tranquilles sous celles de François Hollande, Nicolas Sarkozy et Emmanuel Macron, et maintenant je fuyais un régime totalitaire dirigé par une milléniale écologiste. Une guirlande de souvenirs défilait dans ma tête comme une de ces soirées diapos de mon enfance. L'orangeade de ma mère en moins. La douleur du mari trompé en plus.

Où était passée mon enfance heureuse ? L'été à la mer et l'hiver à la montagne. Arrivés à Bordeaux en 1968, mes parents avaient des ambitions qui tranchaient avec celles de l'époque. Ils s'étaient rencontrés en fac de pharmacie. Ils n'avaient pas de temps à perdre avec une révolution et souhaitaient que leurs enfants, contrairement à eux, puissent partir « l'été à la mer et l'hiver à la montagne ». C'était leur mètre étalon d'une vie réussie. À peine diplômés, ils s'étaient endettés pour racheter une modeste pharmacie à la limite de Pessac et Mérignac, entre une cité et des pavillons petits-bourgeois. Je me souviens des heures à faire des dessins ou mes devoirs dans un coin de la boutique dont la croix verte illuminait le trottoir les soirs d'hiver après l'école. J'ai dû me peser dix mille fois sur la balance, avec ma sœur. Puis le lycée Tivoli à Bordeaux et la vie insouciante de la Rive gauche que rien de grave ne semblait pouvoir submerger. Ce monde facile avait fait de moi quelqu'un de doux, trop sans doute, jusqu'à aujourd'hui.

J'avais rencontré Sylvia en dernière année de licence de gestion. C'était la sœur de Jean-Marc, un copain. Le jour où nous étions passés la prendre à l'aéroport en voiture, elle arrivait du Kosovo où elle avait effectué un voyage humanitaire de plusieurs mois dans un hôpital pour enfants. Quatre jours de voyage et aucune fatigue visible sur son visage. J'étais instantanément tombé amoureux de cette aventurière au grand cœur et à la longue natte qui claquait sur sa veste d'uniforme militaire. Moi, le minet bordelais, apprenti comptable crâneur, flèche d'or et chamois de vermeille des pistes de Luchon dans les Pyrénées, je venais d'ouvrir les yeux sur un monde plus vaste. Celui de Sylvia. Fille de profs intellos. En mission sur terre pour aider les autres. Mais toujours gaiement, question de politesse, disait-elle.

Je n'ai pas lâché le morceau et elle a fini par céder, puis par m'aimer – presque autant que je l'aimais. Quand elle a perdu son père, encore jeune, elle a passé des nuits entières à me consoler car je m'étais beaucoup attaché à lui. Cela résumait assez bien notre relation. Entre son boulot à l'hôpital, le mien qui fonctionnait bien et l'éducation des enfants, nous avons, tout comme d'autres, je crois, un peu oublié notre couple. C'est si ordinaire. Plus elle distribuait de sourires aux accidentés de la vie, moins il semblait en rester pour moi. Elle était de plus en plus belle, c'était une maman formidable et moi, j'avais de plus en plus de mal à capter sa lumière. Si seulement dans ma jeunesse j'avais appris à me battre pour obtenir quelque chose. Mais j'avais tout eu, sans rien avoir à demander. Comment pouvais-je savoir que les choses de valeur se méritent ?

La seule bonne nouvelle était que je me retrouvais au pied du mur.

Trahison ou pas, je l'aimais

Lapin à la provençale, cor de chasse et karaoké

Curieusement, je n'ai pas eu besoin d'expliquer à Sylvia où nous partions. Les enfants non plus n'ont pas posé de questions. C'était comme si tout le monde avait deviné. Ou plutôt, comme si le jour J était arrivé, ce jour que nous aurions préparé pendant des années et dont nous aurions répété les gestes pendant des mois. Personne ne disait un mot. L'étrange voiture dans laquelle tout le monde s'était assis en silence n'avait pas suscité d'interrogations. Ils étaient habitués à ce que je change souvent de véhicule de fonction. Peut-être même ne se sont-ils pas rendu compte qu'il s'agissait d'un corbillard, tant il ressemblait à un gros break. J'étais le seul à bord à m'intéresser encore vaguement aux modèles de voitures. Pour eux, ce n'était rien d'autre qu'un moyen de transport. Qui regarde la marque des bus, des autocars, des trains ou des avions ? Nous en étions arrivés à ce point.

À l'arrière, le son plein et suave de Dire Straits a continué de se diffuser dans l'habitacle. La nuit était tombée. Paris, dont les lampadaires étaient éteints, ainsi que tous les éclairages publics du pays, ressemblait aux villes du tiers monde d'autrefois, privées de lumière après le coucher du soleil. Il était surprenant de longer le Louvre sans le voir. Le plus spectaculaire était l'absence de la tour Eiffel et de son faisceau lumineux dans le ciel. Paris n'était plus Paris. À moins que cela ne soit le contraire : il retrouvait l'atmosphère qui avait été la sienne pendant des siècles, avant que la folie de l'éclairage ne nous prenne. Je voyais scintiller les étoiles dans le ciel de la Ville lumière.

Les rues, vides, étaient bordées de véhicules abandonnés et de monceaux de détritus électroniques de plus en plus nombreux. Je me suis dirigé vers le sud, le périph, puis l'autoroute, étrangement déserte. La guitare électrique de Dire Straits a laissé place aux voix enveloppantes de Supertramp. La couverture de l'album m'est revenue à l'esprit. Une grosse serveuse prenant la pose devant la ville de New York, telle une statue de la Liberté des années 1980. Au lieu d'une flamme, elle tenait un plateau avec un énorme verre d'orange pressée. Derrière elle, les deux tours du World Trade Center se dressaient encore fièrement. Le titre de l'album était *Breakfast in America.* Si je devais écrire un livre un jour, je dirais qu'il s'agissait du dernier repas du condamné.

* * *

Sur le bord des petites routes, on avait vu apparaître, comme des champignons, des vendeurs à la sauvette de vieilles cartes routières récupérées dans les maisons. Tout le monde avait peur de se faire tracer par les agents de l'AIR qui avaient accès aux données GPS. Le ministère des Finances s'apprêtait à taxer le moindre kilomètre parcouru en voiture. La seule solution était de déconnecter tous les appareils géolocalisés à son nom. Mais sans connexion, plus d'appli de navigation ni de GPS.

Je conduisais et Sylvia me guidait, la carte sur les genoux. Une fois dépliée, son envergure était si grande que j'avais sa main gauche à 2 centimètres de mon visage. Elle bloquait la vue de mon rétroviseur droit. Je me suis efforcé de rester calme mais à la quatrième erreur de Sylvia à un croisement j'ai explosé.

— Enfin Sylvia merde, on n'a quand même pas besoin d'avoir fait Polytechnique pour lire une carte routière ! Chacun son job, je conduis, tu nous guides. Je vais m'arrêter sur le côté. Passe-moi cette foutue carte.

En l'ouvrant au hasard, je me suis rendu compte que la plupart des intersections étaient cachées dans les plis. J'ai aussi compris que les petits tirets des routes de campagne étaient à peine plus espacés que ceux des chemins de terre. Mais j'étais incapable de m'excuser.

En approchant d'Orléans, j'ai roulé au pas dans un des tristes villages en périphérie de la ville. Je cherchais à capter un réseau Wifi ouvert, afin de me connecter à Internet sans laisser de trace. Sacha savait faire ça mieux que moi. C'est lui qui m'a dit quand m'arrêter et s'est branché directement. Il a réussi à rentrer en contact avec Christian de Boutanche grâce au réseau social interne de son jeu vidéo multijoueur sur lequel nous nous étions retrouvés par hasard quelques semaines plus tôt. L'AIR n'avait sûrement pas repéré ces réseaux particuliers.

« *Salut @chris31, je suis avec ma famille près de chez toi, tu connais un petit coin sympa pour dormir près d'Orléans ?* »

À peine quinze minutes plus tard, nous avons reçu sa réponse sur la messagerie cryptée :

« *Salut Sam, avec plaisir, passe nous voir. Quelle époque bizarre quand même. La réalité dépasse le jeu vidéo... Viens à la maison.*

— *On est là dans trente minutes.* »

* * *

Comme prévu, nous sommes arrivés à 22 h 30. Christian nous attendait devant son hôtel particulier. Il avait beaucoup changé. Son teint d'albâtre avait tourné à l'orange pâle. La mèche noire qui cachait de grands yeux sombres s'en était allée. Ne restait que son regard inquiet entouré de cernes profonds. La famille de Boutanche était issue de la noblesse d'empire. Plus que des nobles, ils avaient été de grands marchands qui avaient construit leur hôtel vers 1810. À l'époque, ses ornements un peu trop nombreux avaient dû susciter les remarques méprisantes des « vrais » aristocrates. Les armoiries gravées au-dessus du porche représentaient, non sans humour, deux bouteilles entrecroisées comme pour trinquer. Le grand portail s'est ouvert et j'ai garé le corbillard dans l'ancienne écurie reconvertie en garage-débarras, à gauche dans la cour d'honneur. Par précaution, Boutanche nous attendait en s'éclairant d'une bougie. Pendant un instant, j'ai cru entendre le bruit des fiacres, comme un flashback de deux siècles. Un saut éclair dans un monde sans électricité, chauffage central ni eau courante. J'avais tellement envie d'un bain chaud. J'ai l'habitude d'en prendre un après avoir conduit longtemps.

— Salut, Samuel, rentrez vite, il ne faut pas que les voisins voient votre voiture. Cet après-midi, ils ont dénoncé à la Police écologique le boulanger qui a gardé sa vieille moto Triumph. Quatre points de malus et une semaine avec sursis. Eux ont, paraît-il, gagné deux points.

— C'est super stylé ici, papa, a concédé Jeanne.

— Vous avez de la chance, j'ai encore une chambre libre cette nuit, il y a un grand lit et un canapé, il faudra vous serrer. À partir de demain, elle sera occupée par un nouveau couple de cohabitants.

— De *cohabitants*, c'est nouveau ça ! C'est quoi encore ce truc ?

— Notre maire a décidé de devancer la nouvelle loi d'un mois : à partir de lundi, pour ne pas avoir de malus écologique, il faudra s'en tenir à vingt mètres carrés maximum par personne dans les grandes villes. Mon hôtel fait quatre cents mètres carrés. Je te laisse faire le calcul. En plus de Véronique les enfants et moi, j'ai dû trouver seize personnes pour emménager à la maison. Je ne fais que ça depuis cinq jours. Racoler des gens pour cohabiter avec nous. Tout le monde s'y est mis dans le quartier, je ne te raconte pas ce qu'il reste de disponible. J'ai évité de justesse les punks à chiens (sans chiens, cela dit) de la gare. On peut être inspecté à n'importe quel moment. Demain, on sera au complet.

Nous avons monté le bel escalier du perron, nous sommes entrés et j'ai vécu l'une des scènes les plus irréelles de ma vie. Une famille de Roms avait élu domicile dans la salle à manger. Ils étaient six dont deux petits enfants. Extrêmement ingénieux, ils avaient réussi à construire des lits superposés en reliant, par des portes démontées, deux solides armoires Second Empire qui avaient dû jusqu'alors abriter la vaisselle du dimanche. Je dois dire que ça avait un look « *fusion design* » assez plaisant et était surtout d'une redoutable efficacité. Les Roms que nous croisions comme des ombres dans les rues avaient cultivé dans l'adversité l'un des talents les plus valorisés de notre nouvelle société : ils étaient des génies de la récup et du bricolage.

Au premier étage, quatre étudiants étaient installés dans l'ancien salon de télévision : deux jeunes Hollandaises, un Espagnol et, comble de l'exotisme dans cette maisonnée, un Français. Christian m'a prévenu que les cloisons de sa vieille maison étant assez fines, nous risquions donc d'entendre de véritables bruits d'animaux quand ces quatre-là iraient au lit. Dès le lendemain de leur installation, ils avaient été obligés de réunir leur premier CCH, Conseil de cohabitation, une recommandation de la mairie pour essayer d'accompagner ces nouveaux modes de vie écoresponsables. Leur voisine, une baronne sans âge qui venait d'être expulsée de son château, avait été horrifiée. Sa réaction avait été de sonner le cor de chasse qu'elle avait emporté. Toute la maison, Roms inclus, avait été réveillée en sursaut.

Sylvia n'était pas à proprement parler raciste, mais la présence de Roms dans l'hôtel particulier la rendait nerveuse. Lorsqu'elle se déplaçait d'une pièce à l'autre, elle emportait avec elle toutes nos affaires, hormis les sacs de couchage qu'elle avait ficelés entre eux et attachés aux barreaux d'un lit. Elle avait beau leur lancer de grands sourires, ses lèvres se crispaient lorsqu'elle leur lâchait les formules de politesse d'usage. Son attitude n'a pas manqué d'agacer Jeanne qui lui jetait des regards noirs, tout en soupirant.

— Maman !

— Mais quoi ?

— Tu es ridicule…

La promiscuité empêchait tout dialogue. Chacun se limitait à des sous-entendus. Le fils aîné de la famille se prénommait André. Sylvia avait péroré qu'à coup sûr il s'agissait d'un nom d'emprunt, ignorant que de nombreux Roms vivaient en France depuis plus longtemps que certains de ses cousins éloignés encartés à l'extrême droite. Ayant quitté la pièce en claquant la porte, Jeanne avait disparu en cette fin de soirée. André l'avait observée, alors qu'elle traversait la cour pour s'en aller dans la rue. Il avait détourné la tête lorsque mon regard avait croisé ses yeux sauvages dont je me souviens encore tant d'années plus tard. Le jeune homme qu'il était avait déjà l'allure d'un héros de western. Côté indien.

Plus tard, alors que je commençais à m'inquiéter, Jeanne est venue nous annoncer qu'elle allait dîner en ville avec André. Sylvia s'est tournée vers moi. Des larmes menaçaient de couler. Mais j'ai décidé de ne rien dire. J'ai glissé un peu d'argent à Jeanne en lui donnant mes habituelles recommandations. Elle m'a coupé :

— Je sais papa. Retour avant minuit, changement de trottoir si nous croisons des inconnus, surtout pas d'*eye contact*, ne parler à personne. Ne t'inquiète pas, André connaît tout ça mieux que vous.

Sur cette dernière parole, Sylvia s'est jetée sur le lit en pleurs. Jeanne est sortie de la pièce en soupirant, laissant la porte ouverte sur notre famille désemparée. Notre quotidien avait disparu en vingt-quatre heures à peine. Une image du film *America America* d'Elia Kazan m'est venue à l'esprit, comme si nous n'étions plus que des migrants en guenilles en route vers une terre promise. Resté seul, André se tenait là, devant nous, l'œil noir, les cheveux longs, une tête de plus que moi. Une autre image m'est venue, que j'ai aussitôt refoulée : Tarzan dans *Greystoke*. Il ne s'agissait pas d'un cliché raciste. André était vraiment magnifique. Il m'a serré la main et n'a eu qu'un mot :

— Ne vous inquiétez pas, monsieur.

J'ai aperçu le corps de Sylvia secoué de sanglots. J'ai serré la main d'André et lui ai lâché un sourire.

— À tout à l'heure, les enfants.

J'étais vraiment ridicule : André et Jeanne, dont les ombres ont rapidement disparu dans la nuit, étaient bel et bien deux adultes. Et moi, je me sentais comme un grand-père.

* * *

La plus grande rupture avec notre mode de vie était sans doute de ne pas avoir accès à Internet. J'avais beau avoir vécu sans plus de la moitié de mon existence, nos moindres faits et gestes étaient gérés par des applications.

La journée avait été longue. Le stress de la fuite s'était un peu estompé, et, tels des fugitifs professionnels, nous avions faim.

Je suis allé dans la cuisine pour préparer le dîner. Christian avait acheté du lapin. Une viande maigre, jugée « éco compatible pour une consommation régulière ». Je n'avais aucune idée de la façon de le préparer. Il y a encore un mois j'aurais tapé « recette lapin » sur Google ou Qwant. Là, j'étais seul face à mon lapin. En fouillant dans l'armoire, je suis tombé sur deux boîtes à chaussures remplies de fiches cuisine du magazine *ELLE*, classées par ordre alphabétique. J'ai très vite trouvé la recette du lapin à la provençale. J'avais le thym, le coulis de tomates et je pouvais remplacer les lardons par des petits dés de saucisson. J'ai en revanche eu un souci sur la quantité de sucre à ajouter pour caraméliser. Une cuillère. À soupe, à dessert ou à café ? Une épaisse tache de gras trentenaire transformait cette partie de la recette en énigme. Comme une brûlure de bougie au milieu d'une carte au trésor. Déconnecté du savoir d'un expert en lapin à la provençale, j'ai dû prendre une décision. J'ai opté pour le moyen terme avec la cuillère à dessert.

J'ai servi le dîner dans la chambre, à même le sol. Sylvia, Sacha et moi nous sommes assis en tailleur autour du fait-tout. Personne n'a dit un mot, ce qui était plutôt bon signe. On entendait les couverts racler les assiettes.

J'ai allumé le ghetto blaster de Sacha. Les flashes info à la radio tournaient en boucle autour des fuyards qui cherchaient à échapper à l'audit écologique de l'AIR. Le reporter s'attardait sur le cas d'une famille de Versailles dont le père collectionnait les voitures anciennes – valant chacune plusieurs points de malus. Elle avait été interceptée près de Cherbourg. Les parents et les quatre enfants s'apprêtaient à partir en Angleterre sur un bateau de pêche. Le père de famille avait été placé en garde à vue et sa famille, en liberté surveillée. Un autre reporter avait couvert la cohue dans les aéroports. Seuls les avions transportant des ressortissants étrangers étaient autorisés à emprunter les pistes françaises. Soucieuse de mettre un coup d'arrêt aux émissions de CO_2 des avions, la Présidente avait tenté d'aller bien au-delà de la simple taxe sur le kérosène, jugée démagogue et inefficace. Elle avait tout bonnement souhaité interdire les traversées touristiques ou commerciales de l'espace aérien français. Cette idée radicale d'un blocus total du ciel de l'Hexagone avait soulevé des questions juridiques inextricables au regard du droit international, sans parler du manque à gagner colossal qu'allait provoquer cette décision dans l'économie du tourisme. Le général Henri de Marchand avait trouvé une parade pragmatique digne de ses grands héros militaires : seuls les Français seraient désormais interdits d'avion. On laissait ainsi les touristes étrangers venir chez nous avec leurs devises, tout en empêchant nos compatriotes d'aller dépenser leur argent ailleurs. Mal informées, des foules s'étaient massées aux guichets des aéroports, tentant, en vain, de persuader les employés des compagnies aériennes de leur permettre d'embarquer. En dépit des éclats et des protestations furieuses, les agents de sécurité avaient placé des sabots sur les roues des avions des compagnies récalcitrantes, et des fonctionnaires de l'AIR s'étaient postés dans les sas d'embarquement afin de vérifier qu'aucun ressortissant français ne passait à travers les mailles du filet. Les premiers jours, quelques personnes dotées de doubles nationalités avaient réussi à partir. Mais cela était avant que « la nationalité française ne fasse foi » selon le tout nouveau règlement rectificatif.

Un intellectuel étranger était invité à donner son avis sur ces mesures a priori contraires aux principes de liberté individuelle les plus élémentaires. Il s'agissait du physicien américain David Flanagan, l'un des premiers à avoir déclaré que « la démocratie avait échoué à traiter le problème environnemental ». Depuis plusieurs semaines, ce Raspoutine de la Présidente au physique classique de professeur de campus, barbe blanche et lunettes d'acier, courait les plateaux des chaînes d'info. « Notre mode de vie, gourmand en biens matériels et en énergies fossiles, n'était pas tenable, expliquait-il aujourd'hui dans le poste. Ajoutons que le rythme auquel la population mondiale a grandi ces dernières années n'était pas soutenable, du fait de la limitation des ressources naturelles et des énergies fossiles. Il fallait donc ralentir d'une façon ou d'une autre. » Fallait-il limiter les naissances ? lui demandait le journaliste « La réponse ne relève pas de mon champ d'expertise, a répondu Flanagan, mais, à moins de trouver comment envoyer des gens sur la Lune, il n'y aura pas de solution miracle. Soit les naissances se stabiliseront d'une façon ou d'une autre, soit la mortalité augmentera. Il était plus facile d'envisager des changements fondamentaux avant les années 1990, lorsque nous pouvions nous concentrer sur autre chose que les dommages liés à la multiplication des crises financières et climatiques. Aujourd'hui, je vois mal comment les gens pourraient accepter de vivre avec moins. Nous ne choisirons donc pas le changement : il nous sera imposé, plus ou moins brutalement. » Allait-on revivre le dévoiement des théories de Marx par un nouveau Lénine ? Les infos avaient continué avec la météo. Il pleuvrait à verse pendant au moins quarante-huit heures. Une pluie digne d'une mousson à en croire Météo France qui ne trouvait pas trace de pareil phénomène en métropole.

Je ne savais plus quoi faire. Comment allions-nous échapper aux contrôles sur la route ? Les familles en voiture étaient probablement les premières à être contrôlées. En cas d'arrestation, fallait-il tenter de soudoyer la Police écologique, lui proposer des perles ? Ou risquais-je au contraire d'aggraver notre cas ?

Sacha et Sylvia dormaient quand Jeanne et André sont rentrés. Le blanc de leurs yeux n'était pas rougi, les pupilles n'étaient pas dilatées. Ils ne semblaient pas avoir bu ni fumé. J'ai eu honte de mon inspection réflexe, mais je ne pouvais pas me permettre de laisser quoi que ce soit au hasard, le pire étant que Jeanne parle de nous à André.

— Écoute, papa, j'ai expliqué la situation à André…

J'ai eu envie de la gifler. Mais il a aussitôt pris la parole.

— Monsieur, ne vous inquiétez pas. Dans ma famille, nous n'avons jamais eu de problème avec la police. Mais on ne peut pas dire que nous ne leur ayons jamais fait confiance non plus. Sous l'Occupation, mon grand-père a échappé de peu à la police de Vichy – contrairement à ses parents.

Ces dernières paroles sont restées comme en suspens dans la pièce. André parlait comme un fin lettré. Son grand-père avait été sauvé des nazis grâce à des paysans aveyronnais. Après la guerre, il avait appris que ses parents avaient été assassinés dans les camps.

Des proches l'avaient recueilli, et il avait découvert la vie des Roms, son peuple, dont il n'aurait pas dû être séparé. Chaque année, il retournait sur l'Aubrac, et les parents d'André avaient perpétué la tradition. Les descendants des Aveyronnais qui avaient sauvé son grand-père étaient devenus une seconde famille. André connaissait l'Aubrac comme sa poche. Jeanne le regardait avec des étoiles dans les yeux. Il a repris la parole :

— Jeanne m'a dit que vous aussi vous souhaitiez rejoindre l'Aubrac. Si je puis me permettre, le corbillard vous a été très utile pour sortir de Paris. La mort paraît toujours un peu au-dessus des lois. Mais le calcul permanent effectué par le logiciel de reconnaissance d'image de l'AIR, à partir des différentes caméras sur votre parcours, finira par signaler une anomalie. Un corbillard qui traverse le pays par étapes, le big data vert n'aimera pas ça. Il faudrait changer de monture. Un destrier d'allure plus commune serait de meilleur aloi.

La déprime m'est tombée dessus comme la mousson sur les champs ensoleillés. Plein d'espoir un instant plus tôt, j'étais désemparé. A-t-il perçu mon état ? Il me scrutait. Son visage m'a rappelé celui d'un rapace. Il me regardait comme un aigle observe sa proie avant de fondre dessus. J'avais honte de plaquer ces images sur ce jeune homme qui nous venait ingénument en aide. Mais elles persistaient. Nous sommes allés poursuivre la conversation dans le salon. Boutanche, que je croyais couché, est réapparu, l'air renfrogné, enveloppé dans une robe de chambre de soie trouée aux coudes. On aurait dit un vieil avare dans un château en ruine. Il a bougé une bûche dans l'âtre, en titubant. Ainsi, il était déjà bourré. Il s'est alors fait un rail de coke sur la table basse. Un notaire d'Orléans junky : le monde se dégradait bien vite, me suis-je dit tristement. Au moins, nous pouvions parler sans crainte devant lui, demain il ne se souviendrait de rien.

Nous nous sommes approchés du feu, et André m'a expliqué son plan sous le regard émerveillé de Jeanne. Nous allions nous séparer en deux groupes. Sylvia, Sacha et moi rejoindrions Brive-la-Gaillarde par le chemin de fer. Un bus SNCF électrique nous conduirait dès demain à la gare de Bourges où nous prendrions un train jusqu'à Vierzon, puis un autre pour Brive. André nous retrouverait là-bas après avoir déposé Rocky, le corbillard et tout son contenu à Aubrac, dans la famille « adoptive » d'André. Il se ferait prêter une voiture plus discrète pour venir nous chercher à la gare avec Jeanne.

— Et comment arriverez-vous jusqu'à l'Aubrac sans vous faire contrôler ?

— Je vais appeler mon cousin, il a une casse dans la périphérie, on mettra le corbillard sur sa dépanneuse et on le couvrira d'une bâche. Lui et moi en combi de mécanos, ça n'éveillera pas les soupçons. La Police cherche surtout des familles. Ce sont elles qui fuient en priorité. Jeanne s'allongera sur le sol derrière nos sièges. On allumera même les gyrophares, plus on est voyants moins on nous repère. On aura atteint les premières montagnes du Massif central au bout de trois cents kilomètres, juste après Clermont, et là on reprendra le break. Ensuite ce sera plus facile. La plupart des caméras de reconnaissances de l'AIR ont été taguées par les gens du coin et les habitants de l'Aubrac ont coupé les grands axes : ils ne veulent pas subir les lois écologistes alors qu'ils vivent en harmonie avec la nature depuis toujours. Et j'ai gardé la vieille CB de mon père. Les copains nous guideront.

Nous n'avions pas vraiment le choix. Je n'ai rien répondu, ce qui équivalait à un oui.

Boutanche continuait de remuer les bûches, le regard fixe, immobile, sa tête de lévrier rendue cramoisie par la chaleur des flammes. D'une voix pâteuse, il nous a proposé une tisane. J'ai préféré refuser de crainte que ce breuvage maison ne soit infusé à je ne sais quoi et nous sommes partis nous coucher, traversant l'hôtel particulier à la lueur des chandelles. Le parquet grinçait, le vent sifflait derrière les vieilles vitres gondolées du XIXe siècle. On était loin du triple vitrage imposé par les nouvelles normes. Il allait en avoir pour une fortune en amende puis en frais de remplacement. La valeur de sa maison avait probablement été divisée par trois depuis les élections. Ceci expliquait peut-être l'état de mon vieux copain de régiment à l'allure de vieillard décrépit. Comme sa maison, il ne valait plus un clou.

Sylvia et Sacha étaient profondément assoupis. J'ai embrassé Jeanne tendrement. Elle a fermé les yeux comme quand elle était petite et s'endormait en m'écoutant chanter. J'ai eu un instant le sentiment du devoir accompli. Mais Jeanne s'est relevée une demi-heure après s'être couchée.

— Papa, je n'arrive pas à m'endormir. Je suis seule avec mes pensées. Je ne peux les partager avec personne. C'est tellement cruel de me priver de mon téléphone…

J'ai compris que ma fille ne connaissait pas le processus vital de l'introspection. Pour elle, toute question intime, anecdotique ou existentielle, devait être partagée avec sa communauté. Instantanément. Jour et nuit. Il y avait toujours quelqu'un au bout du Web pour y répondre. Le voile du doute n'existe plus à l'heure des réseaux sociaux. Il n'y a plus de flottement, que des questions et des réponses. Comment en est-on arrivés à ne plus laisser notre esprit vagabonder, cette respiration aussi essentielle au cerveau que l'oxygène aux poumons ? Nos enfants avaient muté. Comme ça, sous nos yeux, sans que nous ne le voyions. J'étais glacé par ce que je venais de découvrir.

Ma plus grande préoccupation restait Sylvia. Comment lui annoncer que notre petite Jane partait demain en voiture avec Tarzan ?

* * *

Curieusement, Sylvia n'a émis aucune réserve lorsque je lui ai présenté le programme de la journée. Elle était comme anesthésiée. J'avais préparé nos trois sacs à dos. Elle n'en a même pas vérifié le contenu. C'était une première. Elle n'avait pas encore remarqué que j'avais abandonné à la maison sa cargaison de crèmes Sisley. Ou bien elle s'en était aperçue, et c'était cela qui avait achevé de l'assommer…

À 9 heures, nous étions à bord du bus en direction de Bourges. Je n'ai jamais su pourquoi tant de monde avait pris la fuite. Ils ne pouvaient pas tous être des fugitifs comme nous. Je crois qu'il s'agissait d'un mouvement de panique sans raison précise. Peur du changement, crainte des persécutions, réflexe primal… Les souvenirs de l'Occupation se sont inscrits dans le subconscient des Français. En 1968, déjà, les Parisiens avaient fui vers le sud. À l'élection de Mitterrand, quelques privilégiés avaient quitté la France pour la Suisse ou les États-Unis. Mais là, partir, comme nous, en direction du Massif central n'avait aucun sens. L'ennemi ne venait pas du nord ou de l'est. Il était partout. Et pourtant, les Français fuyaient en masse. Sur la route, la police poursuivait ses contrôles. Pour diminuer la consommation d'énergie, la vitesse était limitée à 50 km/h sur l'autoroute, plus 10 km/h par passager supplémentaire pour inciter au covoiturage, et à 30 km/h sur les nationales, selon le même principe appelé « mesure d'incitation collective ». Naturellement, pour encourager la population à utiliser les transports collectifs, les bus électriques avaient le droit de rouler plus vite sur la bande d'arrêt d'urgence. Mais ils étaient pris d'assaut. Nous avions eu la chance de trouver trois places libres. Aux arrêts suivants, les gens se battaient pour prendre la place de ceux qui descendaient. Sylvia regardait le paysage défiler : encore des voitures de luxe abandonnées et des familles arrêtées sur le bas-côté. Avec son teint hâlé, sans maquillage et sa mèche de cheveux collée sur la joue, elle m'attirait. Mais l'image de la veille, devant l'hôpital, me retenait de l'enlacer. Je me suis consolé en prenant Sacha dans mes bras. Quant à Jeanne, j'ai prié pour que tout se passe bien pour elle. Nous étions comme un bouchon pris dans le courant d'une rivière : ballottés, nous continuions de flotter.

Ma stratégie demeurait la même : prétendre que nous étions en balade touristique. À la découverte du patrimoine français. Officiellement, notre but de la journée serait la cathédrale Saint-Étienne de Bourges, que je savais être à moins de trente minutes à pied de la gare. Le bus nous a laissés dans une ruelle aveugle et nous nous sommes dirigés vers le quartier de la cathédrale. J'avais briefé Sacha. Mi-amusé mi-nerveux, il surjouait le touriste. Mon appareil argentique autour du cou, un vieux *Guide Michelin* à la main, il hurlait :

— Papa, quelle splendide gargouille. Maman, admire le rondelet de ces pavés. Quelle finesse de taillade !

Heureusement la seule personne que nous avons croisée à ce moment-là était un vieux monsieur.

— Je vous félicite, je ne savais pas qu'il y en avait encore des comme ça dans cette génération, nous a-t-il dit sur un ton admiratif. Je soutiens la mesure que le gouvernement a annoncée ce matin : limiter Internet à quinze minutes par jour. Cela sauvera peut-être mes petits-enfants de leur folie des écrans.

— Merci, monsieur, en effet, il fallait faire quelque chose, ai-je répondu l'air faussement outré. Pourriez-vous nous indiquer la gare ? L'échelle de notre carte de la région n'est pas assez précise pour circuler en ville...

— Bien sûr, vous suivez cette rue, puis deuxième à gauche devant le tabac – il vient d'être fermé par arrêté préfectoral – et tout droit, c'est indiqué.

Le prochain train pour Brive-la-Gaillarde partait le lendemain à 7 heures. Il n'était que 18 heures et je ne savais pas où passer la nuit sans nous faire repérer. Nous devions avoir un ange gardien car, assis à mes côtés dans la salle d'attente, un couple sans âge, jovial et rigolard, parlait d'un karaoké clandestin ouvert jusqu'à 6 heures du matin. J'ai compris qu'il appartenait à un ancien flic, ce qui devait aider.

— Ma chérie, Sacha, nous allons faire une nuit blanche dans un karaoké. Vous savez, ça redevient vraiment à la mode !

Vers 20 heures, nous sommes arrivés dans un sous-sol étonnamment cosy. Une quarantaine de personnes de vingt à quatre-vingts ans, la mine réjouie, se partageaient entre le bar et la scène. J'ai commandé deux margaritas pour Sylvia et moi, et un Coca pour Sacha. Il y avait droit puisqu'il devait rester éveillé. À côté de nous, un sexagénaire était plus éteint que les autres. Ni triste ni gai, mais assurément mélancolique. J'ai un don pour repérer la mélancolie.

— C'est vraiment sympa ici, ai-je risqué.

— Oui, ça au moins, ils ne nous l'ont pas encore piqué, ces fachos verts.

Prudent, j'ai essayé de temporiser, ne sachant pas si c'était un infiltré.

— C'est vrai que c'est un peu raide tout ça, mais je dois dire que je ne crois pas que dans le monde d'avant nous ayons trouvé la solution.

— Vous savez ce qu'ils m'ont obligé à faire ces guignols biodégradables ? J'étais en train de divorcer de Nathalie, trente ans de vie commune, trois gosses, j'ai donné non ? Et ben, ces écocouillons, ils nous ont interdit de divorcer ! Vous le croyez ça ?

— Interdit de divorcer… mais c'est une blague !

J'étais en confiance.

— C'est, paraît-il, l'un des pires actes antiécologiques parce que ça double tout : machine à laver, voiture, télévision… Pardon, je vous laisse, c'est mon tour.

Ses trois gin-Tonic l'avaient anesthésié, mais j'ai vite compris qu'ils étaient indispensables à sa performance. Il allait chanter Aznavour. Les habitués du karaoké savent bien que s'attaquer au grand Charles est tacitement réservé aux virtuoses de cette discipline que les puristes n'hésitent pas à nommer neuvième art. Quand j'avais entendu ça dans la bouche d'un collègue lors d'un séminaire à Cabourg, je m'étais dit : « Et pourquoi pas sport olympique tant qu'il y est ?! »

Décidé à s'affranchir des usages, il a démarré, évitant le regard de celle qui l'accompagnait. Son ex-ex-femme.

« *Tout l'alcool que j'ai pris ce soir*
Afin d'y puiser le courage
De t'avouer que j'en ai marre
De toi et de tes commérages
De ton corps qui me laisse sage
Et qui m'enlève tout espoir
J'en ai assez faut bien qu'j'te l'dise
Tu m'exaspères, tu m'tyrannises
Je subis ton sal' caractère

Sans oser dir' que t'exagères
Oui t'exagères, tu l'sais maint'nant
Parfois je voudrais t'étrangler
Dieu que t'as changé en cinq ans
Tu t'laisses aller, tu t'laisses aller… »

En une fraction de seconde, l'épouse dorénavant prisonnière, s'est levée et a enchaîné, les yeux plantés dans ceux notre Charles Aznavour, avec Clara Luciani…

« *Hé toi*
Qu'est-ce que tu regardes ?
T'as jamais vu une femme qui se bat
Suis-moi
Dans la ville blafarde
Et je te montrerai
Comme je mords, comme j'aboie
Prends garde, sous mon sein la grenade
Sous mon sein là regarde
Sous mon sein la grenade… »

Cette joute aussi inoffensive que violente nous a mis mal à l'aise. L'excitation de la fuite avait mis entre parenthèses mes doutes sur notre couple. Trahison ou pas, j'aimais Sylvia. Et elle ?

* * *

À 6 h 45, nous étions sur le quai de la gare. Sylvia m'a pris la main. Je tenais Sacha contre moi. Il fredonnait encore les airs de la nuit : Aznavour, Yves Montand, Édith Piaf, et d'autres chansons de mon enfance. Le train est arrivé dans un crissement de freins et nous sommes montés à bord. Cela faisait au moins vingt ans que je n'avais pas emprunté les lignes de chemin de fer régional. La dernière fois, c'était pour aller de La Rochelle à Royan au mariage de ma sœur. Il y avait longtemps maintenant qu'elle vivait au Canada. Elle avait eu du flair. Ou de la chance. Dans ce petit train, j'ai vu défiler des maisons plutôt jolies. La folie des pavillons des années 1970 à 2000 s'était un peu calmée. On préférait restaurer de vieilles fermes que construire des champignons blancs tous identiques. Ces maisons étaient forcément équipées de l'attirail moderne. Piscine gonflable et barbecue compris. Comment allaient-ils faire avec les nouvelles lois ?

À travers la porte vitrée de séparation entre les wagons, j'ai vu des policiers contrôler des voyageurs. Leur nouvel uniforme ne différait de ceux de la police que par leur vert bouteille. La Police écologique avait donc déjà son équipement : ils n'avaient pas perdu de temps au gouvernement ! Ils prenaient le portable des gens et, en deux minutes, se connectaient en Bluetooth pour aspirer leur contenu et vérifier les comportements. Plusieurs passagers se sont vu infliger des points de malus et une amende à payer dans les quinze jours avant majoration. Une jeune femme dont le compte Instagram affichait des photos de voyages au bout du monde s'est vu signifier une convocation à la préfecture pour mise à l'épreuve.

— B'jour m'sieurs-dames, vos téléphones, s'il vous plaît.

— Bonjour, nous n'en n'avons plus depuis des mois. C'était un fil à la patte.

— On nous a déjà fait le coup, videz vos poches et ouvrez vos bagages.

Nous nous sommes exécutés. Jeter nos portables et détruire leurs cartes SIM avait été l'une de mes premières décisions. Elle m'avait valu un tombereau d'insultes de la part de Jeanne, mais je ne la regrettais pas.

— OK merci. C'est bon. Vous êtes de sacrés fanatiques, vous ! Donnez-moi vos nom et adresse que je vous crédite trois points de bonus.

Sylvia, soulagée, et sur l'instant flattée, allait répondre. J'ai fait semblant d'éternuer et lui ai postillonné à la figure. Elle a poussé un cri et m'a insulté. J'en ai profité pour reprendre les choses en mains.

— Guy Degrenne. 8, avenue du Général-de-Gaulle à Bourges.

J'ai prié au fond de moi pour qu'il y ait une avenue du Général-de-Gaulle à Bourges. Il y en avait une dans presque toutes les villes de France.

— Très bien, merci. On se recroisera sûrement, j'habite au 37.

Sylvia était en train de s'essuyer la figure.

Humiliée, mais soulagée.

Sacha regardait rêveur par la fenêtre.

Oh, papa, tu vas pas faire ta chochotte !

Blizzard, tête de veau et chiens de traîneaux

Tarzan nous attendait sur le quai de la gare, mais Jane n'était pas là.

— Tout s'est bien passé. Jeanne est là-haut, à Aubrac, a dit André avant que Sylvia ne pique une crise de nerfs.

Elle a aussitôt retrouvé son nouvel état : elle planait comme une ado sans soucis, le visage rayonnant.

André a pris nos trois sacs d'une main et nous sommes sortis de la gare. Sylvia suivait comme un zombi, alors que Sacha sautillait comme un jeune chiot. Ce n'était pas très différent d'une arrivée en train dans une grande ville au pied des Alpes, en bas des stations de sports d'hiver.

Le climat était de plus en plus déréglé. Le blizzard s'était abattu sur la région. Les flocons de neige volaient en tous sens, certains doucement, comme des plumes, d'autres, durs et glacés, nous fouettaient le visage. On aurait dit des lames de rasoir.

André a jeté les sacs à l'arrière d'un gros pick-up des Eaux et Forêts autorisé à rouler, les a recouverts d'une bâche et nous sommes montés à bord. La radio FM grésillait. Un journaliste y évoquait des tornades en Australie, des incendies en Californie, et des nuages d'insectes en Amérique du Sud. Un vulcanologue a parlé du danger que le projet de destruction des déchets radioactifs dans le magma terrestre représentait pour la planète. Un représentant du gouvernement a expliqué qu'en attendant le développement de nouvelles centrales éoliennes et solaires, l'énergie atomique restait la plus propre.

André a coupé la radio et démarré.

— C'est des bêtises tout ça. Les gens n'ont qu'à apprendre à vivre. Comme nous, sur l'Aubrac.

Dans mon souvenir, c'est la première fois qu'il s'est exprimé avec un fort accent aveyronnais. Il a allumé la CB et nous avons entendu tout un charabia qui lui a comme servi de boussole jusqu'à notre destination.

« *Aligot à Miladiou, tu me captes ?*

— *Papa 22 vers Argentat.* »

Il a repris la parole :

— On va quitter la départementale 921 pour prendre les petites routes, nous a informés André. Ce sera plus long, mais avec la neige et les barrages des gars de la Réserve, on n'aura pas de problèmes. On a fait pareil avec Jeanne. Heureusement, il ne neigeait pas encore, sinon on ne serait jamais arrivés jusqu'à la Réserve.

— La Réserve ? ai-je demandé.

— C'est le nom de code que les habitants de l'Aubrac ont donné à la région des plateaux. On a bloqué tous les passages avec des bottes de paille, du purin, des carcasses de vieilles bagnoles et tout un fourbi de containers rouillés et de vieux pneus de tracteurs. On a laissé des passages, mais il faut connaître, sinon on est rapidement bloqué. La Police écologique ne s'y risque pas. C'est trop compliqué à contrôler. Et de toute façon, tout est 100 % écolo là-haut, donc il n'y a pas d'amendes à récolter. On craint surtout que toute la France débarque. Alors, on a installé des barrages sur tous les axes. On contrôle les images aussi : sans réseau ni Internet, personne ne peut rien envoyer depuis la Réserve. Pour l'instant, on a réussi à passer sous les radars des médias.

Sylvia et Sacha dormaient, bercés par la conduite chaotique d'André. Les grosses roues crantées absorbaient les chocs provoqués par les nids-de-poule. La voiture prêtée par le garde forestier surfait sur une route devenue invisible sous la neige. Seuls de hauts bâtons rouges, plantés de chaque côté de la chaussée, indiquaient le chemin. À chaque barrage, André ouvrait la fenêtre et s'exprimait en patois. Les hommes, dont les visages givrés apparaissaient à la fenêtre, jetaient un regard furtif dans l'habitacle et nous laissaient passer avec un large sourire. Ils devaient se connaître. Des files de voitures et de piétons espérant pouvoir pénétrer dans la Réserve s'allongeaient sur le bas-côté. Des hommes et des femmes nous regardaient passer, l'air envieux, désespéré et résigné. Des migrants à l'intérieur de leur propre pays. J'ai préféré me concentrer sur la route. La voiture a poursuivi son ascension dans le sifflement du vent et les tourbillons de neige.

Le soleil commençait à percer les nuages. L'Aubrac est apparu, avec, à perte de vue, des poteaux plantés dans la neige et, parfois, un hameau isolé, avec son arbre et ses quatre murets délimitant un petit jardin au cœur de la steppe.

Tout cela m'a rappelé mon enfance, lorsque nous rentrions de vacances avec mes parents, après un séjour en Aveyron, dans le château familial de cousins, près de Rodez. Sur la route du retour, nous nous arrêtions sur l'Aubrac, le temps d'un pique-nique dans un champ. L'été, les vaches étaient là. Je me suis souvenu de veillées dans un buron où chaque année nous nous retrouvions en famille pour déguster un aligot accompagné de saucisses grillées. Des paysans nous recevaient. Ils logeaient là l'été afin de s'occuper des vaches venues paître pour la saison. Ils dormaient sous les lauzes du toit à travers lesquelles je revois encore les rayons de soleil qui perçaient dans la journée. Il en était ainsi depuis des siècles. Sur cette route du retour, nous, les enfants, nous endormions sur les bagages, à l'arrière du break familial. Et je revenais aujourd'hui, avec ma femme et mes enfants. Je savais qu'il allait nous falloir retrouver les gestes d'antan : la toilette à l'eau de source, le chauffage naturel, l'économie de tout. Nous allions réapprendre à vivre. Avec, peut-être, l'aide de quelques outils, fruits des dernières avancées de la science et de la technologie. Mais, cette fois, à l'économie. LESS IS MORE, comme disait le T-shirt branché de Jeanne.

Le ciel s'est totalement éclairci lorsque nous sommes arrivés sur les hauts plateaux. Nous étions comme dans l'œil du cyclone : alors qu'un déluge de froid s'abattait sur la planète, le calme régnait sur l'Aubrac. Les champs enneigés formaient comme une mer de collines, aux courbes harmonieuses enserrées de pieux de bois reliés entre eux par des fils de fer barbelés et des murets de pierre. Cette accalmie avait un air de paradis perdu. Ou plutôt retrouvé. Peu le savent, mais ces sublimes paysages sauvages de causses, nus et battus par les vents, sont nés de la main de l'homme. Au Moyen Âge, des générations de moines ont taillé les forêts pour se chauffer. Le massacre des milliers d'arbres allait faire apparaître des paysages parmi les plus beaux qui soient. En séparant les étendues d'herbes folles, les moines médiévaux préparaient sans le savoir le bonheur de plusieurs générations de photographes et de vendeurs de cartes postales à Laguiole. Ces cailloux qu'ils ont trouvés, ramassés un à un et déposés ici en lignes noires, petites barrières de rocaille au dessin délicat, ont été enchâssés les uns dans les autres. Ainsi imbriqués, ils ont résisté au vent, à la pluie, au froid et à la neige. Ils ne délimitent pas seulement les parcelles, ils forment comme une signature de ce lien si particulier qui existe entre l'homme et la nature.

Le village est apparu, lugubre malgré les derniers rayons du soleil. La voiture s'est arrêtée devant l'hôtel de la Dômerie, un haut bâtiment de pierre grise servant d'étape aux pèlerins perdus sur les routes de Saint-Jacques-de-Compostelle. J'avais hâte de retrouver Jeanne. Et je ne doutais pas que Sacha se ferait une joie de revoir la bouille de Rocky. Quelle serait l'humeur de Sylvia ? Je chassais toute spéculation, colère ou amertume de mon esprit. La famille allait enfin être réunie, c'était le principal.

* * *

En pénétrant dans l'auberge, j'ai été surpris par le brouhaha. Nous n'étions pas les seuls à avoir échoué dans cette sorte de phare du bout du monde. De jeunes voyageurs équipés comme des routards, quelques vieillards à l'air de vagabonds et des familles hirsutes et épuisées avaient comme nous atterri à l'hôtel de la Dômerie. Ils avaient réussi à forcer les barrages de la Réserve ou à passer à pied par des chemins de traverse. À moins qu'il ne s'agisse de proches d'habitants de la région ayant afflué sans prévenir. Logiquement, ils ne s'étaient pas risqués à téléphoner ou envoyer des messages à leurs contacts dans l'Aubrac de crainte que leur communication ne soit interceptée par la cellule AIR.

Une forte odeur de vêtements sales et mouillés flottait dans l'air. Ils avaient dû faire une partie du chemin à pied, bravant courageusement le blizzard.

André nous a ouvert un passage jusqu'à la salle à manger où s'entassaient d'autres réfugiés, regroupés en autant de grappes humaines qu'il y avait de tables – une dizaine. À raison d'une douzaine de personnes par tablée, nous devions être plus d'une centaine. Au centre de chaque table fumait un potage dont le parfum m'a aussitôt paru familier : je reconnaissais cette soupe de légumes. La même avait dû m'être servie, il y a des lustres, lors d'une étape sur le retour des vacances. Mais à l'époque, l'Aubrac était un pays inconnu, pauvre et désert, où personne n'aurait imaginé s'installer. L'hôtel de la Dômerie, soudain redécouvert, sortait d'un long sommeil.

Les silhouettes formaient sur les murs comme une ombre ondoyante. Au fond de la salle, les pierres d'une large cheminée rougeoyaient au gré des flammes. Cela tenait plus du bûcher que de la simple cheminée. C'est devant lui qu'autrefois se réunissaient les familles et les pèlerins pour la veillée. Les événements de ces derniers mois allaient à coup sûr rejoindre ceux des siècles passés. Déjà, lors de la Commune, l'Aubrac avait accueilli les fuyards de Paris. Pendant la dernière guerre, les résistants venaient se réchauffer le soir dans les auberges et foyers de cette région, ce pays inaccessible où l'on ne pose pas de questions.

Un mordillement au mollet m'a brusquement sorti de mes pensées. C'était Rocky qui sautillait et jappait, m'enjoignant à le suivre. D'un air entendu, André a poussé une porte et nous avons pénétré, avec Sylvia, Sacha et Rocky, dans un autre monde. Des poêles de cuivre, des ustensiles en bois ou en acier, des jambons et des quartiers de viande, des légumes, du pain et des bouteilles de vin sont apparus devant nous. Nous étions dans la cuisine de l'auberge, au milieu de laquelle Jeanne dînait tranquillement. Elle a à peine levé la tête, juste ce qu'il fallait pour nous signifier qu'elle nous avait vus. Et elle a continué son repas, comme si de rien n'était. Elle tenait un laguiole au manche d'ivoire avec lequel elle a coupé trois tranches de pain larges comme des assiettes. Elle les a disposées à notre intention, devant elle, et a vidé d'une traite son verre de vin rouge. On l'aurait crue chez elle. André s'est installé à sa droite et nous a invités d'un geste à nous asseoir face à eux.

Le repas s'est poursuivi en silence, puis André nous a conduits dans l'immeuble voisin, La Colonie. C'était autrefois une pension de vacances pour enfants, transformé dans les années 2010 en chambre d'hôtes. Le propriétaire avait conservé les douches et les chambres. À part ça, il avait cassé tous les murs, et même certains plafonds. On aurait dit un loft new-yorkais. De gros poêles gris alimentés au bois ronronnaient à tous les étages. Il faisait bon. Je me suis demandé si la Police écologique les tolérerait longtemps. Parfois, on ne savait plus ce qui était écolo ou pas. J'ai regretté de ne pas avoir connu cet endroit plus tôt, cela aurait été parfait pour nos vacances en famille. Nous aurions pu d'ailleurs nous imaginer en vacances si le lieu n'avait pas grouillé de réfugiés, un curieux mélange de tous âges, styles et origines. Sur les murs, les ancêtres des propriétaires, figés sur des photos datant de 1900 à 1960, observaient les inconnus qui allaient et venaient. Eux aussi, contemporains des deux dernières guerres mondiales, avaient connu les drames de l'exode.

Nous avons suivi André jusque sous les toits. Notre chambre, une grande pièce pourvue de quatre lits simples, était décorée de meubles de récupération, ce qui n'aurait pas déplu à la Police écologique. J'ai été soulagé de constater que Jeanne dormait avec nous. Épuisé, j'ai décidé de remettre au lendemain les questions qui me dévoraient.

* * *

C'est en écartant doucement un pan du rideau devant la lucarne de notre chambre qu'est apparu l'inimaginable. Des dizaines de voitures étaient garées en bataille dans la rue. Il y en avait partout. Malgré la tempête et les barrages filtrants, une foule de réfugiés était parvenue jusqu'ici. La Colonie et l'hôtel de la Dômerie n'étaient pas les seules étapes sur cette route ancestrale des chemins de Compostelle. Juste en face, se dressait une autre bâtisse, tout aussi austère, L'Annexe d'Aubrac. Elle devait avoir été elle aussi investie par ces hordes de nouveaux migrants.

Plus loin, plus haut, au sommet d'une colline enneigée, se dressait une autre pension fantôme, sans doute également pleine de fuyards, à en croire les voitures garées pêle-mêle sur la route qui y accédait. Le palace oublié dominait de toute sa hauteur le village gris où nous avions échoué. De l'autre côté, le clocher de l'église n'était pas moins sévère : sans ornement, il défiait le désert qui s'étendait à perte de vue à ses pieds. Un édifice noirci par le temps toisait le bourg de pierres sombres où nous séjournions. Cette sentinelle anguleuse, sans portes ni fenêtres apparentes, faisait penser à la proue d'un galion, perdu au milieu de l'océan, à l'approche d'un typhon.

Tous ces anciens bâtiments qui avaient tenu lieu, successivement et selon les circonvolutions de l'histoire, de château seigneurial, d'auberge pour pèlerins illuminés, d'orphelinat, de couvent pour jeunes filles confiées au bon Dieu dès l'adolescence, de maison de soins pour gueules cassées et, plus récemment, de chambres d'hôtes pour bobos parisiens ou de centre de séminaires pour cadres de multinationales, avaient été investis par les familles et proches des habitants de l'Aubrac.

J'ai soudain remarqué que le lit de Jeanne était vide. Je me suis habillé à la hâte et suis parti à sa recherche, abandonnant Sylvia, Sacha et Rocky à leurs doux ronflements. Ils avaient besoin de récupérer.

Le propriétaire de l'hôtel semblait m'attendre à l'accueil. Affable, il a fait glisser une enveloppe sur le vieux comptoir de la réception.

— Votre fille a laissé cela pour vous, Monseigneur.

J'ai toujours détesté les commerçants qui, ironiquement, s'adressent à vous comme un valet à son maître. Je me dis que, sous couvert d'humour, ils souhaitent exprimer quelque chose de précis, mais je ne suis jamais parvenu à saisir tout à fait de quoi il s'agit : tout cela n'est qu'une grande farce ; qui est le maître, qui le serviteur ? Je me suis entendu renvoyer la balle d'une voix ridicule, comme dans une pièce de Molière jouée sous le préau d'une école :

— Mille mercis, Maître…

Et j'ai fait mine de le saluer, courbé en deux, la pointe du pied tendue, en faisant tournoyer un grand chapeau imaginaire. Il a enfin lâché l'enveloppe et j'ai pu cesser ce numéro qui aujourd'hui encore me fait monter le rouge aux joues, comme si la terre entière avait été témoin de mon attitude grotesque. Jeanne m'avait écrit de la retrouver à l'hôtel de la Dômerie.

Dehors, la neige tombait à gros flocons. L'auberge m'est apparue bien sombre en bas de la rue si blanche. Comme la veille au soir, un feu était allumé dans la cheminée de la grande salle. S'était-il éteint dans la nuit ? Ou des bûches se consumaient-elles dans l'âtre en continu ? La salle était encore pleine. Les réfugiés partageaient en silence un petit déjeuner constitué de café, de lait et de grandes tartines beurrées, agrémentées de miel ou de confiture de mûre. Ils enfouissaient le visage dans leur bol pour y boire goulûment. J'ai traversé l'assemblée en souhaitant bon appétit à la ronde, comme si nous étions tous des habitués de cette pension, et suis entré dans la cuisine.

Jeanne et André portaient de vieux tabliers blancs.

— Sam, je vous présente Sophie, m'a dit André. Elle est comme ma sœur. Nous avons grandi ensemble ici.

Sophie était une grande femme au corps athlétique, le visage toujours éclairé d'un sourire. Elle était bien plus âgée que lui. Elle aurait pu être sa mère plutôt que sa sœur. Mais j'avais cessé de m'étonner de quoi que ce soit.

— Alors, vous aussi vous avez quitté la capitale ? s'est écriée Sophie avec un fort accent de l'Aveyron.

— J'ai des origines aveyronnaises, ai-je répondu utilisant mes lointains cousins qui possédaient un château près de Rodez comme un sésame.

— Ne vous inquiétez pas. Ici, nous ne jugeons pas les gens selon leurs origines. C'est l'esprit qui compte, et rien d'autre.

J'ai surpris un air réjoui sur le visage d'André. La remarque de la grande Sophie lui était-elle adressée ? Jeanne m'avait à peine dit bonjour, lâchant un demi-sourire forcé l'espace d'un dixième de seconde. Elle s'apprêtait à couper quelque chose, d'encore non identifié, sur le plan de travail. Soudain, j'ai failli tourner de l'œil. Une tête de veau ! Jeanne, qui depuis l'enfance refusait de manger des petits d'animaux – Sylvia ayant eu la bonne idée de lui offrir comme doudou un agneau en peluche –, venait d'abattre un marteau sur le crâne d'un bébé de vache. Elle l'a ensuite tranquillement dépecé d'un geste expert. Sans m'octroyer même un regard, bien entendu.

— Oh, papa, tu vas pas faire ta chochotte, me dit-elle sans se retourner, poursuivant sa tâche avec soin. Si au lieu de faire des manières les hommes étaient un peu plus responsables et mangeaient entièrement les animaux qu'ils ont tués, on n'en serait sans doute pas où nous en sommes aujourd'hui. On aurait besoin de moins d'animaux pour nous alimenter, ce qui signifierait aussi moins d'animaux à élever. Tu sais quelle quantité de méthane les animaux relâchent dans l'atmosphère en pétant, rotant et retournant les sols avec leurs sabots ? C'est du délire ! Ici, quand on tue une bête, on la mange entièrement, de A à Z : la tête du veau, mais aussi les pattes et la crête du coq. C'est une question de respect.

— Dites donc, elle apprend vite, votre petite, a dit la grande Sophie, dont les cheveux peroxydés descendaient jusqu'au ceinturon indien de son jean neige. Et puis elle a le coup de main. Vous savez qu'il faut avoir le cœur accroché et une sacrée force dans les bras pour faire ça ? Vraiment, félicitations.

André évitait mon regard. Avait-il envie de me rire au nez ? Je devais avoir l'air benêt, les bras ballants au milieu de cette cuisine moyenâgeuse, à recevoir un cours magistral de ma petite Jeanne, tout affairée au dépeçage d'un animal. Pourtant, dans le fond j'étais fier. L'œil humide, je me suis détourné pour cacher mon émotion, ou peut-être était-ce la faim : j'étais à jeun et j'avais sacrément besoin d'un bon petit déjeuner. Du café et une tartine, et surtout pas des abats.

Je suis sorti de la cuisine et me suis assis à une table, entre deux inconnus qui m'ont salué d'un grommellement. Je me suis beurré une large tartine et moi aussi j'ai enfoui mon visage dans un bol plein de café fumant, comme s'il s'agissait d'un refuge.

* * *

Le plus compliqué restait à venir : rejoindre le buron familial et y installer notre campement sans se faire repérer, réunir tout le nécessaire pour pouvoir y séjourner en autarcie. La cellule de l'AIR devait maintenant avoir repéré mon rôle dans l'affaire des pneus prétendument recyclés. La traque allait commencer. Dehors, la tempête avait repris. Les fenêtres étaient couvertes de neige et de buée.

C'est à nouveau Jeanne qui m'a pris de court. Alors que je ruminais mon sort, me demandant comment j'allais à la fois maintenir la cohésion de la famille, élever nos deux enfants et reconquérir Sylvia – tout en chassant de mon esprit l'image de sa trahison –, Jeanne m'a appelé depuis le couloir. J'étais aux toilettes en train de méditer un adage gravé dans le bois du mur :

« *Quand le dernier arbre aura été abattu*
Quand la dernière rivière aura été empoisonnée
Quand le dernier poisson aura été pêché
Alors on saura que l'argent ne se mange pas. »

Geronimo

— Papa, papa, mais qu'est-ce que tu fous ?!

Je n'en revenais pas qu'elle s'adresse à moi de cette façon. Mais dans le fond elle avait raison. Qu'est-ce que je faisais là, à m'extasier sur une phrase de Geronimo, probablement inventée par un type bourré ?

Elle était avec André. Basané, les cheveux noirs, les épaules larges : je ne pouvais plus m'ôter de l'esprit l'image d'un guerrier apache alors qu'il m'annonçait la suite de notre programme. Jeanne n'avait donc plus aucun secret pour lui : elle lui avait même révélé notre destination, le buron familial au cœur de l'Aubrac.

— Monsieur Bourget, Jeanne m'a expliqué. Sur l'Aubrac, tout se sait. Il vaut mieux que vous arriviez là-bas discrètement. Le corbillard, on peut le planquer ici, dans une grange. Pour le matériel militaire qui est dans le coffre, je peux le transporter dans le Ratrac de la station du Fer à cheval. Il appartient à des cousins de Sophie, ils me le prêteront sans poser de questions, mais pas tout de suite. Il me faut le temps d'aller leur expliquer la situation. D'ici là, nous allons faire la traversée en traîneau. Je propose de vous emmener à la nuit tombée. Je connais les passages, je naviguerai à vue. Je tracterai un deuxième traîneau derrière nous, ainsi, si vous entraînez le petit Rocky, il pourra vous emmener partout pendant l'hiver.

André était décidément capable de tout faire. Comme un Indien. Il va de soi que j'ai approuvé sans commentaire.

La France avait beau être sens dessus dessous, l'Aubrac pris d'assaut par les citadins fuyant les métropoles soumises au joug des Verts, la vie suivait son cours. J'ai rejoint Sylvia et Sacha là-haut dans notre chambre. Sacha, lavé, habillé, parfumé, jouait avec Rocky. Sylvia sortait de la douche, rayonnante. Elle m'a accueilli d'un baiser sur la bouche qui m'a fait presque sursauter :

— On va faire un tour ? La femme de chambre m'a dit que les tartes aux myrtilles de chez Germaine étaient un must. On pourrait visiter le village et déjeuner là-bas !

Un instant plus tard, malgré les gros flocons qui tournoyaient dans le vent, nous déambulions dans le village, découvrant les vitraux de l'église puis le récent édifice de la Maison de l'Aubrac, un bâtiment design bâti à flanc de coteau : alors que l'exode entraînait la nation vers la ruine, le commerce fleurissait ici. Les

Français ne pouvaient plus quitter le territoire, mais les étrangers y étaient les bienvenus. Il fallait renflouer les caisses. Une queue s'était formée devant la boutique. Laguioles et Opinel se vendaient à tour de bras. Étonnamment, tout était ouvert dans le village : les restaurants, les cafés, les hôtels. Les touristes poursuivaient leurs vacances comme si de rien n'était. Nous avons vu une file de pèlerins sortir d'un nuage de neige, raquettes aux pieds et s'engouffrer chez Germaine pour aller se restaurer d'une saucisse grillée accompagnée d'aligot en sifflotant un air folklorique allemand. Un autre groupe, d'Asiatiques cette fois, tous chaussés de skis de fond, se dirigeait à toute vitesse vers la station du Fer à cheval, dont André justement m'avait parlé. Plusieurs équipages de chiens de traîneau ont glissé devant nous. Chaque fois, Rocky voulait les rejoindre et Sacha peinait à le retenir.

La région profitait à plein de la météo comme de l'arrivée des réfugiés. La révolution verte qui s'était abattue sur notre pays n'avait apparemment pas franchi nos frontières : les étrangers n'en avaient en tout cas pas grand-chose à faire. Je me suis souvenu que nous-mêmes étions déjà partis en vacances dans des pays où la révolution avait imposé la dictature. Dans le confort des palaces où nous étions descendus, nous ne nous étions rendu compte de rien. La comparaison est sans doute déplacée, mais le tourisme a vécu un âge d'or en Allemagne aussi entre l'arrivée au pouvoir d'Adolf Hitler, en 1933, et le déclenchement de la guerre, en 1939.

Le gros temps a brusquement cessé. Plus d'un mètre de neige était tombé en deux jours, un record. Et d'un coup, le village a eu l'air de ressusciter. Des buses sont apparues dans un ciel bleu roi. Le crépi gris des maisons scintillait au soleil. C'est dans cette ambiance soudain joyeuse, alors que des moineaux volaient d'un toit à l'autre, et que le Poilu du monument aux morts brillait de toutes ses couleurs récemment rafraîchies, que nous nous sommes installés chez Germaine. Dans cette institution de l'Aubrac, la décoration témoignait du passage du temps : une Sainte Vierge moyenâgeuse, une cheminée bicentenaire, un carrelage de faïence jaune des années 1950, et une patronne habillée comme avaient dû l'être toutes ses ancêtres. J'ai presque été tenté de l'appeler Germaine. Il m'a semblé que le temps s'était arrêté en 1742, date à laquelle la famille Gros s'est installée à Aubrac pour y cuisinier l'invariable et exquise cuisine de la région, à base de saucisse, de potage et d'aligot. Ce jour-là, le menu proposait des « mises en bouche maison », puis un aligot, préparé avec des pommes de terre fraîches mélangées à l'élément de base, la tomme au lait cru et entier, servi avec un tournedos de filet de bœuf poêlé, cèpes à la crème, puis les célèbres tartes aux fruits rouges. Seul hic, on les servait en plein hiver, alors que ces baies se cueillent au mois d'août. Pris d'une subite crise d'écologisme teintée de patriotisme, je me souviens m'être dit que cette hérésie ne devrait pas se poursuivre très longtemps. J'étais agacé par les bruits joyeux des tablées de touristes. Comment osaient-ils rire alors que ma vie venait littéralement d'exploser ? Nous avons opté pour le menu intemporel et avons avalé en silence nos saucisses grillées accompagnées de l'éternel aligot et j'ai rapidement demandé l'addition.

À la table voisine, des gens du coin rapportaient des nouvelles de Paris.

— C'est l'arsenal juridique qui n'allait pas. Ça faisait longtemps qu'on mettait des amendes aux pollueurs, mais que veux-tu que ça leur fasse ? C'étaient les boîtes qui payaient. Et comme elles gagnaient largement plus… Là, ils vont le sentir passer les gros connards.

— C'est sûr qu'un séjour au vert, ça calme. À la télé, ils ont parlé de grands travaux de reforestation, avec une main-d'œuvre puisée chez les resquilleurs.

— On va quand même pas envoyer les types au bagne. On n'est pas des bolcheviques ! Moi, si c'est ça, ben, j'adhère pas.

— Mais non, bien sûr que non ! On va pas faire des goulags ou des camps de concentration, ça va pas, nan ? On est en France, le pays des droits de l'homme, quoi. C'est juste pour leur remettre les idées en place et marquer le coup. C'est quand même mieux que la taule, tu sais, et puis, de toute façon, y a plus assez de prisons. Là, au moins, c'est utile. Y a même pas besoin de surveillants ni de bracelet électronique : personne n'a envie de se perdre dans les Ardennes ou dans le maquis. À quoi bon clamser pour ça ? Mieux vaut replanter la planète pour le bien de tous, et en ressortir en connaissant les noms des fleurs, des arbres, des oiseaux et tout. C'est ça, le problème : ils ont fait l'ENA ou Polytechnique, mais ils savent même pas reconnaître le sifflement d'un oiseau. Tu crois qu'ils savent comment ça marche, la forêt ? Y s'ront moins cons après ça, ces grands messieurs-dames des villes.

— Bah, même moi, j'y ferais bien un tour, tu sais. J'srais pas mécontent de passer quelques semaines logé, nourri, blanchi aux frais de la princesse à regarder pousser la nature.

— Tu sais que le maire a proposé de mettre le Royal Aubrac à disposition ? Ça pourrait faire un sacrément bel endroit pour s'initier à l'écologie. On leur expliquerait, nous, comment traire une vache à la main, à l'ancienne. Surtout s'ils le font gratos. Comme ça, on n'aurait plus besoin de ces putains de machines qui nous ont mis dedans.

— Le Royal, il s'est fait squatter par des réfugiés. Va savoir si c'est pas des enculés de pollueurs qui s'y sont mis. C'est comme tous ceux qui ont débarqué, là, c'est pas tous des touristes, hein.

— Le père Philippe en a parlé dimanche matin à la messe : ils se sont détournés du chemin de Dieu. Saccager la planète, c'est comme saccager une église. C'est la maison de Dieu qu'ils ont abîmée.

J'ai proposé à Sylvia de déguerpir sans attendre. Je n'avais pas envie de me retrouver embroché et badigeonné de goudron et de plumes. Elle n'avait pas dû entendre la logorrhée de nos voisins de table car, à peine sortie de chez Germaine, elle a souhaité aller prendre le café dans l'institution d'en face, L'Annexe d'Aubrac. La décoration de cette pension de famille, créée par une Parisienne fortunée, semblait inspirée du lodge africain du photographe Peter Beard. Nous sommes entrés dans un capharnaüm d'animaux empaillés, de photos de famille hors d'âge et de toiles de maîtres. Des oiseaux piaillaient dans une volière du XIXe siècle. Une ribambelle de teckels s'est enfuie à notre arrivée : Rocky les a aussitôt poursuivis en aboyant. Nous avons dû nous lancer à sa recherche dans un dédale de chambres aux lits à baldaquin, statues antiques, tapis persans, rideaux de velours et lustres de cristal ornés de vraies bougies. Qu'ils soient en train de prendre leur bain, de s'habiller, de lire ou de faire leur toilette, les hôtes de l'étrange palace occitan nous ont regardés, impassibles. La plupart, des réfugiés, affichaient un air hagard, comme si plus rien ne pouvait les étonner. Un vieillard jouait aux dames avec une beauté, une dame essayait des tenues de ski des années 1970 devant son amant : fuseau, Moon Boots et toque en fourrure. Tout cela me paraissait irréel. Les teckels nous ont menés jusqu'au sommet de la bâtisse dans une chambre de style africain d'où nous avons pu admirer une vue splendide de la région. Notre prochaine destination se trouvait droit devant nous, derrière les montagnes qui se dressaient au-delà d'une multitude de collines parsemées de hameaux perdus. Le soleil, jaune comme une boule de feu, rayonnait sur La Colonie. Quelle avait été l'enfance des pensionnaires que leurs parents déposaient pour les vacances, me suis-je demandé. Quand était-ce, d'ailleurs ? S'agissait-il d'enfants pauvres ou au contraire de privilégiés ? Juste en dessous, la route serpentait vers une forêt de sapins avant de se perdre dans les congères.

Il était temps de rentrer nous préparer. Le départ était pour bientôt.

Les enfants, je crois que le buron est fini

Flambeaux, curé de campagne et Golf GTI

André ne souhaitait pas que l'on parte directement en traîneau depuis le centre du village. Il nous a confié quatre paires de raquettes, une lampe torche et nous a donné comme seule indication : « Rendez-vous à la nuit tombée en bas du Royal Aubrac ». J'ai cru entendre « Royal au bar », mais non, il voulait parler du palace fantôme que j'avais aperçu depuis notre chambre ce matin, ce large bâtiment dont le toit surplombait les lauzes des autres auberges, au loin, en haut d'une colline enneigée. L'ancien sanatorium que mes enfants avaient surnommé Shining et que les gens du coin auraient bien vu transformé en prison verte. Nous étions convenus de voyager chaudement mais léger. Dans un coin de la pièce, nous avons réuni tout ce qu'André viendrait chercher après notre départ. Et nous avons quitté les lieux.

Nous avons traversé le village, nos raquettes à la main. Seuls les derniers étages de la tour des Anglais étaient encore éclairés par le soleil. Le reste du village était déjà plongé dans l'ombre des lointaines montagnes. La nuit s'installait, et avec elle un nouveau monde apparaissait. Les réfugiés nous suivaient du regard depuis les petites fenêtres de ce vieil édifice qui avait accueilli tant de pèlerins. Comme leurs prédécesseurs, ils fumaient leur cigarette dans le vent froid de la montagne.

Peu à peu les fenêtres se sont fermées. La température avait chuté. Elle devait atteindre 10 °C en dessous de zéro. Les lumières de bougies ou de lampes à huile ont commencé à éclairer les vitres par intermittence. Derrière les vitraux de l'église palpitait aussi une lueur, probablement les flammes de cierges ou de flambeaux. Tout cela donnait aux ruines alentour une allure un peu inquiétante. Sacha a pris ma main et j'ai hâté le pas. Le clocher s'est mis à sonner. Ainsi, l'église était-elle en activité, me suis-je dit en me demandant combien de villageois assistaient encore régulièrement aux offices de cette maison de Dieu que j'aurais juré abandonnée. Il était 20 heures, ai-je compris au huitième et dernier coup dont l'écho s'est propagé longtemps encore dans le village.

Une file d'hommes, de femmes et d'enfants est sortie par la grand-porte sans nous accorder un regard et s'est éparpillée sur le parvis enneigé. Ils ne voulaient pas être désagréables je pense : le froid ne permettait pas de rester immobile. Le vent s'était levé. J'ai distingué à leurs habits les paroissiens des visiteurs venus assister à la messe. Ces derniers devaient venir de la ville, mais tous semblaient se connaître. Ils ont marché ensemble, comme le font les troupeaux pour se prémunir du froid. Ils parlaient fort, usant de mots fleuris de la région, riaient avec l'accent, et ne semblaient inquiets de rien. Ils étaient habillés comme des gentlemen-farmers : leurs tenues trahissaient un goût pour les vêtements de marque, bien que ceux-ci ne soient pas ostentatoires. Peut-être appartenaient-ils à une même famille, ou étaient-ils amis d'enfance possédant une maison secondaire dans le coin. Bientôt, nous ferions leur connaissance, mais ce soir, dans la semi-obscurité, ils ignoraient qui nous étions, et nous ignorions leurs prénoms : Hubert, notre futur voisin, avec qui nous serions amis, Alain Martin, plus déconcertant, plein de vie et d'une intelligence des plus redoutables, celle des imbéciles, et enfin Caroline, sa femme. Elle m'a paru en retrait, l'air triste, avec ses grands yeux bleus enfouis dans une écharpe de cachemire gris, et ses lèvres boudeuses. Nos regards se sont croisés.

J'ai perçu des bribes de leur conversation. Ils parlaient de la croix des Trois-Évêques, ce calvaire qui plus tard, en été, deviendrait un lieu de promenade équestre :

— La croix de pierre a été érigée en 1238, par les religieux d'Aubrac, à la jonction des trois départements...

— La Lozère, l'Aveyron et le Cantal, a précisé Alain.

Il m'a tout de suite paru grossier et vantard, tout à l'opposé de sa femme, Caroline.

— Que veux-tu que ce soit d'autre? lui a répondu Caroline.

— Le pays des narcisses, comme on disait alors, a repris Hubert. Un concile s'est tenu là-haut, à 1 400 mètres. Les évêques des trois départements se sont réunis pour juger une femme qui se plaignait des brutalités de son mari...

— Et comment s'appelait-elle?

— Un drôle de nom : Tétradie...

Je n'étais pas certain d'avoir bien entendu ce nom étrange, mais je l'ai retrouvé plus tard dans un vieil ouvrage. Le vent me paralysait le visage. Le groupe s'est éloigné et leurs paroles se sont noyées dans les bourrasques glaciales et parfumées.

Les autres badauds devaient être des réfugiés. Un couple d'hommes, l'un âgé, l'autre à peine plus vieux que Jeanne, est sorti épaule contre épaule. Nous avons croisé une famille à l'air aussi perdu que nous. Ils fonçaient se mettre au chaud, les yeux fixés sur leurs chaussures. D'autres individus solitaires, vêtus d'habits de ville inadaptés au climat de la région, tremblaient de froid en marchant aussi vite que possible pour rejoindre les auberges et restaurants du village. Une jeune femme en perfecto, jean APC et talons aiguilles a dérapé derrière son mari qui, n'ayant rien remarqué, a poursuivi son chemin et disparu au coin de la rue. Elle courait, tant bien que mal, pour le rattraper, par crainte peut-être de rester seule. Le vent faisait chanter une vieille charrue rouillée, abandonnée là depuis cent ans au moins.

Nous sommes passés dans le jardin d'une maison abandonnée. Un volet de bois battait au vent, déchirant l'air froid. Il claquait, il grinçait et cognait le crépi du mur, puis il recommençait. Nous avons poursuivi notre chemin vers le champ qui grimpait jusqu'à la sombre silhouette du Royal Aubrac.

Le père Philippe de Montrozier est alors apparu. Blond aux cheveux fins et courts, les yeux bleus, le visage émacié, mince et grand, il se tenait sur le seuil de son église dans son costume de curé de campagne. Il était plus jeune que moi et la régularité de ses traits, sa stature d'athlète et ses chaussures de sport m'ont fait penser qu'il n'avait pas l'air d'un prêtre. Il nous observait.

* * *

La nuit était maintenant tout à fait tombée. Derrière un muret, nous avons chaussé nos raquettes puis entrepris la traversée du champ vers le Royal Aubrac. Les lueurs aux fenêtres indiquaient que des réfugiés l'avaient déjà investi. Une bonne vingtaine de chambres brillaient dans le crépuscule. Des bûchers formaient comme une allée vers la porte principale. Nous sommes passés à travers champ afin de ne pas être vus. Arrivés devant l'édifice, nous avons aperçu à travers la fenêtre la salle de bal dans laquelle des réfugiés se réchauffaient autour d'un feu de bois. Ils brûlaient les reliques du sanatorium d'antan : un banc de prière, une vierge, une porte… Le Royal Aubrac avait été pillé. Nul doute que cela ne serait pas pour plaire à tout le monde dans la région. Les Aveyronnais croisés dans la journée chez Germaine ne seraient pas mécontents de dénoncer tout ce beau monde à la Police écologique. Et pourquoi pas d'entreprendre leur rééducation sur-le-champ. Transformer ce lieu en un centre de désintoxication numérique et de redressement écologique allait demander un effort financier colossal, mais la Présidente et son Green New Deal n'étaient pas à cela près.

Un chuchotement m'a fait sursauter. C'était André. Nous l'avons suivi, escaladant une piste de ski désaffectée, laissant derrière nous la carcasse du Royal Aubrac aux allures de fin du monde.

De l'autre côté de la colline, on n'entendait plus que le vent siffler à nos oreilles, puis, bientôt, les aboiements des huskies, déjà harnachés aux traîneaux.

J'ai vu André prendre un morceau de neige et le humer. Je l'ai imité, et j'ai retrouvé l'odeur de mon enfance, un mélange de terre et d'herbe mouillée. Il était doux de ressentir le picotement du froid sur mes doigts.

— Elle est fraîche à souhait, a chuchoté André. Pas trop dure pour les pattes des chiens, mais juste comme il faut pour les spatules des traîneaux. On y va.

* * *

La traversée de l'Aubrac au clair de lune restera comme l'un des plus beaux souvenirs de mon existence. Le pays s'enfonçait dans le chaos, la police était lancée à mes trousses, je doutais de l'amour de ma femme et seul mon fiston et notre petit chien me regardaient encore avec admiration… Cette nuit-là, pourtant, je me suis senti comblé. Ma vie aurait pu s'arrêter là. Elle n'aurait pas été ratée. Au contraire, j'étais, peut-être pour la première fois, en accord avec moi-même, en symbiose avec les éléments. Est-ce parce que j'avais atteint le point de non-retour ? Ce départ dans le silence de la nuit, accompagné par les jappements des huskies, était-il comme un adieu au monde que j'avais connu ? Nous avions laissé notre passé aux frontières de la Réserve. Comment savoir quelle vie nous attendait au-delà ?

André a fait claquer son fouet et l'équipage s'est mis en branle. Nous étions tous les quatre serrés les uns contre les autres dans le même traîneau que dirigeait André. Nos paquetages avaient été ficelés dans un deuxième traîneau accroché derrière le nôtre. Et André avait attelé Rocky avec ses congénères.

— Ainsi, il apprendra son métier, a chuchoté André à l'oreille de Sacha.

Jeanne l'a regardé d'un air qui m'a rappelé celui de sa mère au début de notre relation. Sacha ne disait rien, ce qui était bon signe. Quant à Sylvia, une fois de plus, sa félicité m'a étonné. Sa duplicité était-elle machiavélique ou avait-elle sombré dans un état de semi-léthargie ? Comment pouvait-elle supporter cette double personnalité ? Je me suis même demandé si elle n'était pas victime d'une défaillance cérébrale.

Nous avons vu apparaître l'étrange paysage désertique de l'Aubrac éclairé par la seule lumière de la lune. Des rochers surgissaient çà et là au milieu de la plaine immaculée. Ils semblaient avoir été crachés par un volcan – et d'ailleurs, on m'a dit que c'était le cas. Parfois, un arbre jaillissait seul derrière une colline. André guidait la meute de chiens sans un bruit, alors que nous nous enfoncions à toute vitesse dans la poudreuse. Il évitait les murs de pierre en silence, longeait des forêts de sapins, gravissait des pentes douces, et accélérait dans les descentes. Le ciel étoilé est bientôt apparu alors que la lune descendait. Loin de la pollution visuelle des villes, c'était un spectacle extraordinaire.

Cependant, la vision d'un satellite croisant dans l'espace m'a rappelé l'existence de l'AIR qui traquait les traces numériques de chacun. Je savais que rien, ce soir, ne pouvait leur signaler notre présence. Nous voyagions à travers ces hauts plateaux comme tant de voyageurs avant nous : invisibles. Le seul souvenir qui resterait de notre passage serait le nôtre.

* * *

Après deux bonnes heures de voyage, nous sommes arrivés au buron. Il était aux trois quarts enseveli sous la neige. Des stalactites en obstruaient les petites fenêtres. Et comme nous n'avions pas la clé, je m'apprêtais à enfoncer la porte d'un coup d'épaule comme Starsky ou Hutch, mais André m'a stoppé dans mon élan. Puis il a tourné la poignée :

— Vous savez, ici, personne ne ferme à clé.

Nous avons alors découvert notre nouveau foyer : une maison dont la plus grande des valeurs était la simplicité.

Mick, le beau-père de Sylvia, y avait investi une fortune. Autrefois, porté sur les acides, le joint et la bouteille, ce Viking californien était devenu abstinent à l'approche de la cinquantaine. « Il est entré dans la secte », plaisantait Masha, en se moquant des méthodes des Narcotiques anonymes. La mère de Sylvia n'aurait pour rien au monde renoncé au bordeaux. Mais l'abstinence de son mari l'avait aidée à s'assagir, elle aussi. Dès lors, Mick consacrait l'essentiel de ses vacances à bricoler le buron dont il avait, en quelque sorte, hérité par hasard. Un client aux abois le lui avait cédé en guise de règlement. Masha avait refusé d'aller rater ses vacances dans « cette bergerie de barjot », oubliant que, jeune fille, elle avait abandonné ses études pour suivre Guy, futur père de Sylvia, dans une communauté hippie des Cévennes. L'expérience n'avait même pas duré un an. Masha avait bientôt réintégré son XVIe familial, avec le souvenir d'une belle aventure, et Sylvia bébé dans les bras.

Mick, lui, était tombé amoureux du buron et avait décidé de le retaper lui-même. À la soixantaine, ça avait tourné à l'obsession. Il était devenu une encyclopédie vivante de la laine isolante bio, de la menuiserie et du triple vitrage. On aurait tort de croire que les geeks sont un phénomène nouveau. On aurait dit une sorte de facteur Cheval de l'isolation. Peu de temps avant sa mort, il nous avait dit, l'air de rien, à la fin d'un poulet du dimanche : « Les enfants, je crois que le buron est prêt. » J'entends encore Sylvia s'étouffer en avalant sa salade de travers. Terminer ce projet sans fin était une métaphore un peu grossière de son parcours, sa vie, arrivant à son terme. Et en effet, il était mort six mois après. Ce rustique tas de cailloux et de lauzes centenaires était devenu un abri simplement douillet et quasi autonome. Quand il claquait la porte d'entrée, Mick avait coutume de dire : « Je veux que ça fasse le même bruit étanche que ma première Golf GTI. »

Combien de menuisiers avaient entendu ça avant de se faire éconduire. Cette lourde porte, il avait fini par la faire lui-même. Avant sa mort, Mick avait mis le buron au nom d'une société immatriculée dans le Delaware, Masha Ltd, dont Sylvia était la seule actionnaire. Une décision aussi baroque que lui mais qui se révélait aujourd'hui une bénédiction. Elle était intraçable.

Trois chambres, une cuisine, un salon et un poêle intégré à la cheminée : c'était tout ce qu'il nous fallait. La maison était équipée de l'eau courante, d'un ballon d'eau chaude, et des panneaux solaires assuraient l'approvisionnement en électricité. Il suffirait de dégager la neige qui les recouvrait. André nous a rapidement expliqué le fonctionnement des toilettes sèches situées dans un cabanon au bout du jardin. Il s'agissait d'ensevelir ses besoins sous des copeaux. Le buron était effectivement autosuffisant.

André a rangé le traîneau sous un appentis et nous a conseillé de décharger rapidement les victuailles qu'il avait pris soin d'emporter pour nous.

— Mais il n'y a pas de frigo, s'est inquiétée Sylvia, qui s'exprimait pour la première fois depuis soixante-douze heures.

— Ne vous inquiétez pas, madame Bourget, un garde-manger fera très bien l'affaire, surtout par ce froid. Ce sont principalement des salaisons, des légumes et de la viande de bœuf. Même en plein été, elle pourrait très bien se conserver pendant des semaines dans un chiffon. Je reviendrai dans quelques jours en Ratrac avec le reste de vos affaires.

Avec Jeanne, ils ne se sont pas embrassés. Mais la poignée de main qu'ils ont échangée sous nos yeux ne laissait aucun doute. Ils s'appréciaient beaucoup.

On aurait dit le cri d'un homme

Drones écolos, aligot et hippies d'Amérique

Nous étions tous les quatre réunis au milieu de nulle part, coupés du monde. Aucune trace de vie humaine n'était visible autour de nous. Les plateaux vallonnés de l'Aubrac s'étendaient jusqu'à l'horizon, à plusieurs dizaines de kilomètres à la ronde.

J'ai chaussé les raquettes que m'avait laissées André et gravi une colline, derrière le buron, pour découvrir les environs. Un bois de sapins et de hêtres se dressait au loin. J'ai calculé qu'il me faudrait au moins deux heures de marche pour l'atteindre. J'ai aperçu, à l'endroit où deux collines se croisaient, le bleu froid d'une rivière. J'ai décidé d'aller l'inspecter dès le lendemain. Un chevreuil gambadait au loin. Je savais que ce n'était pas rare dans cette région qui portait bien son nouveau nom : la Réserve.

Alors que le soleil continuait de se lever, la neige est passée du rose au blanc, et le bleu du ciel est devenu plus chatoyant. Alors, j'ai eu un choc : pour la première fois, j'ai découvert le ciel vierge de toute trace d'avion. Ces traînées cotonneuses qui faisaient ma joie enfant étaient absentes du firmament.

J'ai escaladé le toit à l'aide d'une échelle pour aller déblayer les panneaux solaires puis je me suis attelé au pourtour de la maison avec une simple pelle de bois et d'acier. Au bout de deux heures, les reins endoloris, j'ai admiré le spectacle. Le chalet de pierre était totalement dégagé.

À l'intérieur, Sylvia et Jeanne étaient parvenues à rallumer le poêle. Elles avaient découvert la remise de bois, des allume-feu et du papier journal. Après quelques difficultés, les flammes dansaient et diffusaient maintenant toute leur chaleur. La cuisinière fonctionnait également au bois. Elles avaient rapidement réussi à la faire démarrer, aguerries de leur expérience précédente. D'un fait-tout de fonte s'échappait une odeur délicieuse : notre premier repas, dont je me souviens aujourd'hui encore de chaque bouchée, était en train de mijoter. C'était un rôti de bœuf aux carottes et pommes de terre.

J'ai fait l'inventaire du chalet. Une bibliothèque regorgeait d'ouvrages sur la nature, l'écologie et la philosophie dont j'avais entendu parler sans les avoir jamais lus. Parmi eux, Jacques Ellul a retenu mon attention. Je connaissais son nom et vaguement sa pensée, mais pas son œuvre. Je ne me savais pas encore « condamné » à vivre ici assez longtemps pour devenir son intime.

J'ai poursuivi mon exploration. Le garde-manger servait également de remise. J'y ai découvert des raquettes, des skis de fond ainsi que leurs bâtons et chaussures, des jumelles, des casquettes, des sacs à dos. Des cannes à pêche équipées de moulinets étaient accrochées au mur de cette pièce sans fenêtre, ainsi qu'une multitude de mouches et de cuillères. De hautes cuissardes à bretelles, de celles que les Anglais appellent *waders*, étaient suspendues aux portemanteaux. J'avais parfois fantasmé devant ces articles dans les magasins de sport. Je les admirais comme d'autres s'émerveillent devant des tableaux : sans oser les toucher.

Dehors le soleil se couchait déjà. On aurait dit la toundra : une terre aride couverte d'un manteau neigeux, des pousses hissant leur tête à fleur de sol et des arbres blottis les uns contre les autres. Dans le halo rose de la nuit qui tombe, de grands rapaces volaient : des buses, des faucons, des milans… Ils planaient haut dans un ciel sans vent. Les autres oiseaux qui avaient accompagné mes efforts de la journée, les tariers des prés, les alouettes des champs, les cailles des blés, les pipits farlouse ou les traquets motteux, s'étaient tus. Une chouette hululait. C'était alors l'unique cri que j'étais en mesure d'identifier car il y en avait en région parisienne. Je suis rentré dans notre refuge en me disant que notre fuite avait finalement une certaine allure.

Le soir, au lieu d'imaginer un nouveau repas comme nous l'aurions fait dans notre vie d'avant, nous avons réchauffé les restes du déjeuner que nous avions conservés sans en perdre une miette. Sylvia avait rangé le buron comme une maison de poupée, redisposant chaque objet d'une façon nouvelle. Le garde-manger ressemblait à une vitrine de chez Louis Vuitton ou Hermès. Chaque victuaille rayonnait, telle une œuvre d'art. La maison était chaude. Nous nous sommes blottis sous les draps, réchauffés par des bouillottes découvertes dans un placard.

Ce train-train minimaliste serait notre quotidien dans les semaines à venir. Intérieurement, je rêvais qu'elles dureraient éternellement. Je me suis endormi en me lovant contre Sylvia qui a pris mes mains dans les siennes. Le matin, nous nous sommes réveillés tous les quatre dans le même lit. Les enfants nous avaient rejoints dans la nuit.

* * *

Après avoir avalé un café et une tartine beurrée, je suis sorti le cœur battant. J'avais décidé de laisser Sylvia et les enfants dormir pour découvrir seul les alentours. J'ai enfilé un fuseau, des chaussures de ski de fond, et me suis dirigé vers le grand large : l'horizon. Mais avec mes souliers trop fins je me suis enfoncé jusqu'aux cuisses dans la poudreuse. Après une série de contorsions pour me relever, je suis parvenu à chausser les skis. Mes vêtements étaient couverts de neige, et mes sous-vêtements trempés de sueur. J'ai eu beau pousser sur les bâtons et m'appliquer à prendre cette position que j'avais mille fois observée à la télévision, genoux fléchis, buste en avant, rien n'y faisait. Je faisais du surplace et ne cessais de tomber. J'ai décidé de remettre à plus tard mon initiation au ski de fond et j'ai repris les raquettes.

La matinée a été un émerveillement. De l'autre côté de la colline m'est apparue une rivière scintillante dont les eaux translucides qui coulaient le long d'une vallée blanche, grise et verte, laissaient voir les galets qui en tapissaient le lit. Le soleil tachetait le paysage en y faisant fondre de façon irrégulière des pans de neige ou de glace. Au loin, j'ai reconnu le geste d'un pêcheur. Il lançait sa ligne comme un lasso. Il était en harmonie avec la nature, me suis-je dit naïvement. Je n'étais décidément plus à un poncif près. Et pourtant, c'était vrai.

Le vrombissement d'un appareil électrique m'a fait sursauter. Un drone se dirigeait vers moi. Je me suis élancé vers le chalet, courant tant bien que mal avec mes raquettes jusqu'à la porte que j'ai claquée derrière moi. Sylvia et les enfants étaient heureusement à l'intérieur. Je leur ai dit de s'écarter des fenêtres et j'ai tiré les rideaux. Tapis dans le buron, nous n'entendions plus le bourdonnement du drone. Les fenêtres à triple vitrage ne laissaient pas passer le moindre bruit. Par un interstice entre deux pans de rideaux, je l'ai regardé poursuivre son inspection, tel un gros insecte. L'étrange appareil muni de quatre rotors apparaissait à une fenêtre, suspendait son vol, et disparaissait brusquement avant de réapparaître de l'autre côté de la maison. On pouvait presque sentir l'œil de sa caméra sur nous.

Les agents de l'AIR étaient-ils parvenus à nous repérer ? Nous étions mardi. Notre disparition avait dû être remarquée la veille, et l'alerte donnée aussitôt. Mes collègues avaient probablement signalé mon absence à la DRH qui avait certainement transmis l'information aux autorités judiciaires. À l'hôpital de Sylvia, on devait bien avoir aussi constaté sa disparition. C'était le seul point qui me réjouissait : la tête qu'avait dû faire Demarchelier. J'espérais qu'il avait paniqué et que sa femme l'avait remarqué. Je l'imaginais fulminant comme un gros cochon. D'habitude mesuré dans mes émotions, je m'abaissais à de ridicules vengeances imaginaires. Les larmes de Sylvia ont chassé ces pensées puériles de mon esprit.

Une vibration dehors nous a coupé le souffle. Elle devait être causée par la rotation des pales d'un hélicoptère. On entendait le grondement s'approcher. L'air de la pièce était secoué de pulsations de plus en plus oppressantes. La lumière orange de gyrophares a balayé les rideaux. L'ombre des meubles de la pièce s'est étalée sur les murs, les parcourant en saccades. Ainsi les commandos de l'AIR étaient déjà là, prêts à donner l'assaut.

Nous nous sommes serrés les uns contre les autres dans un coin du salon. Notre fuite touchait à sa fin. Allions-nous être arrêtés ? Serais-je incarcéré ?

Sacha serait-il placé dans une institution comme celle du Royal Aubrac, et Rocky allait-il servir de chien de traîneau pour des touristes japonais ? Jeanne finirait-elle cuisinière à l'hôtel de la Dômerie ? Demarchelier recueillerait-il Sylvia ?

La porte s'est ouverte d'un coup et le vent glacial nous a fouettés. Sylvia a hurlé. La peur transformait sa voix. On aurait dit le cri d'un homme. Et la lumière s'est allumée.

C'était André. Coiffé d'un catogan et vêtu d'une pelisse en peau de mouton, il m'a fait penser à un éclaireur comanche. Ne lui manquait qu'un tomahawk. Il venait d'arriver au buron à bord de sa dameuse.

Je me suis relevé d'un bond, mais trop tard : il nous avait vus, accroupis et tremblants, recroquevillés comme des animaux apeurés. Jeanne a pris ses distances. Elle avait honte de moi. J'étais responsable à ses yeux de cette scène humiliante. J'ai voulu me justifier :

— Un drone m'a repéré dans la vallée et a survolé la maison pendant une demi-heure.

— Pendant cinq minutes, papa, a corrigé Jeanne.

— Et alors ? Nous sommes repérés !

— Ne vous inquiétez pas, ce sont les drones de la Police écologique, ils contrôlent l'isolation des maisons. Leurs caméras thermiques captent les émanations de chaleur, ce qui indique le niveau d'isolation. Le buron a l'air OK.

— Mais bien sûr qu'il est OK a ajouté Sylvia, en me fusillant du regard. C'est Mick qui a fait le boulot, de ses propres mains !

— Mais maintenant ils savent qu'il est habité, ai-je opposé.

— J'ai déclaré que je m'y étais installé. Il n'y a donc aucun problème, m'a coupé André, conscient du regard admiratif que lui jetaient Jeanne, Sacha et Sylvia.

Un 4 × 4 Lada Niva beige de quarante ans d'âge est arrivé par le chemin que la dameuse venait de tracer. C'était la grande Sophie, ses épaules de nageuse et son sourire entendu de cow-girl discrète qui n'en pense pas moins.

André nous a expliqué le plan :

— On vous la laisse, elle roule au bioéthanol, elle a tous les certificats. Et voici les cartes d'identité de mon oncle, ma tante et leurs deux enfants, que vous aviez rencontrés à Orléans. Ils sont passés en Bulgarie, ils n'en ont plus besoin. Je leur expliquerai à leur retour. Évitez de les montrer trop longuement si on vous les demande, je n'ai pas changé les photos. Mais ce sera suffisant pour inscrire les enfants à l'école et bosser dans la région si vous le souhaitez. Je repasse demain. On en reparlera.

* * *

Le soir, nous allions déguster notre premier aligot maison. La marmite accrochée à sa crémaillère chauffait dans l'âtre. On aurait dit une scène de dépliant touristique. Une réalité plus fantasmée que vraie. Cette vieille image trop parfaite, c'était pourtant notre nouvelle vie.

Sacha était très excité de le préparer lui-même. Comme un rite de passage. L'aligot était le monument de l'Aubrac, faute d'une forteresse, d'un sommet ou de canyon. Chez Germaine, vous étiez même baptisé avec des filets collants dans les cheveux. Ça n'avait pas du tout fait rire Sylvia.

Nous avons d'abord mis, dans la marmite, la purée de pommes de terre cuites dans de l'eau parfumée à l'ail. Un détail hérétique dans le Cantal mais absolument essentiel en Aveyron ou en Lozère, les trois départements qui se partagent l'Aubrac et l'aligot. Sacha a ensuite ajouté le beurre et la crème fraîche fondus dans une petite casserole posée sur les pierres chaudes de la cheminée. J'étais préposé à la grande spatule en bois qu'il m'a fallu tourner sans interruption pendant quarante minutes. Saisi par des crampes aux bras, aux épaules et des brûlures aux paumes de mes mains accrochées au manche de bois, j'ai soudain imaginé les étudiants de Cambridge et Oxford en train de manier une énorme purée au fromage au lieu de leur aviron. Je ne sais pas d'où me viennent ces flashes ridicules.

Le moment critique, on m'y avait préparé, a été l'ajout de la tomme fraîche. Trop et vous obtenez une étrange fondue aux pommes de terre, pas assez et vous avez une banale purée au vague goût de fromage. En ville, j'avais appris à ranger le monde en deux catégories – les choses simples d'un côté, et les compliquées de l'autre – et je me retrouvais face à un plat d'une simplicité totale mais très compliqué à réussir. Tout l'art ici était de savoir faire simple. Ça m'a rappelé le titre d'une présentation PowerPoint d'une agence de pub sur les tendances du futur : « *brilliant basics* ». On se rend souvent compte après coup que les publicitaires ont raison, me suis-je dit, enfumé par mon aligot.

Sacha et moi avons dû bénéficier de la chance du débutant, les longs fils si caractéristiques sont apparus. En levant ma spatule j'ai réussi à les tirer sur presque un mètre.

La saucisse agrémentée d'herbes amères cueillies dans les champs était prête, nous pouvions procéder au mariage. Je ne saurais dire si Sacha et moi étions plus fiers ou affamés.

* * *

Le lendemain, j'ai commencé à ouvrir le matériel acquis chez Doursoux. La tente tenait dans un sac de toile militaire. Elle devait peser dans les vingt kilos. Je savais qu'une fois dépliée elle s'étalerait sur une surface de vingt mètres carrés. Elle me serait utile pour ranger les outils de jardinage et de bricolage que j'allais devoir acquérir pour pouvoir vivre dignement sur cette terre magnifique, certes, mais très inhospitalière. Le soleil brillait. L'antique thermomètre de Mick indiquait 5 °C en dessous de zéro à l'ombre. Sans abri, c'était pourtant le coup de soleil assuré.

J'ai emprunté une casquette de Mick. Décorée des armes de l'université de Berkeley, un grimoire surplombé d'une étoile scintillante, elle affichait cette phrase : « *Let there be light* », dont la traduction biblique est « Que la lumière soit », mais que l'on pourrait tout aussi bien traduire par « Soyons légers ici-bas » – ce qui à mon sens correspondrait mieux à l'histoire de cette université, et encore plus à celle de Mick, l'un des premiers hippies de Californie. Au printemps 1967, inscrit en fac de droit, il avait cessé de se raser et de se couper les cheveux. Au mois de juin, il a quitté le campus pour traverser le pont vers San Francisco et son quartier hippie, Haight-Ashbury. C'était le « Summer of Love », l'été de l'amour… Il s'est installé dans une grande maison de bois, pour vivre en communauté, et y a découvert l'amour, le sexe, la drogue, la musique indienne… et le bricolage. C'est en réparant les fuites d'eau et en installant une scène de concert et un bungalow dans le jardin de sa communauté qu'il s'est initié au maniement de la scie, du marteau et du tournevis. Sa vie s'est ensuite déroulée comme sur un Super 8 : en Technicolor. Au festival de Monterey, il a vu jouer les Grateful Dead et Jefferson Airplane. Il a été un client assidu du célèbre magasin Ron and Jay Thelin's Psychedelic Shop où il s'approvisionnait en LSD. Il a même côtoyé Joe Cocker et Jerry Garcia qu'il se plaisait à décrire comme des personnes sympathiques, mais banales et calculatrices, se donnant ainsi le beau rôle. D'après ses récits, racontés avec un fort accent américain, l'époque de sa jeunesse avait réellement été une immense aventure, pleine d'ivresse, de rires et de musique.

Mick a fait la connaissance de Masha, la mère de Sylvia bien plus tard, dans les années 1980, à Paris, où il s'était installé avec sa femme californienne et sa fille, Stacy, alors âgée de cinq ans. Ils vivaient dans un vaste appartement dans le Marais, quartier alors délabré et peuplé de prostitués. Mick écrivait toute la journée du code informatique qu'un vieil ami de Berkeley lui payait à prix d'or. Il s'agissait de Steve Wozniak, le cofondateur d'Apple. Il continuait aussi à bricoler. Il a rencontré Masha sur un chantier : elle souhaitait une cuisine « à la californienne », c'est-à-dire construite avec des planches de bois flotté imbriquées et dont la découpe épouse les nœuds, leur donnant ainsi une forme « naturelle ». Masha, fille de la bonne bourgeoisie parisienne, venait de divorcer du père de Sylvia. Elle avait troqué le serre-tête de son milieu contre une coupe à la Jean Seberg et une minijupe à la Birkin. Un soir, lors d'une fête chez « les Américains », Mick lui a fait fumer son premier joint. Il ressemblait à un Beach Boy – aux yeux de Masha en tout cas. Deux semaines plus tard, ils emménageaient ensemble. Comme Stacy, la fille de Mick, Sylvia avait cinq ans. Il est alors devenu pour elle son deuxième père. Sa femme et sa « vraie » fille sont quant à elles reparties aux États-Unis.

Dans les années 1990, Mick et sa bande d'Américains ont acheté ensemble un atelier dans l'Est de Paris. Ils l'ont retapé, revendu, puis en ont acquis un nouveau, plus grand. Ils possèdent aujourd'hui plusieurs immeubles où ils continuent de vivre ensemble, comme à San Francisco en 1967. Sauf que ce n'est plus chacun sa chambre, mais chacun son immeuble : Mick et ses potes de Berkeley sont devenus millionnaires. Avant de tout reperdre sous le nouveau régime lors des Grandes Réquisitions vertes et des Amendes écologiques assénées aux promoteurs qui n'ont pas respecté les normes environnementales.

Mick n'a pas eu le temps de connaître ce renversement de situation. Le cancer, probablement causé par les particules fines respirées toute sa vie sur les chantiers, l'a emporté il y a cinq ans. À sa mort, Masha a dû quitter les lieux. Stacy avait décidé de vendre tous les biens de son père : elle qui avait jusqu'alors gagné sa vie comme femme de ménage dans l'Est des États-Unis allait enfin devenir riche. Elle n'a pas fait le déplacement pour l'enterrement de son père. Masha s'est, quant à elle, installée dans un de ses appartements de famille qu'elle louait sur Airbnb, retrouvant le mode de vie de sa jeunesse : thé entre gens de bonne famille, souper à 19 heures, seule en pyjama avec le *Requiem* de Mozart et un bon Balzac. Masha, si libertaire autrefois, était devenue plus moraliste que le pape. Il est devenu difficile de la voir sans se disputer pour un oui ou pour un non, ses points de vue rejoignant parfois ceux de la droite extrême, elle qui avait voté socialiste toute sa vie.

Je connais bien toutes ces histoires de famille, d'argent, de revers de fortune et de rebondissements qui dépriment tant Sylvia. Moi, j'ai décidé de m'en amuser.

Ma casquette Berkeley vissée sur la tête, je me suis senti l'âme d'un pionnier californien, comme si la vie était à moi, comme si à cinquante et un ans je pouvais tout refaire, moi aussi. J'ai commencé à tout déballer, à trier, planter, visser et enfoncer des clous, des vis, des écrous, des pitons, et nouer des cordes et des lanières.

En fin d'après-midi, après dix heures de travail, je pouvais admirer mon œuvre : la tente militaire se dressait derrière le buron, face au soleil couchant. Écartant la porte de toile d'un geste large pour pénétrer à l'intérieur, j'ai pensé une seconde à Jules César dans sa conquête des Gaules. À cet instant, j'étais heureux. C'était la première fois depuis les châteaux de sable de mon enfance que je construisais quelque chose de mes mains. Mais c'était mieux qu'un château : c'était une maison. La mienne. Celle de notre famille. La fierté était pour moi une sensation nouvelle. Et je commençais à y être accro. Biceps bandés, poitrine gonflée, j'ai ouvert des deux pouces les loquets qui fermaient la dernière cantine que je n'avais pas encore déballée. Elle renfermait tout le bazar de matériel de survie acquis chez Doursoux. Un sentiment de gêne m'a assailli. À quoi pourraient bien me servir une boussole couleur kaki et un couteau de chasse large comme une scie à bois ? Moi qui en partant de Paris m'imaginais en Rambo, j'avais un pincement au cœur de me retrouver en Charles Ingalls, le héros de *La Petite Maison dans la prairie*.

Et ce fromage,
vous le faites vous-même, alors ?

Accordéon, chiens robots et agneau de lait

Les jours suivants, je me suis rendu en ville, si tant est que l'on puisse qualifier de « villes » Saint-Urcize et Nasbinals, communes les plus proches de chez nous. André a laissé sa voiture au buron et nous y sommes allés avec la Lada Niva. La voiture filait fenêtres ouvertes, le vent soudain devenu chaud nous caressait le visage et les cheveux. La radio ne captait que la station locale, Radio Margeride, qui diffusait de vieilles bourrées, des airs de bal musette, des petites annonces et des offres d'emplois régionales. Le journaliste a évoqué Paris, les brigades de l'AIR et l'enquête sur les fraudeurs de la liste Carbone. On soupçonnait les fuyards d'avoir quitté le pays, mais l'enquête se poursuivait partout. Des arrestations avaient eu lieu dans les grandes villes : on avait retrouvé des délinquants environnementaux cachés dans leur famille. Les dernières armes robotisées de l'armée avaient été mises au service de l'AIR afin de pouvoir traquer les « rebelles » jusque dans les lieux les plus reculés. À Paris, Bordeaux, Lyon et Marseille, des foules s'étaient réunies et avaient brûlé les portraits des inculpés les plus recherchés.

Le général de Marchand avait promis un procès de Nuremberg de l'écologie.

Le bras gauche posé sur la portière, guidant le volant d'un seul doigt, j'ai essayé d'encaisser le coup. Je me suis concentré sur la beauté du paysage. La neige avait fondu et alors que nous étions encore en février le printemps était déjà là. L'hiver sibérien qui avait ravagé la France n'avait pas duré deux semaines, phénomène climatique inédit autrefois mais habituel aujourd'hui. Le manteau blanc que nous avions, il y a peu, traversé à traîneau avait laissé place à des vallons d'herbe jaune où le vert commençait à revenir.

— Les fleurs mauves sont des sauges des prés, m'a expliqué André. Elles s'utilisent comme condiment pour les viandes ou les poissons. Les rouges sont des rosiers des Alpes, on peut en faire des compotes et des marmelades, elles sont très riches en vitamines. Celles oblongues, qui sont un peu partout, sont du plantain, elles peuvent se déguster en salade ou en soupe. La doucette sera bientôt là. C'est ce que vous appelez la mâche. Il faudra attendre l'été pour en faire de la salade, encore qu'on n'y comprend plus rien aux saisons. Vous trouverez des pissenlits sur les prairies grasses, les champs, les chemins et les décombres, ça se mange en salade aussi.

Maintenant, je les remarquais, elles étaient partout : les vaches. Les paysans les avaient donc déjà sorties de leur étable, en plein hiver. Le paysage féerique défilait. Je me suis vu en train de pêcher la truite dans la rivière dont nous suivions le cours et cueillir des fleurs pour préparer un repas, moi qui ne faisais les courses qu'au supermarché, chez le traiteur de mon quartier, ou même en ligne sur mon ordinateur. Je m'imaginais déjà en chasseur-cueilleur de l'Aubrac, alors qu'André me décrivait le paysage de sa voix chantante. La radio jouait un air d'accordéon.

La vue de Nasbinals m'a sorti de mes songes. André s'est garé devant une sorte de café-tabac sans allure particulière et nous y sommes entrés. Un homme corpulent, vêtu tout en kaki, le cheveu frisé et gras, avalait un repas pantagruélique : sa table était encombrée de trois grandes assiettes composées de salade, d'aligot et d'une viande en sauce que je ne suis pas parvenu à identifier. Probablement de l'agneau, du porc ou du bœuf. Quoi d'autre, me suis-je dit ? Il devait être en train de manger un animal qu'il caressait la veille comme un ami... Ce genre de pensée accusatrice me perturbait. Je croyais alors que le salut impliquait de ne plus manger de viande, et donc de ne plus tuer les animaux. Je n'avais pas encore connaissance de tout ce qui nous lie à la nature, cet équilibre mystérieux qui a façonné la planète, avant que les excès du capitalisme n'emportent tout.

Nous nous sommes enfoncés dans la pénombre de la gargote. Une télévision à écran plat était allumée, mais sans le son. On y voyait les images de zeppelins géants à l'énergie solaire sillonnant la France. À l'intérieur, des commandos armés dirigeaient à distance des petits engins volants. Sur leurs tablettes, les soldats regardaient les paysages défiler à un mètre du sol jusqu'à une maison perdue dans la campagne. L'engin pénétrait par la fenêtre et filmait un homme endormi dans son lit. Le logiciel de reconnaissance faciale identifiait la personne et le mot « rebelle » s'écrivait en rouge sur l'écran de contrôle du militaire. À l'autre bout de la salle, une tablée de gendarmes déjeunaient bruyamment, trinquant au vin rouge, riant au discours de leur chef, un homme maigre et sec, le visage fermé, mais avec un humour pince-sans-rire à en croire l'hilarité de son auditoire. Sur un clin d'œil, André m'a glissé :

— C'est Jacques et ses hommes. Ils sont des nôtres.

J'ai avalé ma salive et continué de suivre André vers le fond de la salle. Un homme y faisait ses comptes à la main, sur un cahier grand format étalé sur une vieille table de bois noirci par le temps. André m'a présenté au maire, lui dévoilant aussitôt ma véritable identité. Ils étaient donc plusieurs à aider les fugitifs de notre acabit. Cet homme taciturne, que je n'ai jamais connu autrement qu'assis au fond de sa gargote, m'a fait penser au colonel Walter E. Kurtz, personnage incarné par Marlon Brando dans *Apocalypse Now* – mais avec l'accent de l'Aubrac. Il m'a laissé comprendre d'un regard que je ne craignais rien. Il m'a demandé les cartes d'identité de la famille d'André.

— Vous voulez scolariser vos enfants ? Revenez chercher vos papiers demain, je m'en occupe.

Le lendemain, je suis revenu. Le même ogre déjeunait de trois nouveaux plats à l'entrée du bistrot. Le maire était toujours à sa table dans l'arrière-salle.

— C'est bon, ils commencent demain. Sacha à l'école d'en face. Je le verrai tous les jours car la cantine est ici, dans mon restaurant. Et Jeanne est inscrite en terminale au lycée polyvalent Théophile Roussel, à Saint-Chély-d'Apcher. Vous pourrez la déposer ici le matin, en même temps que Sacha, à 7 h 30, elle prendra le car. Pareil pour le soir, Sacha est inscrit à l'étude jusqu'à 18 heures.

— C'est tout ?

— C'est tout.

Alors que je me dirigeais vers la sortie, après avoir récupéré les cartes d'identité et m'être fait écraser la main en lui disant au revoir, j'ai entendu sa voix résonner du fond de sa grotte :

— Monsieur Samuel, autre chose…

— Oui, ai-je répondu, en le rejoignant dans la pénombre.

— Votre femme, Sylvia, j'ai pensé qu'elle aimerait peut-être travailler. Vous savez, tout seuls en tête à tête au buron, c'est pas très bon à la longue. Là-haut, c'est pour les hommes, pas pour les familles. Le vent, ça agite les enfants, et les femmes, ça les rend zinzins… Alors, voilà, j'ai pensé qu'elle pourrait aller donner un coup de main à la bergerie d'Émilie. C'est un bon boulot. C'est mieux que de chasser les mouches à la maison. Le soir, vous serez heureux de vous retrouver.

Quitter Sylvia que je venais de retrouver, la savoir dehors toute la journée et rester seul au buron jusqu'à son retour : ces idées ont fait remonter en moi un mélange d'angoisse et de colère, comme si le monde entier s'était ligué pour m'arracher ma femme. Je savais bien qu'il s'agissait d'une pulsion de jalousie, d'une réaction instinctive de possessivité. Mais l'émotion était là.

— Les femmes, vous savez, elles ne supportent pas bien longtemps notre présence, a-t-il continué, comme s'il pouvait lire dans mes pensées. Et puis, c'est une façon de faire connaissance avec les gens du village. Nous sommes une petite communauté…

Que voulait-il insinuer ?

— Tenez, voici la carte de visite d'Émilie. Vous pouvez même passer y jeter un coup d'œil sur le chemin du retour.

Il m'a encore serré la main, en souriant, cette fois, comme s'il voulait me dire : « Soyons amis. » En me dirigeant vers la sortie, j'ai salué l'énergumène qui continuait de se régaler :

— Bon appétit, bonne journée.

Je n'ai pas entendu d'autre réponse que le son de la soupe qu'il aspirait bruyamment de sa cuillère et une sorte de bougonnement qui voulait dire quelque chose comme « Bonne journée à vous ». Je commençais à comprendre leur langage.

L'école était située de l'autre côté de la rue. C'était une maison comme les autres, grise et triste, avec un écriteau bleu sur lequel était écrit en blanc : « École ». Et rien d'autre. Comment allais-je annoncer la nouvelle aux enfants ? Quelle tête ferait Sylvia lorsqu'elle découvrirait l'école et la cantine de son bébé ? Fallait-il lui parler de la bergerie d'Émilie ?

Sur le retour, une escouade de quatre chiens robots autonomes a traversé la route vers l'ouest, en direction de la bergerie d'Émilie. Ils cavalaient à travers champs comme de vrais animaux, épousant le relief irrégulier des causses. Ils s'arrêtaient parfois pour prélever un peu de terre, une plante ou un échantillon d'eau. Les brigades de l'AIR poursuivaient leur inspection de l'Aubrac. J'ai remis à plus tard ma visite de la bergerie. Je n'avais pas envie de me faire renifler par des chiens d'acier : un coup de griffe leur aurait suffi pour prélever mon ADN, sans parler des caméras de reconnaissance faciale implantées dans leurs yeux. Les zeppelins de l'AIR ne devaient pas être bien loin.

J'ai bifurqué vers l'est en regardant l'ombre du 4 × 4 épouser la route qui serpentait.

* * *

La nouvelle a été si bien accueillie que la réaction de Sylvia, Jeanne et Sacha est restée gravée dans ma mémoire. Leur joie était palpable. On aurait dit l'un de ces matins de Noël de notre jeunesse, quand les enfants étaient petits et que nous étions deux amoureux sans histoire. Ils devaient tous être soulagés de reprendre leurs habitudes : école et boulot dans la journée, maison le soir.

— Ce sera boulot, aligot, dodo, s'est amusé Sacha.

Nous avons tous fait semblant de rire, et pourtant il disait la vérité. L'homme est un animal d'habitude. Ils étaient déjà las de toutes ces aventures, las de ne pas connaître le programme du lendemain et las d'obéir sans cesse à mes prises de décision. Ils voulaient juste se poser et retrouver un peu d'autonomie.

Quant au job à la bergerie, je me voyais mal garder la carte d'Émilie dans ma poche sans rien dire. À l'annonce de cette proposition, le visage de Sylvia s'est illuminé et elle m'a serré tendrement dans ses bras. Sans être manipulateur de nature, je n'avais pu résister à la tentation de suggérer que l'idée venait de moi. Et puis, je savais combien Sylvia aimait les animaux. En particulier ceux de la ferme. Et, par-dessus tout, les agneaux.

Sylvia avait passé toutes ses vacances à la ferme dans les Cévennes, où son père était resté après le divorce de ses parents. La communauté qu'il animait s'était dissoute dans les années 1980. Guy avait racheté les parts de ses anciens amis, se brouillant avec eux, les uns après les autres. Mais il s'était adapté à la nouvelle donne, transformant le kibboutz libertaire en un centre équestre très rentable. Sylvia y avait appris à monter à cheval et élever les animaux. La ferme comptait une trentaine de moutons.

Elle m'avait parlé de l'innocence des agneaux, leur quête spontanée d'amour, leur délicatesse lorsqu'ils venaient se faire caresser, à l'image de la douceur de leur laine. Elle avait retrouvé un peu de cela à l'hôpital. Son ancien métier d'aide-soignante avait en fait été un lien avec son enfance. Il lui était arrivé de participer à des accouchements, et chaque fois cela lui rappelait cette époque de l'année où de nouveaux agneaux venaient au monde, dans l'hiver des Cévennes, pour rejoindre le petit troupeau élevé pour son lait et sa laine. Sylvia connaissait mieux la campagne que moi. Ceci expliquait-il l'attitude passive dans laquelle je la croyais murée ? Ce que je prenais pour de l'indifférence était, en fait, peut-être, une posture d'abandon.

Le lendemain, nous nous sommes rendus à la bergerie d'Émilie. Lorsque nous avons toqué à la porte, elle est apparue un agneau dans les bras.

— Sam, Sylvia, entrez, venez, faites comme chez vous, a-t-elle dit, tout sourires.

De toute évidence, le maire nous avait déjà présentés : elle nous attendait. Les agneaux étaient partout. Sylvia s'est aussitôt sentie dans son élément, parlant le même langage qu'Émilie, échangeant les agneaux et les familiarités. On aurait dit deux copines de lycée : mêmes jeans, mêmes baskets, mêmes T-shirts.

Alors qu'elles faisaient connaissance, j'ai aperçu un long texte imprimé au mur, signé Jacques Ellul. Était-ce un hasard ou tout le monde avait-il les mêmes lectures dans la Réserve ? Nous n'étions décidément pas dans une bergerie comme les autres : « Aucune société avant la nôtre n'a été vouée au travail, disait le texte. Et c'est en même temps la nôtre qui est vraisemblablement créatrice de pénurie. Ceci peut paraître un paradoxe car nous sommes habitués à l'idée inverse, à savoir que dans le passé l'homme manquait de tout, et que c'est depuis notre développement technique que paraît l'abondance, alors qu'il faut exactement envisager les choses autrement. La science économique, c'est la gestion de la rareté, de la pénurie. Nous sommes la société qui est, depuis les origines, la plus créatrice de manque. Bien sûr nous avons produit massivement des biens industriels, mais en même temps une pénurie de biens naturels, allant maintenant jusqu'à celle de l'air, de l'eau, et des principales matières premières. Il s'agit d'évaluer ce rapport : plus nous travaillons, plus nous épuisons les richesses spontanées de la nature, plus nous voulons aussi consommer des biens toujours davantage complexes et glorifiants. Et plus ceci exige alors de nouvelles forces de travail engagées dans de nouveaux processus de production[1]. »

— Étonnant, cet écrit, n'est-ce pas? D'autant plus qu'il date de 1980. Vous connaissez Jacques Ellul? a ajouté Émilie. Juif, résistant, converti au catholicisme, philosophe, précurseur français de l'écologie politique, méconnu en France, étudié depuis longtemps sur les campus américains.

— Je croyais que vous éleviez des moutons…

— J'étais prof d'économie à Bordeaux, avant de m'installer ici. C'est là-bas que j'ai connu Jacques Ellul, à Pessac où il a vécu jusqu'à sa mort. J'ai compris que pour moi il valait mieux changer rapidement de métier, et puis j'ai découvert la Réserve et ses moutons blancs.

D'autres phrases étaient écrites sur les murs :

« Ce qui est courbé ne peut être redressé – ce qui fait défaut ne peut être compté », Qohélet, I, 15. « Pour qui travaillé-je et privé-je mon âme de bonheur? Cela aussi est vanité et occupation mauvaise », Qohélet, IV, 7-8; « Tout le travail de l'homme est pour sa bouche – et pourtant l'âme n'est pas comblée[2] », Qohélet, VI, 7.

— Qohélet, vous connaissez? L'Ecclésiaste. Pour Ellul, les choses sont claires : « Le travail, ça sert à manger, un point c'est tout. Métro, boulot, dodo

1. Jacques Ellul, *Pour qui, pour quoi, travaillons-nous ?*, éditions La Table Ronde, collection « La petite vermillon », p. 41. (première édition : Seuil, 1981).

2. *Ibid.*, p. 47.

– travailler pour manger, manger pour travailler. Voilà – et ceci est conforme à tout l'enseignement de l'Écriture, du commencement à la fin. Le travail est une nécessité. Ce n'est ni une valeur, ni une vertu, ni un bien, ni un remède, ni l'expression de l'homme, ni le révélateur… C'est cela que veut dire l'âme n'est pas comblée. » Votre beau-père, Mick, connaissait bien toute cette théorie. Nous en avons beaucoup parlé. Et l'Otium, vous connaissez ? a-t-elle ajouté, en souriant. L'Otium, l'idéal de l'homme libre romain. Pas la paresse ou le repos, mais une certaine conception de la vie. « L'Otium n'est pas le vide, disait aussi Ellul, mais la relation humaine, la conversation, la discussion sur les problèmes politiques, la participation aux assemblées nombreuses, aux associations et confréries : donc une vie vouée à la relation sociale et à la politique et non pas absorbée par le travail. Celui-ci est qualifié négativement, il est le "Neg-Otium". L'absence d'Otium[1]. »

Comme j'avais un peu de mal à suivre, j'ai orienté la conversation sur des sujets plus faciles.

— Et ce fromage, vous le faites vous-même, alors ? De A à Z ? Vraiment ?

Sylvia a froncé les sourcils. Émilie a deviné ma gêne, celle de Sylvia, et l'a entraînée dans la bergerie. Elle lui a présenté les animaux par leur prénom. Je me suis éclipsé en attendant que la visite se termine. J'étais donc ignare. Le soir même, je me suis plongé dans la lecture de Jacques Ellul.

1. *Ibid.*, p. 39.

* * *

Dès le lendemain, les enfants sont entrés à l'école, Sylvia a commencé à travailler à la bergerie, et moi à apprendre mon métier de bon sauvage.

Sacha s'est fondu dans le décor. La deuxième semaine, il parlait avec l'accent et connaissait les prénoms de tous ses copains de classe. Il trépignait le matin pour partir, exigeait d'y aller seul en bus électrique et insistait pour qu'on vienne le reprendre le plus tard possible à l'étude. Le soir, il nous racontait ce qu'il avait appris. Les nouveaux programmes étaient les mêmes qu'autrefois, simplement la notion d'écologie était partout présente : lorsqu'on étudiait l'histoire de la Grèce antique, des campagnes napoléoniennes ou de la Seconde Guerre mondiale, il fallait apprendre par cœur les dégâts ou les astuces écologiques qui en avaient découlé. La fameuse phrase de Napoléon à Joséphine de Beauharnais : « Je serai là dans trois jours, ne vous lavez pas », par exemple, était citée en modèle de bon comportement écologique. Si une telle hygiène avait été la norme, nous n'en serions pas là, avait dit Mme Boudou, l'énergique maîtresse de Sacha : les douches quotidiennes, devenues une obligation sociale à partir des années 1950, était selon elle une des principales causes du gaspillage de l'eau. Adepte du mouvement Unwashed, le mouvement des « non-lavés », né aux États-Unis dans les années 2010, Mme Boudou avait glissé à ses élèves une liste de « trucs » pour remplacer nos habitudes « criminelles » : rondelles de citron en guise de déodorant et coups de savon sous les pieds et entre les jambes au lieu d'une vraie douche. Mme Boudou en était devenue une véritable napoléonienne. Elle affirmait que l'Empereur avait été l'un des plus grands défenseurs des arbres de l'humanité : c'est lui qui avait fait planter le plus d'arbres en France car ils étaient nécessaires à la production des bois utiles dans les arts, à l'embellissement des chemins et pour l'abri que leur ombre prêtait aux voyageurs – ainsi qu'à ses soldats lors de leurs grandes marches militaires.

La rumeur a couru que des enfants avaient dénoncé leurs pollueurs de parents, coupables d'avoir mal trié leurs déchets, conservé une voiture de collection, ou chauffé abusivement et secrètement une pièce mal isolée. Puis le qu'en-dira-t-on s'est confirmé. Ainsi, c'était vrai. Des enfants avaient accusé leur père, leur mère, ou parfois même les deux, de s'être mal comportés à l'égard de l'environnement. Pour ce crime grave, la délation était donc encouragée, au même titre qu'elle l'était pour les délits de violence ou les abus sexuels. Combien de parents indignes ont ainsi été châtiés ? Les chiffres n'ont pas été révélés, mais ils ont été nombreux. En guise de punition, les fautifs étaient souvent contraints de nettoyer l'école de leurs enfants. Cette sentence symbolique avait la vertu de ne pas être trop humiliante. Les services sociaux veillaient à ne pas dégrader l'image parentale. Il ne s'agissait pas de détruire les familles, au contraire. Mais, dans des cas extrêmes, la justice ne plaisantait pas. Elle pouvait même se montrer extrêmement sévère. Un couple particulièrement incivil – le père avait conservé un side-car des années 1930 et roulait la nuit avec sa femme « juste pour le plaisir » –, avait été mis en examen sur dénonciation de ses trois enfants. Il avait écopé de plusieurs mois de prison, dont un ou deux fermes pour le mari, si mes souvenirs sont bons. Des collèges d'experts, mêlant assistants sociaux, psychiatres et écolologues – nouvelle profession en plein essor –, estimaient parfois préférable de placer les enfants dans les pensions écologiques qui avaient fleuri, sur le modèle des camps de scouts d'avant-guerre, plutôt que de les laisser chez leurs pollueurs de parents. On voulait mettre un coup d'arrêt à la « fabrique de la délinquance écologique ». Cette fabrique n'était rien d'autre que la famille épicurienne et consumériste telle que nous l'avions connue avant.

Une scission s'était indiscutablement créée entre nos générations. L'État s'était introduit dans les foyers. À travers l'école et l'éducation des enfants, on changerait les comportements des parents. C'était intrusif et violent, mais il fallait bien reconnaître qu'aucune politique incitative n'avait jamais fonctionné. Les foyers étaient à présent fliqués de l'intérieur. Alors, probablement, était-ce pour le meilleur.

Jeanne aussi a rapidement pris plaisir à reprendre les cours. Elle a pratiquement disparu de notre vie. Sans nous raconter grand-chose de ses journées, elle partait le matin en même temps que Sacha, qui avait accepté de prendre le même car qu'elle, et poursuivait sa route jusqu'à son lycée. L'arrêt de bus était juste devant chez nous. Elle rentrait souvent en voiture, avec des amis du coin, dont nous ne connaissions que les noms. Nous avons bientôt compris que plus elle s'initiait à l'écologie, désormais présente dans toutes les matières scolaires, plus elle s'éloignait de nous. Il lui était difficile d'admettre que ses propres parents étaient parmi les responsables de la situation actuelle. Comment apprendre à mieux se comporter, à tout faire différemment, à condamner les comportements du passé, tout en restant connecté à ceux qui vous ont élevé – à ceux qui vous ont *mal* élevé ? C'était comme si nous avions trahi sa confiance. Et, maintenant, c'était à son tour de nous trahir. On lui demandait de nous tourner le dos, au nom de la survie de la planète.

Quant à Sylvia, elle partait en voiture les jours où je n'en avais pas besoin, ou sinon en bus électrique, comme les enfants. Ces autocars, fabriqués en Bretagne, avaient aidé à retisser les liens sociaux dans ces grandes étendues rurales où les nouveaux venus s'étaient sentis au début un peu isolés. Ils avaient aussi permis de fluidifier le marché du travail, historiquement en pénurie de main-d'œuvre dans cette région autrefois déserte.

À 7 heures, j'étais seul. J'ai continué de parfaire ma connaissance de la nature. En cueillant les fleurs dont André m'avait parlé, je craignais de me tromper, comme dans *Into the Wild*, dont Mick possédait le DVD et le livre. Je craignais de m'empoisonner bêtement, pire, de tuer ma famille. L'Aubrac regorge en effet de plantes toxiques. À l'aide d'un vieil almanach retrouvé dans une pile de journaux de Mick, je suis parvenu à en identifier huit espèces : la digitale pourprée, la verdâtre, la jusquiame noire, la morelle douce-amère, la renoncule âcre, l'aconit napel, le daphné bois-joli et la parisette à quatre feuilles. Lorsque j'en croisais une, je la ramassais et la rangeais dans les bocaux que j'avais entreposés sous la tente.

J'ai pris l'habitude de lire les cours de Jeanne en son absence. Les nouveaux programmes étaient limpides. J'avais l'impression d'y apprendre tout ce que l'on m'avait caché, tout en ayant conscience que personne en particulier n'était coupable de ces omissions. Nul n'avait décidé de nous masquer la vérité sur la vie des arbres, des insectes, des fleurs, de l'eau et de tout ce qui nous entourait. Ces savoirs s'étaient effacés tout seuls, ils étaient sortis de notre culture sans qu'on s'en aperçoive. Ils s'étaient évaporés, sans laisser de trace. Ils avaient été comme oubliés des programmes scolaires.

Peut-être considérait-on, autrefois, que c'était aux familles et non pas à l'école de transmettre ces connaissances ? L'école n'était alors qu'un moment de la journée, entre les travaux de la ferme, des champs ou domestiques. Ce n'était donc pas là que cet apprentissage avait lieu. Non, auparavant, il se faisait au foyer, de grands-parents et parents à enfants : respect du monde animal et végétal, du suivi des cycles de la nature, adaptation aux saisons, une multitude de gestes et d'attentions pleins de bon sens s'échangeaient ainsi, par la parole et le vécu. Ne pas gâcher, ne pas jeter, réutiliser, réparer, donner, prêter, se lever et se coucher avec le soleil, adapter ses horaires aux cycles des saisons, du jour et de la nuit.

Le plus étonnant était les avancées scientifiques récentes, car il ne s'agissait pas vraiment de découvertes mais plutôt de confirmations. Elles démontraient que des habitudes d'antan se révélaient avoir un sens du point de vue écologique. La jachère, par exemple, qui, jusqu'à l'apparition de l'agriculture industrielle au XVIIIe siècle, consistait à laisser reposer les sols pendant des durées déterminées, a été redécouverte lorsqu'on s'est aperçu que l'agriculture moderne engendrait près de 35 % des émissions de gaz à effet de serre. Une des solutions qui a permis de limiter ces émissions a été d'adopter des modes de cultures favorables au stockage du carbone dans le sol et à la réduction des émissions de méthane et d'oxyde nitreux, l'ensemble constituant la « séquestration du carbone ». Comme avant. Comme depuis toujours.

Alors, c'était si simple que cela ? Il suffisait de fouiller dans notre propre passé. Seul au contact de la terre et du vent, de la pluie et du soleil, je m'interrogeais : comment les anciens avaient-ils appris tout cela ? Et, comment avions-nous pu, en quelques générations, perdre tous ces acquis ?

J'avais le sentiment de sortir d'une crise d'adolescence. Après avoir saccagé l'appartement familial, notre planète, je comprenais que je m'étais comporté en enfant trop gâté et mal éduqué. C'est ce que disaient les cours de Jeanne : les familles avaient pensé que l'école transmettait l'essentiel, et l'école avait imaginé que les familles en faisaient autant. En fait, les bons comportements avaient cessé d'être perpétués, de génération en génération. Et tout un monde s'était perdu. Mais la chaîne était maintenant rétablie.

Le soir, nous nous retrouvions à la maison autour de la collection de DVD de Mick. Nous étions loin des soirées VOD d'autrefois, ces orgies de séries américaines dont on oublie au matin ce qu'on a vu la veille. Chez Mick, les disques étaient classés par réalisateur. Sacha était préposé à la manipulation du vieux lecteur Bang & Olufsen. Il annonçait la séance, sortait avec précaution le disque de sa boîte, comme un objet précieux, le nettoyait d'un coup de chiffon, le glissait dans le lecteur, et lançait la séance. Une collection d'ouvrages de référence, des dictionnaires du cinéma, par films ou par réalisateurs, nous donnait les informations nécessaires à la compréhension de l'œuvre. Il y en avait moins que sur Wikipédia, mais ce que nous y avons lu, nous ne l'avons pas oublié.

Il doit avoir soif le petit

Voisinage, bricolage et 33 tours

Nous avons fait la connaissance d'Hubert Raynal, notre voisin. Hubert était l'homme que j'avais aperçu en train de pêcher dans la rivière le jour de notre arrivée. Petit, mais svelte et musclé, il avait la grâce d'un héron. Pour accéder à notre buron il fallait emprunter une servitude qui traversait sa ferme au bord de la petite route. Ici on appelle drailles ces chemins privés qui franchissent les champs. Rudimentaires, faits d'herbe, de terre et cailloux, ils sont vaguement carrossables pour une charrue ou un bon 4 × 4 à l'ancienne – plus Pajero avec treuil que Range Rover à kit mains libres – et encore, aux beaux jours seulement. Les burons sont des abris d'estive. Il fallait être dans une situation extrême pour s'y installer en hiver. C'était notre cas.

Le paysan – dans le coin ils aimaient ce mot – nous a ouvert les bras et les portes de sa ferme.

— Alors c'est vous les nouveaux voisins ? Venez boire un coup. Il doit avoir soif, le petit.

Il se déplaçait comme un jeune homme, sa chevelure éternellement noire flottant dans l'air. À l'intérieur, le confort était sommaire mais l'équipement électrique, dernier cri. Ce télescopage entre des matières brutes, la pierre, le bois, et un écran de télévision haute définition de deux mètres de large parfaitement incrusté dans une niche, donnait à ce repaire un petit air de James Bond. Je ne devais pas être le premier touriste à jauger cette grande pièce. En bon guide, il a enchaîné :

— Depuis que j'ai remplacé les lauzes par des panneaux solaires et installé une éolienne en hauteur derrière la maison, je suis quasi autonome. Mais j'vais pas vous mentir, je ne suis pas près de renoncer à la chaleur de ma cheminée. Alors, gentiane ? Thé d'Aubrac ? Sirop pour le petit ?

Croyant que c'était du thé, Sylvia a opté pour le thé d'Aubrac. Ce petit remontant matinal lui a fait du bien. J'ai pris, moi, une gentiane, et Sacha un sirop de grenadine épais qui a coulé péniblement d'une bouteille en fer. Des filets de rouille marbraient assez joliment ses contours : elle ne devait pas avoir servi depuis au moins dix ans. C'est fou ce qu'un Parisien débarquant à la campagne peut être niais, tout trouver beau, même quand c'est moche.

Hubert Raynal était un petit colosse chaleureux. Avec de grandes mains et des yeux remplis d'intelligence. Âgé de soixante-dix ans environ, il avait été patron d'un café, Le Petit Bar, dans le centre de Paris, avant de revenir s'installer « au bled » comme il disait en riant, il y a huit ans. Il voyait arriver cette vague de citadins perdus avec amusement et gentillesse. Lui savait que les premiers mois seraient rudes mais qu'avec le printemps un nouveau bonheur éclorait. Le vrai. C'était en tout cas ce qui lui était arrivé, même si sa femme avait été emportée par un mauvais cancer huit mois après leur retour. Un cancer des poumons rare chez une non-fumeuse, attribué aux milliers de cigarettes grillées par les clients du Petit Bar et aux particules fines de la ville.

Nous avons terminé nos verres, puis Hubert nous a dit qu'il vendait du lait, des œufs, des légumes et de la viande de sa ferme à pas mal de gens alentour. Si cela nous intéressait nous pouvions le payer en liquide ou en « échange de bons procédés ». En paranoïaque des villes, j'ai immédiatement visualisé une partouze agricole avec Sylvia au milieu. Il a poursuivi en disant qu'il était mauvais cuisinier et aussi très preneur, à son âge, des compétences médicales de Sylvia. Honteux de mes pensées, je les ai vite chassées en me visualisant en train de lui préparer un bon petit plat.

Plus tard, la première leçon d'agronomie pour les nuls d'Hubert a été consacrée aux légumes d'hiver. On pouvait conserver longtemps les pommes de terre, oignons, aulx dans un endroit sec mais j'ai été surpris par la variété de légumes frais que l'on pouvait cultiver et récolter soi-même : poireaux, choux, brocolis, radis, laitues, chicorée, pour les principaux.

En bons Robinsons, nous avons dû attaquer par la construction du « châssis ». Le châssis est une petite serre qui abrite les semis par temps froids. La science de la récup d'André m'est apparue utile et moderne. Il a recyclé de vieilles fenêtres encore pourvues de leur vitrage. Il en a même trouvé deux avec un hublot bombé. Nous avons construit un muret en pierre aux dimensions des fenêtres, légèrement incliné, afin que le toit, pentu, permette à l'eau de pluie de s'écouler. Il a ajusté tout cela avec un cadre en bois récupéré sur des palettes, maintenu aux quatre coins par des tasseaux.

Des charnières fixées sur le dessus des fenêtres permettaient de les ouvrir et les refermer aisément. On a pris soin de garder les poignées. Elles étaient anciennes et donc en plus assez jolies. Une poignée en alu aurait un peu juré dans notre vie au look « total carte postale ». Pour parfaire la protection de la caisse, André a passé de l'huile de lin sur le bois et recouvert les parois intérieures d'un film de plastique noir. Cela permettait d'éviter que le bois ne soit attaqué par l'humidité. Nous avons ensuite mis de la paille sur les semis pour les garder du froid. L'ensemble ne nous avait rien coûté sinon un peu d'huile de coude et allait nous nourrir gratuitement en légumes biologiques. J'apprenais doucement à désapprendre.

* * *

Notre vie était presque routinière. Tous les jours, je me levais à 6 heures pour accompagner les enfants et Sylvia à l'arrêt du car, au bout du chemin, au croisement de la route de bitume. Puis je revenais seul au buron. J'adorais ce moment, le petit matin, mon bol de café d'orge à la main. J'avais peiné un peu à m'habituer à ce goût mais maintenant j'aimais ça. Avant 7 heures je profitais d'une source de fraîcheur de plus en plus précieuse avec la hausse rapide des températures dès la fin de l'hiver. Même ici nous avons commencé à la ressentir.

Pour que mon petit rituel soit parfait, j'allumais le vieux transistor de Mick que j'avais tant bien que mal branché à la batterie de téléphone solaire emportée dans ma fuite. Bien positionné, il captait les stations nationales.

« Il est 7 heures, le journal présenté par Leila Rougier. Édition spéciale ce matin encore sur le dix-neuvième jour de cet épisode caniculaire. Absolument inédit pour un mois de février. L'île-de-France est particulièrement touchée... »

Depuis que nous avions quitté Paris, la situation s'était aggravée. À l'intérieur des appartements, le cocktail cohabitation, chaleur et suspicion, était explosif. La semaine dernière, le propriétaire d'un grand appartement dans le XVIe arrondissement avait tué dix-sept personnes après avoir attendu trop longtemps devant la porte de sa salle de bains. Cela m'a rappelé *Chute libre*, ce film où Michael Douglas incarne un cadre au bout du rouleau, qui fond un plomb un jour de canicule à cause d'une clim cassée. Il mute en espèce de Rambo en chemisette et s'attaque à tous ceux qui l'ont un jour énervé. Le général de Marchand avait appelé à la sagesse, rappelant les paroles du pape François : « La sensation d'asphyxie, produite par l'entassement dans des résidences et dans des espaces à haute densité de population, est contrebalancée si des relations humaines d'un voisinage convivial sont développées, si des communautés sont créées, si les limites de l'environnement sont compensées dans chaque personne qui se sent incluse dans un réseau de communion et d'appartenance. De cette façon, n'importe quel endroit cesse d'être un enfer et devient le cadre d'une vie digne. » Nous en étions donc là ?

Édition spéciale oblige, la station de radio avait mis le paquet et entendait que cela se remarque. Des reporters aux quatre coins de la région parisienne nous renseignaient sur chaque détail de la vie quotidienne sous cette écrasante chaleur. Mais les radios n'étaient plus vraiment libres et la règle imposée par le nouveau Conseil supérieur de la probité écologique (CSPE), dont dépendaient les médias, exigeait que « tout problème ait une solution grâce à l'entraide gouvernementale ».

Un habitant de la rue Royale, cette magnifique tranchée minérale qui est l'une des perspectives les plus symboliques de Paris, étouffait (il n'avait pas de climatiseur solaire ni de rafraîchissement à eau, les seuls autorisés) et nous décrivait ses petites astuces pour tenter de voler à la nuit quelques heures de sommeil. Un représentant de l'État a ensuite condamné l'irresponsabilité des gouvernements précédents face aux phénomènes climatiques et annoncé la plantation de mille arbres entre la place de la Concorde, la rue Royale et la place de la Madeleine.

La liste des « mesures écocompensatrices » était un inventaire à la Prévert où se mêlaient idées géniales et gestes désespérés, ou plutôt démagogiques. Je n'ai pas pu m'empêcher de sourire quand j'ai entendu que les pompiers à l'aube arrosaient les façades des rues les plus ensoleillées, pour rafraîchir la pierre de taille avec l'eau de la Seine, encore vaguement nauséabonde à cette époque. Mais, c'est sûr, cela donnait de belles images aux chaînes d'info : le pouvoir agissait.

Je dois en revanche avouer avoir été agréablement surpris par certaines innovations et les moyens mobilisés pour agir. Les dépenses écologiques étaient retranchées de la dette de l'État. C'était baroque mais plus vous dépensiez pour des « investissements écologiques de long terme », moins l'État était endetté. Cela défiait la logique comptable mais cela créait des emplois et essayait de sauver le peuple. Et comme nous vivions dans un régime autoritaire aux frontières fermées, nous avions inventé une folie cohérente.

Un peu comme une économie de guerre se met en mouvement pour construire de l'armement, des milliers de start-up et les grands groupes ne travaillaient presque plus que pour améliorer le bilan écologique du pays. Même les pires critiques, dont je faisais partie, en France ou à l'étranger, reconnaissaient que, dans deux ou trois ans, la France serait le leader incontesté de la Green Economy.

L'innovation la plus spectaculaire était sans doute celle des matériaux, béton, goudron, tuiles, fenêtres qui avaient tous une fonction. Les sols pouvaient absorber la chaleur du soleil et la transformer en énergie pour l'éclairage ou la ventilation. Une fine pellicule invisible sur la pierre assurait l'isolation thermique et captait, elle aussi, les rayons du soleil avec des nanocellules photovoltaïques. Une nouvelle peinture « solaire » transformait la vapeur d'eau en hydrogène[1]. Les toits en tuile ou zinc poreux absorbaient 80 % des eaux de pluie pour les faire circuler le moment venu dans des circuits de rafraîchissement à l'intérieur des logements. On était engagés dans une course contre la montre mais les solutions étaient là. En masse. On annonçait même ce jour-là le premier vol d'essai d'un Airbus hybride dont le programme avait été initié en 2019. « Impossible n'est pas français » était le nouveau slogan aux relents nationalistes qui, sur le fronton des mairies et des écoles, avait remplacé « Liberté, Égalité, Fraternité », qualifié de « plus grande manipulation de l'histoire » par le général de Marchand.

J'avais été aussi étonné par la vitesse avec laquelle on avait réussi à obéir à l'injonction étatique de « lutter contre la dépendance alimentaire des citadins aux milliers de camions arrivant de loin ». Chaque mètre carré plat de Paris et ses environs s'était transformé en « potager partagé ». Plus vous aviez de bonus écologiques, plus vous aviez de « millièmes » dans ces nouvelles copropriétés alimentaires. À condition d'y consacrer au moins une heure de travail par jour et par personne majeure et valide.

Sur l'Aubrac, nous échappions à ce déluge de mesures qui, personnellement, me laissait circonspect. Le soir, nous profitions des vinyles de Mick. Sans Internet, le choix était plus restreint, limité aux 33 tours

---

1. « *Solar Paint Offers Endless Energy from Water Vapour* », Royal Melbourne Institute of Technology, 14 juin 2017.

que l'on compulsait dans la caisse de vin où Mick les avait rangés, et pourtant nous écoutions plus de musique. Mick avait choisi le meilleur et rien d'autre : Cab Calloway, Benny Carter, Jimmie Lunceford, Ben Webster, Louis Armstrong, Art Tatum, Count Basie, Duke Ellington, Roy Eldridge, Coleman Hawkins, Fats Waller, Lester Young, Django Reinhardt, Lionel Hampton, Earl Hines, Billie Holiday, mais aussi Benny Goodman, Glenn Miller, et bien sûr Ella Fitzgerald, Charlie Parker, Dizzy Gillespie, Thelonious Monk, John Coltrane, Miles Davis ou Keith Jarrett.

Nous les choisissions à tour de rôle et Sacha les changeait de face comme on remet une bûche dans le feu. Mais chaque fois, il soufflait en évoquant la quantité d'albums que notre génération avait jeté à la poubelle – c'est-à-dire dans la nature. Sylvia et moi avions tout mis sur le trottoir, peu de temps après l'acquisition d'un iPod, nous réjouissant d'avoir pu tout copier sur un gros disque dur, jeté depuis, avec les centaines d'autres objets high-tech pour lesquels nous nous étions emballés avant de ne plus pouvoir en supporter la vue.

Comme je dis toujours…

Caroline, Alain et le bushido

Cela faisait déjà quatre mois que nous nous étions installés sur l'Aubrac. Les deux premiers avaient été dédiés aux besoins fondamentaux, installation, approvisionnement, mais surtout à peaufiner l'emploi du temps de chacun et la répartition des tâches. Les moments de repos avaient été rares, les loisirs inexistants mais la satisfaction d'avoir construit les bases de notre nouvelle vie nous suffisait. Nous avons consacré le troisième à rendre notre buron confortable et je dirais même joli. Durant cette période nous avons souvent vu Hubert, pour qui je cuisinais. Nous avons rencontré une ou deux fois par semaine de nouvelles connaissances en allant au village, mais notre vie sociale se limitait au cercle familial élargi à André, tout le temps à la maison. C'est pourquoi notre première invitation à dîner nous a tant excités. Hubert nous avait prévenus qu'avec l'arrivée du printemps cette région sauvage devenait très conviviale.

Nous étions attendus chez Caroline et Alain vers 19 heures. « Venez pour l'apéro ! » nous avait proposé Alain quand on l'avait croisé à l'assemblée générale de la Réserve, une sorte de réunion hebdomadaire qui se tenait sur le foirail de Saint-Urcize. Faute de moyens de télécommunication, c'était une façon de partager les infos sur ce qui se passait dans le reste du pays, d'organiser la vie de la cité et de commercer, surtout via le troc de produits et de services. Chacun de nous avait détaillé, dans un grand cahier, ses compétences et talents. Notre communauté disposait de quatre médecins, deux boulangers, six bouchers-charcutiers, un kiné, deux infirmières, trois comédiens, trois ingénieurs dont un polytechnicien, un écrivain, cinq musiciens, trente et un restaurateurs/bistrotiers, soixante-dix agriculteurs, sept professeurs, trois vétérinaires, une vingtaine de mécanos, électriciens, plombiers, maçons entre autres… J'ai aussi remarqué qu'il y avait un publicitaire, je me suis demandé à quoi il allait bien pouvoir servir.

— Salut, les Parigots, ça fait plaisir, entrez !

Alain m'a tapé dans le dos comme si nous nous connaissions depuis l'école. Moi qui suis réservé, j'admire cette faculté de laisser penser aux gens que vous les aimez tout de suite. Alain n'était pas encore mon ami mais j'ai voulu lui rendre la politesse. Dans un effort surhumain pour surmonter ma timidité, j'ai décidé de lui rendre sa tape dans le dos. À cet instant, il a malheureusement pivoté en direction de la cuisine. Je n'ai pas eu le temps d'arrêter mon élan et ma main a glissé sur lui dans un geste à mi-chemin entre la chatouille et la caresse. Il m'a regardé, étonné. J'ai été parcouru par un éclair glacé du sommet du crâne aux orteils. Puis tout est rentré dans l'ordre. En apparence, car j'étais atrocement gêné d'avoir chatouillé cet inconnu.

Caroline était douce et hospitalière, elle devait avoir quarante-cinq, cinquante ans. Jolie, sûrement sportive et très spontanée. Alain était Parisien mais originaire du coin et avait lui aussi décidé d'emmener tout le monde ici en voyant l'évolution de la situation en ville.

Un mois avant nous environ. Grâce au sauf-conduit réservé aux indigènes de l'Aubrac, il pouvait entrer et sortir de la Réserve sans trop de problèmes, prétextant des missions essentielles à la communauté et gagnant au passage un certain prestige.

Entre deux rondelles de saucisson, un aliment éco-responsable car il optimise le cochon, Alain a dressé pour nous un tableau stupéfiant de la vie à Paris. Avec les mesures de cohabitation, l'immobilier, surtout dans les beaux quartiers, s'était effondré. Les prix du mètre carré avaient été divisés par quatre.

— Comme je dis toujours…

Alors qu'il parlait, des pensées négatives se bousculaient dans mon cerveau. J'ai un peu de mal avec les gens qui se citent eux-mêmes…

— … une crise, c'est une opportunité. J'étais à Paris la semaine dernière, j'ai bouclé l'achat de trois immeubles, les proprios étaient pendus ! Incapables de rembourser leur crédit dans le bordel ambiant.

En terminant cette phrase qui parlait de la faillite de gens broyés par les événements, il lança un clin d'œil satisfait à sa femme.

Caroline lui a répondu par un demi-sourire mécanique et a enchaîné :

— Les tripoux sont prêts, on peut passer à table.

Ils avaient cuit quatre heures et cela sentait délicieusement bon dans la maison, me suis-je dit en m'apprêtant à manger des abats pour la première fois, sans me douter qu'ils deviendraient une composante importante de notre alimentation. Pour des raisons écologiques, mais aussi nutritionnelles : les tripes sont à la fois maigres et riches en nutriments.

À table, nous avons eu le droit à un monologue d'Alain. À l'entendre, il avait réussi l'intégralité de ce qu'il avait entrepris. Même s'il se reconnaissait un défaut : « Je suis comme Napoléon : impatient. Ça me perdra », a-t-il dit plusieurs fois. Il faisait partie de ces gens qui estimaient qu'avoir été mis au monde était une très bonne chose. La vie, bonne pâte, ne l'avait pas encore rappelé à l'ordre. « Moi, je trouve que l'écologie, tout ça, c'est super, mais bon, si c'est pas moi qui ramasse les opportunités quelqu'un d'autre le fera. » Ou encore : « De toi à moi, Samuel, quand tu vois le blé qu'on peut se faire. Y a qu'à rester à côté, ça tombe tout seul. »

Celui qui ici se faisait passer pour un écocitoyen exemplaire m'a pris à part après le dîner. Entre deux gorgées de whisky d'Aubrac, il m'a dit :

— Si ça t'intéresse, ça je ne l'ai pas dit à Caroline, le plan est encore mieux qu'on ne le pense, les gens sont tellement aux abois que j'ai des gars qui me font des travaux pour une bouchée de pain pour transformer mes appartements en multilogements. De toute façon, ils sont déjà contents d'avoir à manger, non ? La nuit, on jette les gravats dans la Seine. Ces couillons d'écolos, ils ont éteint les réverbères, ça passe comme papa dans maman un jour de paye.

J'ai senti les tripoux me remonter dans l'estomac.

J'ai prétexté un coup de fatigue et nous sommes partis.

* * *

Nous avons revu Caroline et Alain trois jours plus tard. Ce couple m'avait marqué dès la première fois où je l'avais croisé à la sortie de l'église d'Aubrac, le lendemain de notre arrivée. Lors de notre soirée chez eux, j'avais senti entre eux une espèce de champs magnétique. Ses ondes positives à elle et ses ondes négatives à lui.

Comme si la physique à l'œuvre dans ce couple avait, au fil du temps, réparti les qualités et les défauts, équitablement. Toutes les qualités pour elle et tous les défauts pour lui. Comment une telle molécule avait-elle pu survivre à l'usure des années ? À moins que ce soit moi qui aie une loupe déformante. La vanité d'Alain avait servi de focale pour éclairer son doux charisme à elle.

Je savais que je la verrais à notre AG hebdomadaire de Saint-Urcize, mais j'ai été surpris de sentir mon impatience. Je croyais avoir passé l'âge de ces frissons d'écoliers avant de croiser la jolie voisine du coin. Je n'étais pas d'humeur à me laisser distraire de mon rôle de papa-époux-Robinson. Sylvia est allée chercher du café, de plus en plus difficile à trouver. Je me suis retrouvé nez à nez avec Caroline. Elle était plus menue que dans mes souvenirs. Elle m'a souri.

— Bonjour, Caroline. Ça va depuis l'autre fois ? Merci encore pour le dîner. Alain est là ?

Comme tous les taiseux, dès que je suis ému, il faut que je parle comme une mitraillette ridicule.

— Bonjour, Samuel. Désolé pour Alain, il veut toujours en faire trop quand il rencontre quelqu'un pour la première fois. Il est parti à Paris pour deux, trois jours.

— C'est bien ! Non, je veux dire, il a été très bien au dîner, pas de soucis.

L'AG battait son plein. Les nouvelles de Paris n'étaient pas bonnes. Il y avait eu de nombreuses arrestations pour « comportements antiécologiques ». Nous allions devoir fermer totalement les voies d'accès à la Réserve pour stopper le flux de réfugiés. Nous ne pourrions bientôt plus nourrir tout le monde. Notre écosystème était aussi subtil que fragile. Même si nous étions chanceux d'être dans ce petit paradis, à peu près protégé de la montée des températures, riche en eau et en air pur et autosuffisant en nourriture, il y avait un petit parfum de fin du monde. Dans cette tension ambiante, comme dans les mauvais romans, Caroline et moi nous sommes regardés. Je ne me souvenais pas d'avoir trouvé une femme aussi jolie depuis ma rencontre avec Sylvia. Il y avait maintenant vingt-cinq ans. Un de ces foutus flashes a pris possession de mon cerveau. J'ai visualisé le clip de Glenn Medeiros et Elsa courant habillés en blanc sur la plage avec la musique *Nothing's Gonna Change My Love for You*. J'ai espéré de tout mon cœur qu'aucun signe extérieur de niaiserie n'apparaissait sur mon visage de vieil adolescent possédé. Il y a des études très sérieuses sur l'impact mémoriel et émotionnel des chansons de l'adolescence. C'est d'une puissance phénoménale : le pic est à dix-neuf ans et demi, avais-je lu dans un article très sérieux sur le marketing dans *The Economist*. Emporté par ma bande-son intérieure, je n'avais plus qu'une idée en tête : embrasser Caroline. Et là, en fin d'après-midi, sur un foirail dans une ambiance mi-agricole, mi-survivaliste, une phrase directement projetée d'un samedi soir de 1988 est sortie de ma bouche. « Tu viens, on boit un verre au bar ? » Plus j'étais ridicule, plus cela avait l'air de marcher. Moi, le mari trahi, le père soumis, j'avais retrouvé le mojo du beau Sam du Studio A. Il ne me manquait plus que mon Catalina bleu clair et mes Burlington assorties.

Le reste a été rapide. Un peu trop, comme à l'époque. Nous avons bu chacun deux whiskys-Coca au café. Nous nous sommes éclipsés dans un petit débarras de la mairie. Nous nous sommes embrassés comme des adolescents. Beaucoup. J'ai détaché son soutien-gorge de la main gauche avec ce petit twist rapide du pouce et de l'index sur l'attache. Premier essai, marqué. Comme le ski, ça ne s'oublie pas, me suis-je dit. Elle avait des seins magnifiques, probablement l'œuvre d'un chirurgien talentueux. Elle m'a attiré à elle et nous nous sommes pris contre la porte du placard des produits d'entretien. Elle sentait bon.

— Papa, vous étiez où ? Ça fait une demi-heure que maman te cherche.

Sylvia est apparue, le visage décomposé, les lèvres tremblantes.

— Mais t'étais où, putain ?

— Mais quoi, j'ai le droit d'aller aux toilettes, non ?

— Pendant trois heures ?

— Tu veux savoir, j'ai mangé un truc pas net et je t'épargne les conséquences. Voilà…

Je n'avais rien trouvé de mieux comme excuse, priant pour que Caroline ne m'ait pas entendu.

— J'en ai rien à foutre de ça. C'est pas le problème…

— Mais quoi, parle, putain…

— Les drones, ils sont là…

— Comment ça, là ?

— Derrière la porte…

J'ai entrouvert la porte des toilettes et j'ai vu trois hélicoptères miniatures éclairés de diodes bleues en train de zigzaguer dans la salle.

— Viens, on sort. Allez, dans la voiture, tout de suite.

J'ai pris Sacha dans mes bras et nous avons traversé la salle en courant. Nous sommes montés dans le 4 × 4, et j'ai démarré. Sauf que pendant notre course, les hélicoptères, à cinquante centimètres de nos visages, nous avaient filmés.

Nous sommes partis en trombe.

— Papa, mais qu'est-ce que c'est ? a demandé Sacha en pleurant.

— Ce n'est rien, mon chéri. Une attraction d'Aveyronnais, allez, essaye de dormir.

Sylvia et Jeanne ne disaient pas un mot. Sans lune, la nuit était noire. Seuls les vieux phares jaunes de la voiture éclairaient notre chemin. Lorsque nous sommes arrivés, les drones n'étaient plus là. Mais, forcément, nous étions repérés. Nous sommes rentrés dans le buron.

— Préparez vos affaires, un sac à dos par personne, rien d'autre, ai-je crié. Dans cinq minutes on est partis.

J'étais le seul à ne pas pleurer.

Soudain, quelqu'un a tambouriné à la porte. J'ai ouvert. C'était la gendarmerie. Le type que j'avais vu donner un banquet dans le restaurant de Nasbinals se tenait devant nous avec toute son escouade. J'ai aperçu André derrière lui. Ils sont entrés, et l'officier a jeté sur la table les trois hélicoptères miniatures.

— Ils n'embêteront plus personne.

— Les hommes de Jacques les ont chopés à la fronde, a dit André.

Jacques a eu comme un léger sourire de satisfaction.

— Nous avons encore quelques bottes secrètes dans le coin. La fronde, le lance-pierre, la sarbacane, ça a du bon parfois. Faut juste pas perdre la main, pas vrai André ?

André a rougi et Jacques a poursuivi :

— La technologie aussi, ça a ces limites. Ces libellules de malheur n'ont pas eu le temps de télétransmettre leurs données aux zeppelins de l'AIR. Elles n'étaient pas téléguidées. Elles étaient en fonction autonome, programmées pour rentrer au bercail avec les images dans le bide, a repris Jacques. Pas de risque qu'elles reviennent à la maison ce soir. C'en est fini pour elles. Fallait pas embêter les amis des amis de Jacques. Allez, fermez bien les volets, car les bestioles comme ça, paraît que ça pullule en ce moment. Et dormez bien.

* * *

L'aventure avec Caroline m'a tourné la tête. Mais j'ai rapidement décidé de ne pas donner suite à cette histoire. Notre vie était déjà assez compliquée comme ça. D'un autre côté, je ruminais la trahison de Sylvia. Dans la journée, entre deux travaux, je parcourais les ouvrages de Mick. Le monde des samouraïs et des sages tibétains avait apparemment été pour lui une source d'inspiration. J'y ai pioché plusieurs maximes qui m'ont aidé à m'adapter à la rudesse de notre nouvelle existence, mais aussi à dompter mes accès de jalousie, car ces derniers pouvaient m'assaillir à tout instant : lorsque je posais un collet pour attraper du gibier ou que je creusais une tranchée de dérivation des eaux de pluie, par exemple. J'obéissais alors à cette pensée d'Inazo Nitobe, auteur de *Bushido, l'âme du Japon* :

« En fait, le Japonais a recours à la dérision chaque fois que la fragilité de son humaine nature est poussée à la limite de sa résistance[1]. » Cet extrait, tiré du chapitre « Le contrôle de soi », m'a maintes fois aidé à ne pas craquer, tout comme cet exercice découvert dans *Le Livre tibétain de la vie et de la mort*, de Sogyal Rinpoché : « Vous pouvez lâcher prise sans rien perdre pour autant : le bras toujours tendu. Tournez la main vers le ciel. Ouvrez le poing : la pièce demeure dans votre paume ouverte. Vous lâchez prise… et la pièce est toujours vôtre, malgré tout l'espace qui l'entoure. […] Bien souvent, nous nous apercevons que nous aimons notre conjoint seulement quand nous réalisons que nous sommes en train de le perdre. Nous nous accrochons alors à lui ou à elle d'autant plus fort ;

1. Inazo Nitobe, *Bushido, l'âme du Japon*, Budo Éditions, 2000, p. 101.

mais plus nous agissons de la sorte, plus il ou elle nous échappe et plus la relation devient fragile. [...] Que pouvons-nous donc faire pour triompher de cet attachement ? Tout simplement, en réaliser la nature impermanente. Cette réalisation nous libérera peu à peu de son emprise[1]. » J'ai passé beaucoup de temps à cette époque, seul sur une colline surplombant le buron, le bras tendu, à fermer et ouvrir ma main sur une pièce, à attendre la vision annoncée de Sogyal Rinpoché : « Les nuages de la saisie dualiste se dissiperont, et le soleil de notre cœur resplendira de la vraie compassion. » Je n'ai hélas rien ressenti de tel.

C'est à cette époque que j'ai commencé à m'identifier aux Indiens. Pas au sens propre du terme, mais disons qu'un esprit indien s'était comme glissé en mon âme. Il m'habitait. J'étais seul toute la journée et l'immensité du paysage m'enivrait. Il est possible que le vent qui rend zinzin les enfants, les femmes et les chevaux, selon le maire de Nasbinals, ait eu une influence sur mon humeur. Peut-être que nos soirées DVD ont eu leur part de responsabilité dans ce glissement de ma personnalité. Mick possédait toute une collection de films dont l'action se déroulait dans les grands espaces américains, surtout des westerns réalistes comme *New Mexico*, *Coups de feu dans la Sierra*, *Major Dundee* et *La Horde sauvage* de Sam Peckinpah. D'autres films mettaient en scène les Indiens : *Un homme nommé Cheval* d'Elliot Silverstein, *Willie Boy* d'Abraham Polonsky, *Danse avec les loups* de Kevin Costner, et surtout *Jeremiah Johnson* de Sydney Pollack et *Little Big Man* d'Arthur Penn. Ces deux derniers, nous les avons regardés un nombre incalculable de fois. Je me

1. Sogyal Rinpoché, *Le Livre tibétain de la vie et de la mort*, Le Livre de Poche, 1992, p. 87.

demande si Sacha ne me prenait pas un peu pour leur héros. Il ne m'était pas désagréable d'être comparé à Robert Redford, surtout en présence de Sylvia. Pour Dustin Hoffman, je ne savais pas quoi en penser, quoique j'aie beaucoup apprécié la scène dans laquelle Faye Dunaway essaye à tout prix de coucher avec lui. J'aurais beaucoup donné pour être à sa place : à l'époque, Sylvia continuait de me tourner le dos la nuit. J'ai toutefois pris plaisir à découvrir l'ouvrage qui avait inspiré le film. Mick en possédait une édition française : *Mémoires d'un visage pâle*[1], de Thomas Berger. Ce roman initiatique raconte l'histoire d'un homme de cent vingt et un ans qui revient sur sa vie vécue à la fois chez les cow-boys et les Indiens. Il m'a passionné, tout comme sa suite, moins connue, *Le Retour de Little Big Man*, qui relate les tribulations de ce héros malgré lui sachant se sortir de n'importe quelle situation. Peut-être m'identifiais-je à lui.

Mick, qui aimait parfaire son français par la lecture, possédait aussi une édition française du livre de Raymond W. Thorp et Robert Bunker, *Jeremiah Johnson : le mangeur de foie*. Sacha s'en est emparé avant que l'on ait pu s'assurer de la moralité de son contenu. Nous aurions dû. Il nous a raconté plus tard qu'il s'agissait d'une histoire vraie, celle d'un marine d'un mètre quatre-vingts et quatre-vingt-dix kilos, nommé John Garrison. Ce gaillard incarné dans le film par Robert Redford avait pris la fuite après avoir cogné un officier, crime alors puni de pendaison. Il avait adopté le nom de John Johnson et était devenu trappeur dans les montagnes du Colorado. Découvrant sa femme assassinée par les Indiens Crows, il avait passé

1. Thomas Berger, *Mémoires d'un visage pâle*, éditions Stock, 1971.

quatorze ans à se venger, tuant et scalpant les membres de la tribu. Il avait aussi mangé cru le foie de ses ennemis. Fait prisonnier, il s'était échappé en rongeant ses liens puis en tuant son gardien et en lui découpant une jambe. Il avait finalement fait la paix avec les Crows. Jusqu'à sa mort, il les appela « mes frères ». Il avait ensuite participé à la guerre de Sécession comme tireur d'élite dans les rangs nordistes et était devenu shérif de la ville de Red Lodge dans le Montana. Il était mort à soixante-seize ans dans un hospice pour vétérans, le 21 janvier 1900. Après la sortie du film, la dépouille de John Johnson avait été déplacée dans la ville de Cody, Wyoming, devant une foule de deux mille personnes, dont Robert Redford qui portait son cercueil.

Toute cette histoire m'a obsédé pendant un certain temps. Il paraît que je me comportais alors un peu sauvagement, répondant souvent par des grognements ou des phrases imagées que j'inventais : « Nous saurons demain ce qu'il en sera car le ciel nous l'aura dit » ; « Quand le froid est là, nul ne peut le fuir, alors le sage l'embrasse » ; et autres fariboles.

L'isolement me tapait un peu sur le système. Je m'attribuais même des phrases de chefs indiens empruntées à l'album *Pieds nus sur la terre sacrée*, recueil de paroles rassemblées par T.C. McLuhan et magnifiquement illustré par les photos d'Edward S. Curtis. Je suis devenu sensible à la cause indienne, qui était aussi celle de la planète. Aujourd'hui encore, j'aime à citer cette phrase de Hin-mah-too-yah-lat-kekht, dit Chef Joseph, de la fière tribu indienne des Nez-Percés : « La terre a été créée avec l'aide du soleil et elle devrait être laissée telle qu'elle était. » Elle est simple et dit tout. J'ai appris par cœur le texte qui la suit. Je m'autorise à le reproduire ici, malgré sa longueur, tant il est à mon sens visionnaire : « Le pays a été fait sans ligne de démarcation et

ce n'est pas le rôle de l'homme de le diviser… Je vois les Blancs s'enrichir à travers tout le pays et je connais leur désir de nous donner des terres sans valeur… La terre et moi sommes du même esprit. La mesure de la terre et la mesure de nos corps sont les mêmes. Dites-nous, si vous l'osez, que vous avez été envoyés par le Pouvoir créateur pour nous parler. Vous pensez peut-être que le Créateur vous a envoyés ici pour disposer de nous selon votre vouloir. Si je croyais que vous étiez envoyés par le Créateur, je pourrais être enclin à penser que vous avez le droit de disposer de moi. Mais ne vous méprenez pas et comprenez bien la raison de mon amour pour la terre. Je n'ai jamais dit que la terre était mienne pour en user à ma guise. Le seul qui ait le droit d'en disposer est celui qui l'a créée. Mais je revendique le droit de vivre sur ma terre, et vous accorde le privilège de vivre sur la vôtre[1]. »
J'aurais aimé être un Indien, porter des mocassins en peau, galoper à cru et attraper les poissons à mains nues. Peut-être ne tournais-je plus tout à fait rond. Lors d'une projection familiale, je me suis imaginé en train de scalper Demarchelier et de manger son foie. Mais le joli visage de Sylvia en plein câlin avec Sacha et Jeanne a heureusement chassé cette image atroce.

1. T.C. McLuhan, Edward S. Curtis, *Pieds nus sur la terre sacrée*, Denoël, 1974, p. 60.

Un partout, balle au centre

Paris, le pape et la horde

Je passais parfois prendre Sylvia à la bergerie à la fin de la journée. Elle appréciait surtout cette attention quand elle était partie en car le matin. Nous allions alors chercher ensemble Sacha à l'école puis dîner dans un restaurant de la région, Chez Remise, rendez-vous des pêcheurs, où Jeanne et André nous retrouvaient parfois. J'aimais arriver à l'improviste à la bergerie, une sensation encore nouvelle pour nous qui étions à peine sevrés des téléphones portables. Émilie avait elle-même dessiné les plans de ce lieu futuriste. On aurait dit une cabane Bartherotte du Cap-Ferret. Tout était en bois, sauf les baies vitrées qui donnaient, selon le point de vue, sur les moutons ou sur l'Aubrac. Elle avait installé son bureau et ses appartements privés au premier étage, avec une vue plongeante sur les animaux. De l'autre côté, s'étendaient les causses à perte de vue. En hiver, elle entendait et voyait les brebis, les moutons et les agneaux vivre à l'intérieur de la bergerie, l'été elle pouvait les regarder gambader au loin. La lumière, les bêlements et l'odeur de lait et de laine étaient partout.

Sylvia et Émilie s'étaient tout de suite bien entendues. Il n'avait pas été nécessaire de lui raconter notre histoire, et elle n'avait pas posé de questions.

Ce « loft » agricole était autonome : il produisait des moutons, du lait, du fromage et de la laine, sans qu'il soit nécessaire d'importer quoi que ce soit d'ailleurs, sauf un peu de paille achetée à des paysans voisins. Depuis l'instauration du nouveau régime, les prix du bio avaient été multipliés par trois, et la demande par cinq. Émilie, qui était pourtant une virtuose de la macroéconomie, n'y connaissait rien en comptabilité. Sylvia lui a proposé mes services. J'ai rapidement compris qu'elle était en train de faire fortune.

— Dommage que papa soit mort trop tôt pour entendre ça, m'a dit Sylvia. Quand je pense que la famille de maman l'a toujours traité comme un naze. Il était juste un peu trop en avance sur son temps.

Elle avait raison. Le coup d'État écologiste avait retourné la table : les perdants d'hier devenaient les gagnants d'aujourd'hui. Pour Guy, décédé depuis dix ans, c'était définitivement raté. Mais il aurait été heureux de cette ironie de l'histoire : au moins Sylvia allait profiter de l'éducation qu'il lui avait donnée. Toutes les femmes ne sont pas capables d'endurer la vie de « petite bergère », comme j'ai commencé à l'appeler : les mises bas en pleine nuit, les sols à racler à la pelle, les brouettes à pousser, les mains calleuses à la fin de la journée… C'est à mon avis ce dernier détail qui allait la convaincre d'embaucher du personnel et d'agrandir « le ranch ». Mais ce n'était pas pour tout de suite. Nous n'en étions alors qu'aux prémices de notre « retour aux origines ».

J'avais calculé que si nous rentrions dans l'affaire d'Émilie, nous pourrions rapidement être à l'abri du besoin, et je pourrai peut-être me débarrasser de toute la quincaillerie que j'avais enterrée au fond du jardin : les napoléons et les colliers de perles.

Comme d'habitude, c'est Jeanne qui a trouvé la solution, grâce à André. Les voisins d'Émilie cherchaient à vendre leur terrain depuis des années. Mais ils en voulaient trois fois le prix. Si, comme je le pensais, tout allait décupler de valeur, et si la hausse des prix et de la demande se poursuivait, cela ferait une belle affaire. Mais comment les convaincre d'accepter des perles sauvages et des pièces d'or en paiement ?

— Ça ne devrait pas poser de problème, nous a dit André.

La transaction s'est arrangée sur une poignée de main et un petit papier signé sur le coin de la table du maire de Nasbinals. Voici comment notre carrière de paysans a débuté.

* * *

Tous les jours, Sylvia se rendait à la bergerie. Tous les jours j'améliorais notre « lopin de terre ». Nous menions une vie de fermiers. De paysans. D'agriculteurs. D'éleveurs. Mais quelle que soit la rusticité de cette nouvelle existence, elle s'accompagnait d'un esprit New Age et de nombre d'innovations. Des amis d'André, entrepreneurs dans le bâtiment, ont accepté de nous installer une éolienne, des panneaux solaires et un puits canadien contre une demi-douzaine de pièces d'or et une poignée de perles nacrées. Le puits canadien, en état de fonctionnement aujourd'hui encore, des années plus tard, consiste à faire circuler l'air de la maison dans des tuyaux enterrés dans le sol à une profondeur de deux mètres environ. En hiver, le sol y étant plus chaud qu'à l'extérieur, l'air se réchauffe dans le circuit. En été, c'est l'inverse. Le sol, naturellement plus frais dans le puits qu'à l'extérieur, l'air s'y refroidit en passant. Plus besoin de climatisation ni de chauffage.

Chassez le naturel, il revient au galop : cette expression m'a immédiatement « trotté » dans la tête lorsque Sylvia m'a parlé d'acheter des chevaux. L'équitation était la passion de son enfance. Un étalon et une jument avaient été mis en vente par des voisins de la bergerie. André les a obtenus contre une petite bourse remplie de napoléons, et les chevaux se sont installés devant le buron. J'ai moi-même enfoncé les pieux et cloué les planches de l'enclos, façon ranch américain. Ne me manquait que le Stetson pour ressembler à Clint Eastwood dans un western-spaghetti. Dans mon imagination en tout cas : j'ai récemment constaté sur de vieilles photos que je ressemblais en fait à un petit Français fier comme un coq de l'Aubrac.

Nous avons commencé à découvrir les environs à cheval. C'était l'été et avec le changement climatique la météo était magnifique. Cavaler ainsi, découvrir les lacs et les rivières, nous donnait une impression d'invincibilité. Même les drones ne nous faisaient plus peur : nous parvenions à les semer au grand galop, ou bien, s'il était trop tard pour les fuir, nous nous contentions de masquer nos visages d'un foulard et d'un chapeau, nous amusant de la tête que feraient les agents de l'AIR derrière les écrans de leur zeppelin solaire. Nous savions que de toute façon ils ne s'aventureraient pas eux-mêmes dans la Réserve. Le principal était qu'ils ne nous identifient pas. Lorsqu'il s'agissait des chiens robots, nous entraînions les chevaux vers les lacs et les lancions dans l'eau. Les robots savaient faire beaucoup de choses, mais pas encore nager.

Avec Sylvia, notre relation était bonne, presque tendre. Mais c'était tout.

* * *

Les nouvelles de Paris étaient de pire en pire. Alain, qui continuait ses allers et retours pour « affaires », acceptait de prendre du courrier. Il remettait en main propre les lettres que Sylvia lui confiait pour sa mère et nous rapportait ses réponses. Se servait-elle aussi de ce procédé en cachette pour échanger avec Demarchelier ?

Dans son premier courrier, Masha nous a appris que la police était passée chez nous. L'appartement avait été inspecté de fond en comble. Mais je me suis réjoui de cette mauvaise nouvelle : ils avaient dû tomber sur l'itinéraire que j'avais imprimé et laissé à leur intention justement sur mon bureau. Il traçait une ligne rouge de Paris à Moscou. Les agents de l'AIR devaient à présent penser que nous étions passés « de l'autre côté ». Principal producteur de gaz et de pétrole en Europe, la Russie fustigeait la politique de notre nouveau gouvernement et accueillait ceux qui craignaient de se retrouver sous les verrous. Les États-Unis et les pays du Golfe faisaient pareil. La Grande-Bretagne accordait un visa provisoire aux « rebelles » à condition qu'ils ne séjournent pas plus de six mois sur son territoire. Enclins à s'aligner sur la France, la Chine et le Japon restaient neutres car leur dépendance énergétique vis-à-vis des marchés extérieurs ne leur laissait qu'une faible marge de manœuvre. La France, elle au contraire, était autonome à plus de 70 % grâce à son parc nucléaire. Même les écologistes les plus acharnés devaient l'admettre, la révolution verte n'aurait pas été possible sans l'énergie atomique.

Un jeune inspecteur de police était venu interroger Masha. Bel homme et sympathique, avait-elle précisé, il l'avait beaucoup questionnée au sujet de notre départ. Lui avions-nous parlé d'un projet de vacances ?

Avions-nous évoqué la Russie au cours de nos dernières conversations ? Puis il avait laissé tomber son interrogatoire « pour mieux faire connaissance ». Cette phrase pleine de sous-entendus m'avait inquiété.

— Maman est une séductrice, s'était exclamée Sylvia, mais elle n'est pas tombée de la dernière pluie. Et puis, même dans la police, tout le monde n'approuve pas la politique répressive de la Présidente et du Général.

À chacun de ses voyages, Alain nous rapportait de nouvelles lettres, écrites en mauve et parfumées. « C'est tout Masha, ça », s'amusaient à répéter les enfants. Sylvia nous les lisait le soir au coin du feu. Nous avions comme remonté le temps. Et je dois dire que c'était merveilleux : j'ai réalisé à quel point nous avions été séparés les uns des autres les années précédentes, nos regards plongés dans nos écrans, à échanger des bribes de phrases avec des gens qui allaient bientôt s'évaporer. Nous avions perdu des années entières à échanger avec des relations lointaines, à argumenter avec des collègues au service de tâches vaines et polluantes. La veillée autour des lettres de Masha était une belle revanche sur ces années d'égarement.

Nous recevions en décalé le détail de la vie parisienne : la disparition des voitures thermiques, les potagers collectifs dans les tranchées creusées à même la chaussée, les premières baignades dans la Seine, le lierre qui montait le long des façades d'immeubles, les toits réquisitionnés pour y installer des poulaillers, le retour des animaux dans la ville, l'organisation fermière un peu partout, avec des quotas de lait, d'œufs, de volaille, et l'obligation pour chacun de participer à la traite, au nettoyage du fumier, à la culture des jardins, et même à l'abattage des bêtes, afin d'en réaliser le caractère sacré et qu'enfin on ne tue plus un animal pour rien. Plusieurs patrons d'abattoirs dit

« à l'ancienne », mis en examen, attendaient leur procès à l'ombre. Les règles quant au traitement des animaux d'élevage étaient devenues extrêmement strictes : ils ne devaient en aucun cas souffrir au cours de leur vie. Ils étaient à présent traités comme les chiens, les chats et les chevaux. La consommation de viande avait chuté. Les extrémistes pronostiquaient un avenir 100 % végétarien. Heureusement, quelques pédiatres avaient haussé le ton en rappelant que l'homme est un omnivore et que la croissance des enfants ne devait pas être otage d'un débat idéologique. Le flexitarisme avait fini par s'imposer : jamais de viande – sauf parfois.

Des paroisses avaient formé les « Légions divines », sortes de groupes de jeunes pratiquants vêtus comme des gendarmes du GIGN qui faisait du porte à porte pour répandre la parole « écologique » de Dieu. Masha avait recopié l'extrait d'un tract glissé sous sa porte : « Personne ne prétend vouloir retourner à l'époque des cavernes, cependant il est indispensable de ralentir la marche pour regarder la réalité d'une autre manière, recueillir les avancées positives et durables, et en même temps retrouver les valeurs et les grandes finalités qui ont été détruites par une frénésie mégalomane[1]. » C'était une citation de l'encyclique « *Laudato si'* » (Loué sois-tu) du pape François sur la « sauvegarde de la maison commune », texte publié le 18 juin 2015, soixante-quinze ans exactement après l'appel du 18 juin 1940 prononcé par le général de Gaulle sur les ondes de la BBC, au lendemain de la prise de pouvoir du maréchal Pétain. Selon Masha, les lynchages se multipliaient sous le regard passif de la police. Trois membres d'une branche musclée de ces Légions

1. Lettre encyclique *Laudato si'* (Loué sois-tu) du Saint-Père François sur la sauvegarde de la maison commune, paragraphe 114.

divines avaient tout de même été jugés pour « coups et blessures volontaires ayant entraîné la mort ». La victime était un promoteur immobilier suspecté d'avoir bâti des centaines de logements mal isolés. Les accusés avaient écopé d'une peine symbolique de six mois de prison avec sursis.

La Bible est devenue l'objet de mille interprétations, au gré des intérêts des uns et des autres. Face aux protestations de catholiques modérés, hostiles au totalitarisme vert, le général de Marchand a lui aussi cité le pape et son appel du 18 juin pour justifier l'état d'urgence et les mesures exceptionnelles : « Nous ne pouvons pas penser que les projets politiques et la force de la loi seront suffisants pour que soient évités les comportements qui affectent l'environnement, car, lorsque la culture se corrompt et qu'on ne reconnaît plus aucune vérité objective ni principes universellement valables, les lois sont comprises uniquement comme des impositions arbitraires et comme des obstacles à contourner[1]. »

À la même époque, la cellule de l'AIR est parvenue à mettre la main sur les Hordes de Dieu, groupuscule qui avait revendiqué l'attentat contre la centrale de Saclay en protestation à l'écologisme pronucléaire du gouvernement. Le général de Marchand n'a pas hésité à jeter en pâture aux ultra-intégristes catholiques l'identité du jeune couple surpris par le GIGN à l'aube dans leur lit. Les deux terroristes œuvraient au nom de Dieu, mais avaient eu le tort de copuler en dehors du mariage : leurs noms ont été hués dans les églises. Après un jugement militaire tenu secret, ils ont été incarcérés dans un camp spécial. C'est tout ce que le gouvernement a daigné lâcher comme information, au nom du Secret défense.

1. *Ibid.*, paragraphe 123.

Nous ne savions quoi penser de tout cela. La vie à Paris était-elle dure ou féerique? Difficile à dire tant Masha avait l'habitude de broder. À mots couverts, elle racontait aussi son idylle avec le jeune inspecteur. Il était « plus zélé en amour qu'au travail », avait-elle précisé, comme pour nous rassurer. Les saillies de Masha étaient-elles maladroites ou perfides? Sylvia, peu à l'aise avec les détails sur la vie érotique de sa mère, en a eu un haut-le-cœur. Et moi une sueur froide : je la craignais trop bavarde avec son nouvel amant.

* * *

Un train-train inimaginable quelques mois auparavant s'est installé chez nous. Les enfants étaient toute la journée à l'école, Sylvia happée par son travail à la bergerie, et moi, frustré de cette vie un peu monacale, je repoussais les visions érotiques de Caroline. J'essayais de chasser ses seins de mon esprit, mais c'était entêtant. J'avais besoin de contacts humains. Il se peut que Sylvia ait ressenti que quelque chose s'était passé entre une autre femme et moi. Quand on se connaît si bien, il y a des signaux faibles, des modifications infimes du comportement dont on ne se rend pas compte soi-même, mais que *l'autre* perçoit. L'alchimie d'un couple n'est pas juste une expression, c'est chimique. Ou physique, changez la fréquence de quelques mégahertz et le fragile équilibre se rompt. L'alerte est donnée. Nous sommes des animaux. Sans le vouloir, avec Caroline, je m'étais vengé de Sylvia. Dans ma tête cette phrase débile revenait sans arrêt : « Un partout, balle au centre. » Caroline et moi avons tout de suite mis les choses au clair, nous resterions seulement amis. Proches évidemment.

Je surprenais de plus en plus souvent le regard de Sylvia sur moi. Le matin tôt quand j'allais chercher du bois pour raviver le feu. Le week-end, quand je sciais les planches et les montais pour construire nos étagères. En fin de journée, en rentrant de chez Hubert après lui avoir porté son dîner. Et avoir bu, comme souvent, un verre de marcillac avec lui, ce premier verre qui procure une délicieuse ivresse. J'avais oublié la sensation d'être regardé. D'ailleurs la phrase cliché des vieux couples le soir d'une énième Saint-Valentin, m'est revenue en tête : « Tu ne me regardes plus. » Je ne dirais pas que c'était le regard de l'amour mais de la curiosité. Comme si quelque chose de nouveau se produisait. Encore impossible à définir. Et en bon mâle narcissique que j'étais en train de devenir, une hache à la main et une barbe de cinq jours sur mon visage hâlé, son regard sur moi m'a redonné envie de poser le mien sur elle. Sylvia aussi avait changé, elle avait ralenti son pas et surtout avait gagné 25 % de temps libre depuis qu'elle n'avait plus de téléphone. Cela lui avait redonné son petit air distancié qui m'avait séduit vingt-cinq ans plus tôt. Sans moyens de télécommunication, nous nous regardions à nouveau. Une douce révolution était à l'œuvre dans notre couple.

Les jours se sont succédé et nous nous sommes doucement réenvisagés. Ce cocktail quotidien d'effort physique en plein air, de lecture, d'échanges nous avait resynchronisés. Synchronisés avec la nature, avec nous-mêmes et finalement entre nous. Notre vie de couple a recommencé, comme ça, sans prévenir, sous le regard suspicieux de nos enfants.

Loué sois-tu, mon Seigneur

Café d'orge, Jésus et Yuval Noah Harari

J'avais trouvé mon rythme. Je me laissais aller à une vision romantique de ce nouveau monde où l'Internet était réduit à la portion congrue pour les citoyens. Quinze minutes par jour et par personne de plus de quinze ans. Cumulables au sein d'une même famille. Pourtant ce jour-là, en prenant mon café d'orge au Chez Remise, une histoire a craquelé mon beau tableau. Au bar, un médecin d'Aix-en-Provence qui venait d'arriver à la Réserve avec sa petite famille était en train d'éructer sur « l'histoire de trop » qui l'avait fait tout plaquer pour rejoindre les terres de son enfance.

— À cause de ces abrutis et leurs règles à la con, le patient est mort. C'était si simple de le sauver. Il avait vingt-cinq ans, le gamin, et la vie devant lui. Je n'ai pas choisi d'être radiologue pour voir ça…

L'histoire était aussi banale qu'absurde. L'hôpital d'Aix avait reçu tard dans la soirée un jeune homme victime d'un accident cérébral. Notre radiologue était de garde chez lui, l'interne lui a envoyé les scanners, comme d'habitude, pour connaître son diagnostic. Manque de chance, ce jour-là, sa fille de quinze ans avait utilisé tout le crédit Internet de la famille pour faire un FaceTime avec une copine. Le scanner n'est pas arrivé. Le médecin n'a pu être joint, sa ligne étant sur le même IP. L'interne n'a pas su qu'il s'agissait d'une hémorragie cérébrale. Et le jeune, il s'appelait Fred, était mort.

Certains médias étrangers qui avaient eu vent de l'histoire posaient la question : quel était ce régime qui prétendait sauver le monde et laissait mourir l'un des siens par idéologie ? Pourtant, il avait de plus en plus d'adeptes, ce régime. En France, où une passion écologique avait éclos. Les Français vont souvent de passion en passion. Maintenant, c'était celle-ci. Mais à quel prix ? Les « dérapages » étaient de plus en plus nombreux. Les services hospitaliers étaient dépassés. Il en allait de même de tous les secteurs de pointe pour lesquels Internet était devenu indispensable. La désorganisation a commencé à gagner la plupart des services publics et privés, depuis les maisons de retraite jusqu'aux universités. Les brigades de l'AIR et l'armée avaient beau essayer de parer au plus urgent, les victimes du nouveau régime s'accumulaient et, malgré le black-out médiatique, les rumeurs se répandaient. Chacun connaissait quelqu'un qui lui avait raconté une tragédie. Des racontars angoissants circulaient.

La gronde gagnait le peuple. Mais l'État s'est montré pragmatique. Il a levé les quotas d'utilisation d'Internet là où c'était indispensable et a autorisé l'utilisation des matières proscrites là où on ne pouvait pas faire sans.

* * *

« Nous ne sommes pas des idéologues, a déclaré le général de Marchand. Nous voulons juste mettre fin au gaspillage généralisé. »

L'ordre est revenu et l'empreinte carbone de la France s'est réduite.

Ainsi, c'était possible.

Ces résultats ont démontré l'efficacité de cette politique. Ils ont aussi mis en lumière la démesure du comportement humain si l'on n'y met pas de limites. Le gouvernement a rappelé que l'envoi d'un simple mail avec une pièce jointe équivalait à l'utilisation pendant une heure d'une ampoule basse consommation, soit 24 Wh selon l'Agence de l'environnement et de la maîtrise de l'énergie, Ademe, et cinq fois moins sans pièce jointe[1]. 2672 milliards de mails avaient été envoyés dans le monde en 2016.

L'Ademe avait estimé que chaque salarié français recevait en moyenne 58 mails professionnels par jour et en envoyait 33. Selon ses calculs, les e-mails d'une entreprise de 100 personnes émettaient ainsi chaque année 18 tonnes de gaz à effet de serre, soit l'équivalent de 18 allers-retours Paris-New York[2].

Fort de ces succès, le régime a commencé à essaimer à l'étranger. Comme l'avait écrit si simplement Yuval Noah Harari : depuis le XXe siècle il y avait eu trois grands récits. Le fasciste, le communiste et le libéral, les trois avaient échoué. Jeremy Rifkin, l'homme qui avait annoncé la fin de la deuxième révolution industrielle, avait lui aussi souligné la nécessité « d'un tout nouveau récit économique pouvant nous mener vers un avenir plus équitable et durable ».

De fait, le récit écologique français gagnait à présent l'Europe. L'Italie venait de dissoudre son Parlement et les « *Verdi scuri* », les verts foncés, avaient recueilli la majorité absolue. Le roi d'Espagne en avait appelé à l'unité du pays pour lutter contre le fléau de la montée des températures. Il avait réussi à calmer pour

1. *La Face cachée du numérique*, Ademe, 2018.

2. Boris Manenti, *L'Obs*, 1er février 2017.

un temps les régionalismes en épousant les thèses de l'écologisme radical. Il allait bientôt les insuffler aux partis traditionnels qui eux-mêmes adopteraient la politique de la France. Les Verts allemands, plus modérés, étaient aux portes du pouvoir.

* * *

L'étude après l'école était prise en charge par une mère de famille pratiquante. La tradition voulait que cette classe soit consacrée, une fois les devoirs terminés, au catéchisme. Cette option n'en était pas une puisque aucune alternative n'était proposée. Nous avons donc coché la case « catéchisme » sur le bulletin d'inscription : Sacha n'en serait que plus instruit. La lecture de l'Ancien Testament, en particulier les prouesses de David, puis la découverte de la philosophie chrétienne à travers les « aventures » de Jésus l'ont rapidement séduit. À la maison, il est devenu un enfant modèle, sans cesse disposé à aider. Il était devenu profondément pieu.

Il nous a bientôt demandé de l'emmener à la messe du dimanche matin à Aubrac.

L'église Notre-Dame-des-Pauvres était pleine. L'assistance se composait essentiellement de personnes âgées du village mais aussi de nouveaux paroissiens arrivés de la ville depuis peu et désireux de s'intégrer. Qu'ils soient catholiques ou non. Les gens du village se distinguaient par leurs tenues. Les femmes portaient des fichus et les hommes tenaient leur béret à la main. Pour faire plaisir à Sacha, nous nous sommes assis au premier rang, Sylvia à sa droite, moi à sa gauche. La tête blonde du père Philippe est alors apparue sous le tableau renaissance représentant le Christ à l'agonie que s'arrachaient la Vierge Marie à ses pieds et des anges dans le ciel. Le retable de marbre était décoré de personnages peints à l'or fin. L'orgue jouait un air que j'avais déjà entendu, du Bach, peut-être, mais je n'en suis pas certain. Je reconnais hélas plus facilement les tubes du karaoké que les grands morceaux de musique classique.

Le père Philippe a traversé la salle d'un pas léger, plein d'élégance. On aurait dit un danseur de ballet. Un bellâtre. Face à l'audience, dos à l'autel, à contre-jour de la lancette en fer de lance de style gothique, il a alors eu ces mots que je rapporte de mémoire, hormis la citation du pape François que j'ai aisément retrouvée dans un ouvrage de la bibliothèque :

— Mes frères, dans les temps perturbés que traverse la France, beaucoup se demandent ce qu'ils doivent faire. Les réfugiés ont afflué dans le pays et l'Église leur est ouverte. Mais parmi eux se cachent aussi des pécheurs. Je vais vous rappeler les paroles du pape François : « "Loué sois-tu, mon Seigneur", chantait saint François d'Assise. Dans ce beau cantique, il nous rappelait que notre maison commune est aussi comme une sœur, avec laquelle nous partageons l'existence, et comme une mère, belle, qui nous accueille à bras ouverts : "Loué sois-tu, mon Seigneur, pour sœur notre mère la terre, qui nous soutient et nous gouverne, et produit divers fruits avec les fleurs colorées et l'herbe." Cette sœur crie en raison des dégâts que nous lui causons par l'utilisation irresponsable et par l'abus des biens que Dieu a déposés en elle. Nous avons grandi en pensant que nous étions ses propriétaires et ses dominateurs, autorisés à l'exploiter. La violence qu'il y a dans le cœur humain blessé par le péché se manifeste aussi à travers les symptômes de maladie que nous observons dans le sol, dans l'eau, dans l'air et dans les êtres vivants. C'est pourquoi, parmi les pauvres les plus abandonnés et maltraités, se trouve notre terre opprimée et dévastée, qui “gémit en travail d'enfantement.” Nous oublions que nous-mêmes, nous sommes poussière. Notre propre corps est constitué d'éléments de la planète, son air nous donne le souffle et son eau nous vivifie comme elle nous restaure[1]. »

La messe s'est poursuivie dans la salle froide et humide avec des chants entonnés par des voix frêles et éraillées, puis la communion. Sacha ne pouvait pas y aller. Mais nous, Sylvia et moi ? Ne pas se joindre aux villageois qui marchaient l'un derrière l'autre en direction de l'autel, c'était se faire remarquer. Les suivre, c'était prendre le risque de se faire refouler. Le père Philippe nous avait à demi-mot désignés comme des opposants à la volonté de Dieu.

J'ai fait un signe à Sylvia et nous nous sommes mêlés aux croyants. Nous étions les deux derniers, les autres étaient sortis de l'église. Sylvia est arrivée en premier devant le père Philippe. Il a attendu plusieurs secondes avant de lui donner l'hostie, si longtemps que j'ai pensé qu'il allait la lui refuser. Mais il l'a posée sur sa langue. Une contraction est apparue sur le beau visage du père Philippe. Mon tour est venu. Il a plongé ses yeux bleus dans les miens. Dans la rue, j'y aurais vu une agression. Pouvait-il sonder mon âme ? Avait-il lu en moi ? Il a posé l'hostie sur ma langue, en lâchant, à voix basse : « Le corps du Christ. » Je me sentais percé à jour et jugé coupable. Étais-je devenu paranoïaque ?

Sur le chemin du retour, j'ai vu le clocher de la vieille église s'éloigner dans le rétroviseur. Sacha chantonnait sur la banquette arrière, mais Sylvia et moi étions muets. Nous sommes passés sous les hautes

1. Lettre encyclique *Laudato si'* du Saint-Père François sur la sauvegarde de la maison commune, paragraphe 1.

fenêtres du Royal Aubrac et avons poursuivi notre route au milieu de ce paysage dur comme de la pierre.

Les mois suivants, afin de ne pas perturber l'enthousiasme de Sacha, nous avons continué à aller à la messe du dimanche à tour de rôle. Le père Philippe est resté distant. Nous avons parié que nous nous étions monté la tête à son sujet. Comment aurait-il pu savoir que nous étions en fuite ? Par l'intermédiaire d'André, et à nouveau sur une idée de Jeanne, j'ai financé la réparation des toilettes de l'église. Le père Philippe m'a ensuite semblé plus miséricordieux à mon sujet. Mais allez savoir ce qui se passe dans la tête d'un prêtre. Je me suis parfois imaginé le père Philippe seul sous sa mansarde, car c'est sous les toits qu'il logeait dans son église, menant la vie banale d'un homme comme les autres. Rien ne dit qu'autrefois, avant les restrictions d'Internet, il ne passait pas ses soirées sur Netflix à s'étourdir de séries américaines… J'ai longtemps soutenu de telles accusations infondées contre lui, comme pour défier le sort.

Putain de bordel de merde

Calèches, lapidation et colombophilie

La deuxième année, l'afflux de réfugiés s'est tassé. Ceux qui étaient restés s'étaient fondus dans la population. Ils donnaient tout de même un peu de couleur aux villages grisâtres des hauts plateaux. À Saint-Urcize, trois *coffee shops* avaient ouvert. La légalisation du cannabis thérapeutique avait créé un engouement des jeunes pour les plantes médicinales en général. On découvrait les vertus de nombre d'élixirs anciens confectionnés à base de fleurs sauvages. En observant sur la carte d'un *coffee shop* les photos de ces fleurs, j'ai reconnu des variétés de la région. En été, l'Aubrac regorgeait de ces pépites médicinales. Je suis revenu un autre jour avec les plantes que j'avais conservées dans des bocaux et les ai soumises à l'expertise du propriétaire, un garçon de la région aux cheveux longs et bouclés. Torse nu dans un vieux short de chanvre, il se tenait les pieds enfoncés dans la terre, sans chaussures. En empochant la liasse de billets qu'il m'a offerte pour mes trouvailles, j'ai compris que nous habitions sur une véritable mine d'or. Les champs qui entouraient le buron étaient couverts de ces plantes dites toxiques mais que la chimie pouvait transformer en remèdes. J'ai consulté à ce sujet une dame âgée à qui les habitants de Nasbinals prêtaient des pouvoirs de guérisseuse. Je me doutais qu'elle saurait m'éclairer sur les espèces du coin, leur rareté, leur utilité et le calendrier de leur floraison. Elle m'a appris que nous vivions au paradis des plantes utiles : le séneçon à feuilles d'Adonis pouvait fournir un succédané de tabac, les campanules à feuilles rondes être transformées en encre bleue, les résédas des teinturiers en colorant jaune, écrasées dans l'eau, les racines et feuilles de saponaire officinale donnaient une mousse savonneuse qui faisait merveille pour les lavages délicats, les racines de gaillet croisette produisaient une belle teinture rouge, le genêt des teinturiers, des colorants jaunes et verts utilisés pour teindre la laine et le lin, et l'oxalide petite oseille était jadis employée comme détachant. À l'heure de la disparition des produits industriels chimiques, la France redécouvrait ses trésors naturels. La Réserve en regorgeait.

Deux mois plus tard, Jeanne et André, à qui je m'étais ouvert de ma découverte, terminaient les travaux d'aménagement d'un *coffee shop* à la devanture verte, derrière lequel se cachait notre nouvelle entreprise : contre trois colliers de perles, j'avais acquis une ancienne porcherie que nous allions transformer en laboratoire de plantes utiles, le nouvel or vert du pays. Entre ça et la Bergerie, les affaires tournaient bien.

En été, nous allions de terrasse en terrasse, y retrouvant Caroline, Alain et Hubert. Nasbinals, Aubrac et Saint-Urcize, mais également Graissac, Saint-Chély-d'Apcher ou La Chaldette avaient des allures de lieux de rendez-vous mondains d'avant la révolution. Des tandems, des charrues et des équipages de chevaux étaient garés aux côtés de voitures de sport électriques. Les modèles hybrides de grandes marques se disputaient les faveurs des nantis de la Réserve qui découvraient le charme des équipages tirés par des animaux, ou même, si le temps s'y prêtait, du char à voile ou solaire. Pour chaque voiture électrique vendue, les concessionnaires étaient tenus de financer et installer au domicile de leur client une éolienne, ou des panneaux photovoltaïques, capables de recharger le véhicule en trente minutes.

Les bricoleurs de la Réserve avaient développé un sens de l'imagination digne de la Silicon Valley. Un Aveyronnais de Laguiole, célèbre bistrotier de Paris, avait investi dans une start-up de minizeppelins solaires dans l'espoir de remplacer l'hélicoptère qu'il n'avait plus le droit d'utiliser. Son prototype survolait parfois le buron en silence, au grand étonnement des buses qu'il croisait sur sa route.

Pour notre part, les soirs de sortie nous laissions la Lada au buron et nous rendions à la ville à bord d'un cabriolet. Le cheval connaissait si bien le chemin qu'au retour, alors que nous somnolions à l'arrière, il pouvait nous ramener sans qu'on le guide. Hubert, Alain et Caroline venaient à cheval. Alain n'avait pas pu résister à la tentation de s'offrir un pur-sang élevé au domaine de La Fichade, à Vebron. S'asseoir à ses côtés signifiait devoir endurer l'énumération des ancêtres de son étalon. Puis de ceux du cheval de Caroline. Caroline fuyait les exposés d'Alain, et je fuyais Caroline. Ainsi étais-je souvent obligé de me sacrifier et de m'installer à côté de lui : leurs chevaux n'avaient plus aucun secret pour moi.

* * *

Les saisons passaient loin de la ville. Il m'arrivait de lire des journaux économiques quand je le pouvais, notamment chez Alain qui en rapportait de ses séjours réguliers à Paris. C'était devenu un petit rituel. La musique visuelle des chiffres, des courbes et des photos de grands cadres promus ou ayant changé de job me manquait. En les lisant, je me sentais un peu comme un naufragé qui retrouverait sur la plage une banale boîte de conserve du pays. Le souvenir d'une civilisation perdue. Ce mardi de juin, en ouvrant les pages des *Échos logiques*, nouvelle formule des *Échos*, mis sous tutelle par les nouvelles autorités, je me suis remémoré ces petits matins que j'aimais tant de ma vie d'avant. Arrivée au bureau à 8 heures, avant les autres pour profiter d'un moment seul. Une capsule de café dans ma machine à espresso. La vue de mon bureau d'angle sur le bois de Boulogne et la lecture de mes quotidiens. Le bruit des pages feuilletées dans les bureaux silencieux. Au milieu des merveilleux paysages de l'Aubrac, je ne saurais dire pourquoi, mais ma tour à la Défense, mes collègues, mes clients, mes emmerdes, comme dirait l'autre, me manquaient.

Nous étions hors du monde et j'étais avide de nouvelles de Paris. Dans le cahier central consacré aux débats d'idées (il en restait un peu, c'était rassurant), s'affrontaient deux nouveaux gourous autoproclamés du management écologique. Le premier déroulait une argumentation scientifique sans faille démontrant que si la loi du gouvernement dite du « cinquième jour » imposant un jour de télétravail par semaine, était votée, nous verrions nos émissions de CO_2 baisser de 10 % en France. Le second, tout aussi sérieux, détaillait des calculs imparables sur l'explosion de la consommation d'Internet (forcément autorisée ce jour-là) et ses conséquences néfastes sur la consommation d'énergie notamment carbonée.

Ce débat entre deux théories, l'une exactement juste et l'autre exactement fausse, sans que l'on sache laquelle, résumait bien l'état d'esprit de cette période. À la page d'après, un néomilliardaire de la Green Tech donnait une longue interview dans laquelle il semblait proposer une solution. Sous une grande photo de lui bêchant en bras de chemise son potager, sur le toit de sa société, il détaillait son projet de Moon Cloud. Le Moon Cloud, c'était l'installation de milliers de serveurs nucléaires sur la face cachée et glaciale de la Lune où des pétaoctets de data pourraient chauffer à blanc sans aucune contrainte. « C'est une idée super simple et super cool pour changer le monde », disait-il en conclusion. J'avoue n'avoir jamais bien compris ces génies digitaux qui inventent des systèmes hyper sophistiqués et les prétendent super simples et super cool.

Comme chaque fois, j'ai lu ensuite les pages « Art de vivre ». Elles étaient consacrées à la gastronomie des restes. Cette nouvelle tendance faisait fureur. La plupart des grands restaurants avaient ouvert une annexe où il « réinventaient les restes et les invendus de la veille ». La plupart de ces nouveaux lieux avaient ouvert dans le quartier de Barbès et Château-Rouge où des femmes africaines prêtaient main-forte en cuisine. Cela les faisait apparemment bien rigoler que nous ayons découvert seulement récemment comment réaccommoder les restes. L'adresse qui faisait fureur en ce moment s'appelait Le Gratin de Barbès et le journaliste avait visiblement succombé au petit plaisir de titrer : « Tout le gratin se retrouve au Gratin de Barbès ». Un chef étoilé recyclait ses restes en sublimes gratins pour la dégustation desquels célébrités et politiques en vue se battaient. Au-dessus du comptoir, il y avait même une photo de la Présidente, venue quelques jours plus tôt y fêter son anniversaire.

* * *

C'est à cette époque qu'Alain a disparu. Il était parti un matin à Paris à bord de son gros diesel Mercedes déguisé en véhicule électrique.

Je l'entends encore se vanter en riant de ses propres blagues lors d'une soirée à la terrasse du *coffee shop* : « Je me suis fait faire de vrais faux papiers de gradé par la préfecture. Si tu voyais leur tête, aux condés, quand ils m'arrêtent… La dernière fois, comme je les ai menacés, ils m'ont escorté à 160 km/h au milieu de la circulation de tous ces nouveaux tacots électriques, à hydrogène, ou j'sais pas quelle connerie encore. Ah ! Les cons ! » Je revois son visage poupon, sûr de lui, et pourtant désarmant de certitudes.

La veille de son départ, il m'avait expliqué, plein de compassion pour Caroline, qu'il avait une maîtresse à Paris, une étudiante dont il finançait les études. « Mais tu vois, Sam, moi, je fais ça avec élégance. Caroline, je ne lui dis rien et la petite, je la gâte : je lui ai offert un yorkshire et un trois pièces terrasse-potager à Saint-Germain-des-Prés, y a pas plus cher, et quand je ne suis pas là, elle peut faire ce qu'elle veut. De l'autre côté, Caroline n'est au courant de rien. De toute façon, entre nous, c'est surtout de l'amitié maintenant. Alors où est le mal ? Je vais te dire un truc, Samuel, le plus important, dans la vie, c'est l'élégance. » Et comme pour illustrer son propos, il m'a resservi une coupe de mousseux, de la blanquette de Limoux. « Tu sais, ma couille, c'est plus ancien que le dom pérignon. Cinq cents ans d'âge, la blanquette de Limoux ! » Ce soir-là, il n'a pas pu rentrer à cheval. Nous l'avons installé dans notre calèche, Caroline et Sylvia sont allées avec lui, et je les ai suivis avec les chevaux. Je vois encore le visage triste de Caroline lorsque nous les avons laissés devant leur maison. Il a chanté un dernier tube des années 1980, donné un coup de pied dans la porte, et est entré dans la maison avec l'élégance du sanglier.

Il m'avait dit qu'il devrait partir à l'aube « pour tracer la route et déjeuner avec ma grisette ». Selon Caroline, il est bien parti aux aurores : quand elle s'est réveillée, vers 8 heures, il n'était plus là. Et son gros 4 × 4 non plus. Un mois plus tard, nous n'avions toujours pas de nouvelles de lui.

* * *

Le message est arrivé par pigeon voyageur. Cet ex-nouveau moyen de communication pouvait se révéler utile lorsque notre quota de mails était temporairement dépassé. C'était surtout une façon sympathique de se donner des nouvelles ou de s'envoyer des invitations. Et puis, si sortir le cheval de l'enclos, le seller et parcourir des kilomètres à travers champs était au début un plaisir, passé les premières années d'excitation, il m'arrivait de préférer y renoncer. Dans la Réserve, malgré le réchauffement climatique, le vent était souvent fort, froid et humide. Utiliser la voiture était devenu onéreux en raison de la hausse du prix du bioéthanol, moins polluant que l'essence ou le diesel, mais considéré comme nocif pour la planète. Notre Lada ne serait plus tolérée bien longtemps encore.

En ce qui concerne Hubert, improvisé expert en colombophilie, je crois qu'il s'agissait surtout d'une façon d'apporter sa pierre à l'édifice. Lui aussi voulait contribuer à la « révolution verte ». Il nous avait initiés à sa nouvelle passion avec patience, entrain et ferveur, installant un pigeonnier dans chacun des jardins de notre petit groupe d'amis. Les pigeons voyageurs ne savent faire qu'une chose : retrouver leur foyer. Il nous fallait donc élever nos propres pigeons puis les placer chez les uns et les autres. Ainsi, chacun de nous pouvait envoyer au moins un message à la personne de son choix. Il suffisait alors de rapporter le pigeon à celui qui venait de l'envoyer. Lors de nos apéritifs du soir au *coffee shop* de Saint-Urcize, nous arrivions, nos pigeons sous le bras, et les échangions en plaisantant. Alain en avait même confié un à Masha. La méthode était infaillible. Le pigeon Bibi revenait systématiquement au bercail en moins d'une journée.

En reconnaissant le beau plumage gris clair de Bibi, j'ai donc tout de suite compris qu'il s'agissait d'un message de Masha. J'ai détaché la capsule hermétique et, au lieu de ses habituelles descriptions de la vie parisienne écrites à l'encre mauve, j'ai découvert un article découpé dans *Le Parisien* qui relatait un horrible fait divers. Des ouvriers avaient lapidé leur patron sur les berges de la Seine. Et le patron, c'était Alain. Le journaliste avait recueilli le témoignage des criminels avant qu'ils ne se rendent à la police. Il s'agissait de jeunes hommes sans histoire, récemment arrivés à Paris pour participer à la « Renaissance de notre monde ». Les cinq garçons incriminés, membres des Légions divines, étaient hébergés dans une pension appartenant à l'archidiocèse de Paris, rue du Cloître-Notre-Dame, sur l'île de la Cité, face à la cathédrale Notre-Dame de Paris, récemment ressuscitée. L'enfer qu'elle avait traversé avait été l'objet de toutes sortes d'interprétations plus ou moins fumeuses. Au bistrot comme dans les familles, on empruntait au champ lexical de la Bible pour débattre du drame : martyre, bûcher, sacrifice... Le pays tout entier, alors encore libre d'exprimer ses émotions sans subir le dictat écologiste, s'était déchaîné au sujet de cette « Jeanne d'Arc de pierre ». Brûlée pour les péchers de certains hommes d'Église, disaient les anticléricaux. Martyrisée injustement à cause d'un semi-abandon laïque, pour les autres. Les politiques avaient vite compris que la résurrection de Notre-Dame se confondait avec l'âme de la France. Qu'on soit catholique ou bouffeur de curetons, l'écho de la nef raisonnait dans les entrailles de chacun. Animal politique exceptionnel, la Présidente avait exigé, alors même que les travaux étaient bien avancés, que « la forêt », comme on nommait alors les poutres en chêne de la charpente, soit replantée au sommet de l'édifice. Afin, avait-elle précisé, « que notre Mère Nature se réconcilie avec le Ciel et que les tenants de Pascal comme de Spinoza, les croyants et les naturalistes, soient enfin réunis autour de la même œuvre ». L'imagination d'un politicien souhaitant ratisser large ne s'était jamais élevée aussi haut. Mais quelques désœuvrés avaient entendu dans ces propos une sorte de signal, un appel à agir – et même à punir. Ce lyrisme mêlant le vocabulaire de la théologie à celui de la philosophie, de plus en plus présent dans les prises de parole de la Présidente, leur était monté à la tête. « Notre patron était une mauvaise personne, expliquait Martin, vingt-deux ans, au sujet de notre Alain. Il nous obligeait à jeter les gravats dans le fleuve, la nuit, en dehors des heures de travail, pour éviter les patrouilles de la Police écologique. C'était non seulement illégal, mais immoral. Dieu a créé le monde et la mission de l'homme est de préserver l'œuvre de Dieu. Nous avons accompli sa volonté. »

Ils l'ont poussé dans les gravats. Alain est tombé en avant, le front s'écrasant sur une pierre. Il s'est relevé, mais les illuminés ont saisi des cailloux et les lui ont lancés en visant la tête. Alain a voulu protéger son visage. Trop tard : les projectiles pleuvaient comme à Gravelotte. « Tu ôteras le mal du milieu de toi », a crié

Éric, vingt-trois ans. Aveuglé par le sang, Alain est tombé à genoux. Ses employés ont poursuivi la lapidation de l'impie. « Tu es puni par où tu as péché », a ajouté Jean, vingt-sept ans, l'aîné des cinq tueurs. Avant de l'achever, les cinq agresseurs ont voulu lui faire dire : « Seigneur Jésus, reçois mon esprit ! » Mais ses derniers mots ont été : « Putain de bordel de merde ! »

Tu ne tueras point

Confessionnal, enterrement et grisette Louboutin

Je n'ai pas eu le courage d'aller immédiatement consoler Caroline. Nous nous sommes retrouvés chez elle plus tard, avec Sylvia, Sacha, Jeanne, Hubert et André.

Elle était hébétée. Sylvia lui a préparé un thé d'Aubrac, un vrai, pas une eau-de-vie, avec des calaments à grandes fleurs. Elle a adouci le breuvage avec du miel des ruches de notre jardin. André nous a pris à part, Hubert et moi.

— Caroline est sonnée. Mais il va falloir rapatrier le corps à la Réserve : Alain aurait voulu être enterré sur l'Aubrac, c'est un enfant du pays. Je vous propose d'aller le chercher avec le corbillard de Sam. Il est dans la grange. Il n'a pas roulé depuis deux ans, mais le plein est fait et j'ai quelques bidons d'essence en rab. Si je pars maintenant, je serai de retour demain avant le lever du jour. Il me faut juste une attestation de Caroline, ses papiers d'identité, et je me chargerai du reste : rien n'arrête un corbillard, et encore moins avec le corps d'un homme mort ! De votre côté, prévenez le père Philippe afin qu'il prépare les funérailles.

Il n'a pas été nécessaire de répondre. Nos regards se sont simplement croisés. C'était entendu. André a pris la route, Hubert est resté auprès de Caroline, Sylvia et les enfants sont rentrés à la maison, et je suis allé trouver le père Philippe.

Il priait seul, face à l'autel. J'ai toussé pour qu'il se retourne, mais il est resté longtemps prostré. Il s'est levé, s'est signé et m'a fixé de son regard sévère aux sourcils presque blancs. Fallait-il s'approcher ou le laisser venir à moi ? Devais-je attendre qu'il me parle ? Devais-je déceler un signe de lui m'autorisant à m'adresser à lui ? Instinctivement, ou peut-être parce qu'il m'y avait incité, je me suis dirigé vers le confessionnal. Lui aussi. Et sans un mot nous sommes entrés dans la boîte de bois. Une cloison en moucharabieh nous séparait. Que fallait-il faire ensuite ? De ma vie, je ne m'étais jamais confessé.

— Je vous écoute, mon fils, ai-je cru entendre.

Il avait parlé si bas que j'ai douté. M'avait-il vraiment invité à me confesser ? Avais-je rêvé ? J'étais troublé. C'était peut-être cela, entendre des voix…

— Je vais vous guider, mon fils. Mettez-vous à genoux, faites le signe de croix et répétez après moi…

Je lui ai obéi. Je me suis alors entendu prononcer les phrases qu'il me soufflait :

— Bénissez-moi, mon père, parce que j'ai péché. Je confesse à Dieu tout-puissant, je reconnais devant mes frères, que j'ai péché en pensée, en parole, par action et par omission ; oui, j'ai vraiment péché.

— Bénissez-moi, mon père, parce que j'ai péché. Je confesse à Dieu tout-puissant, je reconnais devant mes frères, que j'ai péché en pensée, en parole, par action et par omission ; oui, j'ai vraiment péché.

— Il y a des années que je ne me suis pas confessé. Et, depuis cette dernière confession, voici les péchés que j'ai commis…

— Il y a des années que je ne me suis pas confessé. Et, depuis cette dernière confession, voici les péchés que j'ai commis…

— Je vous écoute…

— Je vous écoute…

— Sam, c'est à vous de parler, là…

Le sang m'est monté au visage. Je rougissais comme un petit garçon pris en faute d'ignorance. Et puis, c'est comme si une digue avait lâché. Les dernières années depuis ma fuite de Paris me sont revenues, les larmes ont jailli. Je lui ai tout raconté, la voix chevrotante, enrouée par mes pleurs que je ne pouvais plus contenir : l'escroquerie aux pneus, les faux bons carbone, la trahison de Sylvia, mon écart avec Caroline, nos cartes d'identité bidons, mes achats de terres avec des napoléons malhonnêtement obtenus, mon négoce de cannabis, toutes mes combines pour contourner la loi, sauver notre famille et retrouver l'amour de Sylvia. Puis j'en suis venu à la mort d'Alain, cet imbécile que j'avais cocufié, ce type odieux que je pensais détester – mais dont la mort me bouleversait tout à coup.

Pourquoi ai-je fait ainsi confiance au père Philippe ? Pourquoi ai-je pris le risque de tout raconter à cet inconnu ? C'était un prêtre, oui, mais un homme. Et je venais de mettre ma vie entre ses mains. Quelle folie m'avait pris ? Je ne sais pas. Je devais tout simplement avoir besoin de me confesser.

Un long silence a suivi le flot de mon récit.

— Samuel, répétez après moi : « Mon Dieu, j'ai un très grand regret de vous avoir offensé parce que vous êtes infiniment bon, infiniment aimable, et que le péché vous déplaît. Je prends la ferme résolution, avec le secours de Votre sainte grâce, de ne plus vous offenser et de faire pénitence. »

J'ai fait comme il me disait, sans y croire. Et pourtant, j'y ai cru.

— Maintenant, dites « *Amen* »...

— *Amen*...

Un long silence, encore.

— Mon père, c'est tout ?

— Oui, Samuel. Repartez en paix.

— Mais que signifie *amen*, au juste, mon père ?

Son profond soupir m'a inquiété. Ma question l'avait-elle irrité ? Avais-je été trop familier ? Me suspectait-il d'impertinence ?

— Ce n'est pas le moment, Samuel. N'abusez pas de la miséricorde du Seigneur et dites à André de venir me trouver dès qu'il sera rentré de Paris avec le corps. Je m'occuperai de tout.

* * *

C'était un de ces matins froids comme il s'en abat souvent sur l'Aubrac. Un brouillard humide avait enveloppé les causses. On aurait dit la vapeur d'un hammam. Mais en glacial. Le corbillard est apparu dans cette bruine déprimante, dans sa couleur grise comme le ciel, le givre et les murs des maisons. André avait hâte de livrer le corps d'Alain à l'église où les dames du village et la guérisseuse de Nasbinals l'attendaient pour l'embaumer sous l'autorité du père Philippe.

« Alain n'était pas bien beau à voir », me dira André plus tard, comme pour chasser de son esprit la vision du corps déchiqueté et du visage défiguré. Pour ce dernier voyage, le père Philippe avait souhaité faire appel au savoir des anciens. Il s'agissait de n'utiliser que des plantes régionales telles que des tiges de menthe, de noyer et d'angélique, comme pour Philippe Ier, mort en 1108, à l'âge de cinquante-six ans, apprendrai-je plus tard de la guérisseuse qui me précisera fièrement que lors des deux ouvertures archéologiques de 1830 et 1958, les témoins ont pu sentir l'odeur des plantes aromatiques : leur parfum continuait de flotter autour du monarque, près de mille ans plus tard. « Il aura eu un enterrement de roi, cet imbécile », ai-je alors soupiré tout bas, m'excusant aussitôt auprès du Tout-Puissant de cette horrible pensée. Car à défaut d'être pieux, j'étais superstitieux.

Puis le cercueil a été installé dans l'église encore déserte. Le père Philippe a tenu à rester seul avec lui sous la nef, seul avec Alain dans la maison de Dieu.

Le village au complet était réuni sur le parvis. Les hommes avaient sorti leur vieux costume noir. Ils baissaient la tête, fixant leur béret qu'ils serraient fort entre leurs doigts calleux. Les portes se sont ouvertes et la foule est entrée en silence. On entendait les graviers crisser. À l'intérieur, les talons et le fer des chaussures bien cirées résonnaient sur le sol de pierre. L'orgue jouait un morceau funèbre que j'ai été bien sûr incapable de reconnaître.

Caroline était seule au premier rang. Notre famille s'est assise derrière elle. J'ai été surpris de voir Hubert s'installer à sa droite. Mais après tout, il était son seul ami : Alain avait préféré ne pas présenter sa femme à ses copains d'enfance. « Ce sont tous des cons », avait-il l'habitude de dire en lui pelotant les fesses en public.

Après avoir résumé la vie d'Alain en moins de cinq minutes, le père Philippe a appelé l'assistance à une prière. Nous avons lu ensemble, à voix haute, le texte que nous avions trouvé sur notre chaise :

« Prière pour notre terre

Dieu tout-puissant qui es présent dans tout l'univers et dans la plus petite de tes créatures, Toi qui entoures de ta tendresse tout ce qui existe, répands sur nous la force de ton amour pour que nous protégions la vie et la beauté. Inonde-nous de paix, pour que nous vivions comme frères et sœurs sans causer de dommages à personne. Ô Dieu des pauvres, aide-nous à secourir les abandonnés et les oubliés de cette terre qui valent tant à tes yeux. Guéris nos vies, pour que nous soyons des protecteurs du monde et non des prédateurs, pour que nous semions la beauté et non la pollution ni la destruction. Touche les cœurs de ceux qui cherchent seulement des profits aux dépens de la terre et des pauvres. Apprends-nous à découvrir la valeur de chaque chose, à contempler, émerveillés, à reconnaître que nous sommes profondément unis à toutes les créatures sur notre chemin vers Ta lumière infinie. Merci parce que tu es avec nous tous les jours. Soutiens-nous, nous T'en prions, dans notre lutte pour la justice, l'amour et la paix[1]. »

Le père Philippe était comme un rockeur sur scène. Sa blondeur le rajeunissait. Il a repris son souffle, posant son regard clair sur chacun, comme s'il pouvait lire dans les pensées. Il m'a fixé et a poursuivi son monologue. Ses mots nous étaient adressés. Il nous désignait.

— Je vais citer le pape François, soldat du Seigneur au service de l'écologie divine, et les pécheurs se reconnaîtront. « Le mouvement écologique mondial a déjà parcouru un long chemin, digne d'appréciation, et il a généré de nombreuses associations citoyennes qui ont aidé à la prise de conscience, a écrit le pape François. Malheureusement, beaucoup d'efforts pour chercher des solutions concrètes à la crise environnementale échouent souvent, non seulement à cause de l'opposition

1. Lettre encyclique *Laudato si'* du Saint-Père François sur la sauvegarde de la maison commune, paragraphe 246.

des puissants, mais aussi par manque d'intérêt de la part des autres. Les attitudes qui obstruent les chemins de solutions, même parmi les croyants, vont de la négation du problème jusqu'à l'indifférence, la résignation facile, ou la confiance aveugle dans les solutions techniques[1]. » Que dit le pape ? Que parmi nous des brebis égarées contreviennent à la volonté de Dieu. Il dit aussi : « En même temps, une écologie superficielle ou apparente se développe, qui consolide un certain assoupissement et une joyeuse irresponsabilité. Comme cela arrive ordinairement aux époques de crises profondes, qui requièrent des décisions courageuses, nous sommes tentés de penser que ce qui est en train de se passer n'est pas certain. Si nous regardons les choses en surface, au-delà de quelques signes visibles de pollution et de dégradation, il semble qu'elles ne soient pas si graves et que la planète pourrait subsister longtemps dans les conditions actuelles. Ce comportement évasif nous permet de continuer à maintenir nos styles de vie, de production et de consommation. C'est la manière dont l'être humain s'arrange pour alimenter tous les vices autodestructeurs : en essayant de ne pas les voir, en luttant pour ne pas les reconnaître, en retardant les décisions importantes, en agissant comme si de rien n'était[2]. »

Le père Philippe était comme habité. Il captivait son audience. Ne manquait plus que le son d'une guitare électrique et des groupies pour se jeter aux pieds de cet ange blond au corps d'athlète.

— Oui, je le sais, vous vous demandez quelle attitude adopter face aux pécheurs. Vous vous interrogez : faudra-t-il châtier ceux qui ont souillé la maison de

1. *Ibid.*, paragraphe 14.
2. *Ibid.*, paragraphe 59.

Dieu ? Méritent-ils le pardon ? À cela aussi le pape François a répondu. Voici ce qu'il a dit…

Il a laissé le silence planer. Des chuchotements, des toussotements et des bruits de chaises ont résonné. Il a repris sa harangue, sur un ton ferme, presque agressif.

— « L'environnement est un bien collectif, patrimoine de toute l'humanité, sous la responsabilité de tous. Celui qui s'approprie quelque chose, c'est seulement pour l'administrer pour le bien de tous. Si nous ne le faisons pas, nous chargeons notre conscience du poids de nier l'existence des autres. Pour cette raison, les évêques de Nouvelle-Zélande se sont demandé ce que le commandement "Tu ne tueras point" signifie quand 20 % de la population mondiale consomment les ressources de telle manière qu'ils volent aux nations pauvres, et aux futures générations, ce dont elles ont besoin pour survivre[1]. » À cette terrible question, le pape n'a pas répondu… Alors, ceci ne signifie-t-il pas que la réponse est en chacun ?

Le père Philippe semblait donner raison aux assassins d'Alain. Mais ce n'était pas bien grave : hypnotisée par sa voix monocorde, la salle n'écoutait plus ses paroles. Elle se contentait d'admirer son physique étrange à la Ziggy Stardust, son jeu de scène. Je devais être le dernier à suivre ses élucubrations, prisonnier des regards glaçants qu'il me lançait par intermittence.

La messe s'est terminée sur des prières banales à mes oreilles mais magiques à celles des autres, et nous avons tous suivi le cercueil porté par des villageois. Ils l'ont posé sur une vieille charrette attelée à un cheval, et la procession s'est ébranlée vers le cimetière. Le père Philippe entraînait la foule derrière lui comme le joueur de flûte de Hamelin. Caroline était la première

1. *Ibid.*, paragraphe 95.

derrière lui, Hubert et nous, juste après, et le village tout entier nous suivait. Le Royal Aubrac, en haut de la colline, m'a paru particulièrement sinistre. Dans le cimetière, le trou était déjà creusé. Des hommes du village ont descendu le cercueil à l'aide de sangles de cuir usé, qui servaient depuis des lustres probablement, et ont commencé à le recouvrir de terre avec des pelles rouillées. Le père Philippe bredouillait seul des phrases en latin, l'air inspiré, presque habité. Il était séduisant. Un rayon de soleil a illuminé ses yeux d'azur qui me transperçaient.

Détournant le regard, j'ai aperçu, à contre-jour, une jolie jeune femme en bas du Royal Aubrac. Elle tenait un yorkshire dans les bras et marchait seule sur la route, perchée sur des Louboutin noires, coiffée d'un immense chapeau sombre assorti à une robe moulante. C'était la grisette parisienne d'Alain. « Oh ! Le con ! Il l'aura eu, finalement, son enterrement de roi », me suis-je entendu murmurer en souriant, comme si Alain avait pu parler à travers moi.

Vous n'êtes plus les bienvenus ici

Pot d'adieu, lettre d'amour et fruits pourris

Les enterrements sont en général le théâtre de retrouvailles chaleureuses. Il n'est pas rare que des rencontres aient lieu après la cérémonie, au petit « pot » improvisé à cette occasion, au café du coin, chez un proche qui habite dans le quartier ou, tout simplement, au domicile du défunt. Oui, souvent, des couples se forment ou se retrouvent après les funérailles de gens aimés. On plaisante, on se serre dans les bras, on sert un verre d'alcool à la veuve qui répond : « Il aurait aimé ça, voir tous ses amis réunis autour de lui, et il n'aurait pas aimé que ce soit triste. Il aurait voulu que l'on s'amuse, j'en suis certaine. » Il y a le vieux copain bourré, la cousine timide qui tout à coup rayonne dans sa robe de deuil, et la femme de ménage « qui fait partie de la famille » et à qui l'on présente ses condoléances, tout en la laissant s'occuper du vestiaire, du service et de vider les cendriers. Elle a déjà fait les courses, préparé les petits-fours et décoré la pièce. Ces déjeuners ou après-midi qui s'étirent jusqu'au soir sont souvent étonnamment joyeux, comme si face à la mort l'homme ne pouvait résister à l'appel de la vie. Plus tard, quand les invités seront partis, la femme de ménage rangera, fera la vaisselle, et nettoiera seule la maison, bénévolement puisque ce jour elle fait vraiment partie de la famille. Et la tristesse reviendra.

Lorsque nous nous sommes retrouvés chez Alain et Caroline, au milieu de leurs photos de vacances et parmi les souvenirs d'une époque probablement à jamais révolue, celle des voyages d'une semaine au bout du monde et des virées en décapotable américaine, les rires emplissaient le salon. Les blagues fusaient autour du billard d'Alain. « Ah ! Et ce jour où il a piqué l'appareil photo de Marcelle, la mère de Pierre, pour photographier son zizi avec des lunettes de soleil ! Si t'avais vu la tête de Marcelle quand elle a découvert les clichés ! Le pire, c'est que tout le laboratoire de Rodez les avait vues, les photos. Ah, quel con, cet Alain ! Il va bien nous manquer. » François était hilare et son audience aussi. J'ai fait mine de rire en signe de communion avec le groupe, mais le son qui est sorti de ma bouche a ressemblé à un petit ricanement sadique. Craignant que l'on ne remarque ma gêne, j'ai saisi un verre qui traînait sur la barrique de vin servant de guéridon, je l'ai porté à mes lèvres pour siroter doucement un marcillac trop jeune. Plus je pouvais faire durer cet instant, plus je restais caché derrière mon verre de rouge. Pierre a pris la main : « Et la fois où il a largué des autostoppeurs en pleine nuit sur l'Aubrac. Il les avait rencontrés à la boîte d'Espalion, L'Excalibur. Il leur avait proposé de les ramener chez eux. Et pour se marrer, il les avait plantés là, dans un champ de luzerne. » Le groupe s'est esclaffé et j'ai entendu comme un bêlement de brebis. C'était ma voix. J'avais encore lâché un de mes rires nerveux. J'ai eu honte de ma suffisance face aux amis d'Alain qui célébraient son passage sur terre comme il aurait aimé qu'on le fasse.

J'ai aperçu Caroline qui parlait gaiement avec Hubert. Il fallait que je trouve moi aussi un bon mot pour m'inscrire dans l'élan de vitalité qui avait envahi la maison. Je ne voulais pas être celui qui allait « casser l'ambiance ». Hubert s'est éclipsé pour rejoindre un autre groupe, et je me suis lancé.

— C'est formidable, Caroline, toute cette joie. Si Alain nous voit, il doit bien se marrer.

— Tu crois ça, toi ? m'a-t-elle répondu d'une voix piquante. Il détestait ces abrutis. Et rien ne m'agace plus que les enterrements qui se terminent comme des fêtes de mariage.

J'étais ridicule, et Caroline était séduisante.

— Sam, ne te force pas. Ce sont des idiots. Comme Alain, d'ailleurs. C'était un imbécile. Mais un imbécile intelligent. Je l'ai vraiment aimé, pourtant, tu sais. Nous nous sommes connus à quinze ans, et nous avions plein de rêves. Ce n'était pas facile de quitter l'Aubrac autrefois. Alain a réussi, pour nous deux. Et puis nous n'avons pas pu avoir d'enfants. Enfin, voilà, je ne sais pas pourquoi je te dis tout ça.

Nous nous sommes dirigés vers l'extérieur. Le jardin donnait sur les champs et, au loin, les collines de la Réserve. Je lui plaisais, me suis-je dit, en nous imaginant seuls, quelque part dans la maison. Des images me venaient à l'esprit.

— Il faut que tu saches, Sam, Sylvia avait confié une lettre à Alain. Il devait la remettre au professeur Demarchelier. Il n'a pas eu le temps de le faire. Je l'ai retrouvée dans la poche intérieure de sa veste. J'ai hésité entre la lire, la déchirer, la remettre à Sylvia, ou te la donner. Et puis, je sais qu'il n'y aura plus jamais rien entre nous, mais je t'aime bien, Sam. Tu sais être juste et généreux. J'ai deviné que tu étais au courant de cette histoire. Il ne se serait rien passé entre nous autrement, je l'ai compris. Tu avais été blessé. Tu te vengeais de quelque chose. J'ai compris plus tard que tu te battais pour ta famille et pour Sylvia. D'abord, ça m'a blessée. Et puis, j'ai compris que c'est toi qui avais raison. Enfin, bref, cette lettre, j'ai décidé de te la remettre. Elle est à toi.

Elle m'a tendu une enveloppe. J'ai reconnu l'écriture de Sylvia. Et le nom de ce putain de professeur.

Je me suis éloigné. J'ai marché seul vers l'horizon, c'est-à-dire vers le Royal Aubrac, qui se dressait au loin, et le troupeau de vaches dont les cloches tintaient dans la nuit claire. La lune brillait dans un ciel sans nuages. On y voyait presque comme en plein jour. Seules les couleurs avaient disparu. Tout n'était que teintes de noirs, de bleus et de gris.

Je me suis assis sur un rocher, le cœur battant. J'hésitais. Je pouvais encore déchirer cette lettre – mais si je faisais cela, Sylvia en enverrait d'autres, de toute façon, et je savais que je ne pourrai pas garder ce secret pour moi. Comment vivre avec une femme que l'on aime, en sachant qu'elle pense et écrit à un autre ? Je pouvais la lui remettre. Mais ce serait prendre le risque de la rupture, la mettre face à un choix qu'elle avait jusqu'à présent refusé de faire. Je ne voulais pas qu'elle parte. Je ne voulais pas d'une autre vie, sans elle, et encore moins avec une autre. Je comprenais qu'elle ait eu une autre histoire. Je l'avais oubliée. J'avais négligé notre couple. Mais, depuis, nous avions refait notre vie. Et nous nous étions rachetés.

La déchirer ? La mettre devant le fait accompli ?

L'envoyer sans l'ouvrir à Demarchelier ? Ou encore demander à Caroline de la remettre elle-même à Sylvia ? Aucune de ces solutions n'était la bonne. Je ne voulais plus être l'homme passif que j'avais été durant la première partie de notre vie. Je m'étais juré que la Réserve serait un nouveau commencement.

J'ai décidé de décacheter l'enveloppe, le cœur battant, les mains tremblantes.

La lettre était longue, elle courait sur trois pages, recto verso, soit six pages en tout. Jamais Sylvia ne m'avait écrit un si long texte, me suis-je dit, dévoré par la colère et la jalousie. Mais je me suis repris : personne ne m'avait obligé à lire cette lettre. Je le faisais à mes risques et périls. Je m'étais promis de m'attendre à tout. Et de tout accepter dans le calme. Comme dans *Le Livre tibétain de la vie et de la mort*, comme dans *Bushido, l'âme du japon*, comme l'auraient fait Jeremiah Johnson ou Chef Joseph, de la fière tribu indienne des Nez-Percés.

Alors j'ai lu. À mesure de ma lecture, des larmes ont coulé sur mes joues. L'une d'elles est tombée sur l'encre bleue de Sylvia, formant une rosace plus claire. J'ai écarté la lettre pour ne pas la transformer en éponge et ai poursuivi.

Sylvia avait écrit une très belle lettre d'amour au professeur Demarchelier. Mais c'était aussi une lettre de rupture. Les mots magnifiques qu'elle lui offrait, ces phrases dont j'avais été privé et dont la lecture me brûlait le cœur, j'ai compris qu'elles m'étaient adressées. Elle le quittait parce que, grâce à lui, disait-elle, elle avait retrouvé le bonheur. Et elle l'en remerciait. Mais le bonheur, ce n'était pas avec lui, me suis-je dit : c'était avec moi.

Sa dernière phrase était « Je t'aime ». Seul sur l'Aubrac, j'ai susurré « Je t'aime, Sylvia », et j'ai attendu que le vent frais sèche mes larmes pour retourner à la fête d'enterrement de notre Alain.

Sylvia et Caroline étaient rayonnantes. Je me suis approché de Sylvia et lui ai pris tendrement la main. Nous nous sommes embrassés.

Le lendemain, j'ai confié la lettre à Méloche, le pigeon voyageur qu'Hubert avait dressé pour aller chez Masha, afin qu'elle porte l'enveloppe chez Demarchelier. J'ai ricané comme une brebis en imaginant qu'il penserait que Sylvia avait pleuré en lui écrivant cette lettre de rupture. « Ah ! le con ! » ai-je dit tout haut, comme l'aurait fait Alain dans les mêmes circonstances.

* * *

Dans la Réserve, les habitudes finissent par tout effacer. La vie a repris ses droits. Mais d'autres surprises nous attendaient. « D'autres morts » serait plus juste. Dans les semaines qui ont suivi, comme Sacha préparait sa première communion, nous sommes retournés régulièrement à l'église en famille. Exalté par les histoires fabuleuses du catéchisme, Sacha y tenait absolument. Comment lui expliquer que l'Église pouvait elle-même conduire les hommes à commettre le pire ? J'avais décidé d'imputer les excès du père Philippe à l'émotion. Ses sermons ont retrouvé une certaine mesure. J'y adhérais même en partie. Mais, à nouveau, progressivement, il s'est radicalisé. Ses références à la belle encyclique sur l'écologie humaine du pape François semblaient loin. Ses prédications étaient de plus en plus exaltées alors même que la messe était un lieu jusqu'ici ouvert, un lieu de rendez-vous important pour toute notre communauté. Une façon de nous retrouver, de communier. Les non-catholiques avaient été accueillis à bras ouverts au début. « Tous enfants de Dieu, habitants de la même terre », avait-il dit.

Il y a un mois, j'avais dû boucher les oreilles de Sacha quand le père Philippe avait comparé le lien actuel entre l'homme et la nature à celui d'un enfant ingrat qui viole sa mère. En sortant de l'office, nous avions eu besoin d'en parler, Sylvia et moi. Elle ressentait les choses comme moi. Le père Philippe s'était montré très accueillant au début avec les nouveaux arrivants. Certains anciens nous avaient pourtant prévenus qu'il présentait un visage différent, pour attirer à lui ces nouvelles « brebis égarées », comme il disait avec un certain humour. Il voulait profiter de cette opportunité inespérée de donner une nouvelle vie, un nouveau prestige, à sa petite paroisse rurale. Mais le pasteur accueillant était devenu une autorité morale de plus en plus intransigeante. Un Savonarole sur l'Aubrac. Cette évolution du père Philippe nous attristait mais surtout nous inquiétait. À la veille de l'enterrement d'Alain, je lui avais tout confessé. Y compris le fait que j'étais recherché par l'AIR pour un crime que je n'avais pas commis. Dernièrement, en chaire, il avait plusieurs fois fustigé « les Judas, dont certains ici se reconnaîtront, dont la place est en enfer ou au moins dans les prisons de notre gouvernement. Enfin dirigé par un homme de bien, à la main ferme et au grand cœur. Le Général… »

Il y a deux semaines, les événements se sont précipités. À la sortie de la messe, le père Philippe a pris Sylvia à part.

— Vous n'êtes plus les bienvenus ici, lui a-t-il déclaré. Il va falloir partir, quitter la Réserve. Il n'y a pas de place pour les pécheurs impénitents dans notre petit paradis. Sous ses airs de bon père de famille, votre mari est un être corrompu. Il a souillé notre Mère Nature, il a insulté le Tout-Puissant. Il mérite la corde, pas sa miséricorde.

Il ricanait de son petit jeu de mots morbide. Il avait dû soigneusement le préparer.

— Je ne sais pas où je puise encore toute cette pitié pour votre famille, avait-il poursuivi, mais je vous donne dix jours pour quitter l'Aubrac. Ce délai passé, c'est l'AIR qui viendra cueillir les fruits pourris que vous êtes.

Et il avait passé son chemin en reprenant son sourire bienveillant pour les paroissiens qu'il croiserait.

Craquements d'os

Poncho mexicain, opération Sahel
et jeunes mamans à cornes

C'était un matin d'été bruineux comme l'Aubrac en connaissait encore, avant que la barre tant annoncée des 2 °C ne soit dépassée et que les grands changements climatiques aient lieu, avant les vagues de sécheresse, les tornades et les moussons. Une nappe nuageuse tapissait l'herbe mouillée, se confondant avec la brume froide qui recouvrait la région. On n'y voyait pas à dix mètres. Je marchais sans chaussures, mes jeans retroussés à mi-mollet, savourant la douceur de l'herbe et des fleurs sur mes plantes de pieds, vers le muret de pierre qui surplombe la vallée, là où je faisais mes mouvements de yoga le matin. Je m'apprêtais à jeter au sol le poncho qui me réchauffait les épaules, ayant pris l'habitude de m'en servir de natte. J'aimais sentir la texture de la laine bouillie dont il était composé, une œuvre de Sylvia à la bergerie.

Un corbeau croassait et le vent sifflait lorsque la lumière des phares est apparue au bout de la route. On aurait dit des lucioles, deux, puis quatre, puis six. Une dizaine de faisceaux lumineux ont emprunté le chemin dans un grésillement de moteurs électriques. C'était une patrouille de police. Et les pick-up à roues crantées se sont alignés devant moi. La maison était toujours éteinte : tout le monde dormait. Impossible de les prévenir, ni de les abandonner. S'enfuir pieds nus dans la nature aurait été absurde. Notre escapade touchait à son terme.

— Ne bougez pas, monsieur Bourget, a craché un haut-parleur.

La porte du véhicule du milieu s'est ouverte. Une silhouette sombre s'est avancée dans le contre-jour de la lumière des phares. C'était un homme en uniforme. Armé.

— Monsieur Bourget, détendez-vous, c'est moi, Jacques, le commandant de gendarmerie.

Jacques, l'homme qui nous avait déjà sauvés des drones miniatures, était revenu.

— Ne vous inquiétez pas, ils ne vous embêteront plus.

— De qui voulez-vous parler ?

— Les brigades de l'AIR. On les a renvoyées chez elles. Mais vous ne trouvez pas qu'il fait un peu froid ?

J'avais oublié que j'étais torse nu, mes pantalons retroussés. J'ai ramassé mon poncho de guérillero mexicain et les ai invités à me suivre dans le buron où je leur ai préparé du café chaud. Sylvia et les enfants nous ont rejoints. J'ai ouvert la trappe du poêle pour y injecter un peu d'oxygène et augmenter sa température, un geste peu écologique mais encore toléré à l'époque. Je nous savais entre nous. Et Jacques, autour de qui les hommes s'étaient serrés, comme un gang de hors-la-loi dans une cabane du Far West, nous a raconté ce qui venait d'arriver : ils avaient reçu la visite de brigades de l'AIR.

— Ils étaient en vérification de procédure X 27.

— Procédure X 27 ?

— Dénonciation d'évasion écologique. Les dernières lois autorisent la délation dans ces cas précis pour des raisons principalement fiscales. La fuite des gros pollueurs est un manque à gagner important pour le budget de l'État. La plupart de ces évadés sont partis à l'étranger, mais certains sont restés en France sous une fausse identité.

C'était notre cas, et il le savait.

— Le protocole est toutefois encadré. Ils ne peuvent pas intervenir sur le département sans notre autorisation expresse. J'ai donc demandé à voir le dossier. Et j'ai pu consulter le courrier de dénonciation. C'était une lettre manuscrite. Elle avait dû transiter par un canal privé, un porteur probablement, autrement la copie du cachet de la poste aurait été jointe au dossier digital que la brigade m'a montré. Dans ce cas précis, ce sont les voies célestes qui ont été utilisées.

J'ai aussitôt pensé aux pigeons voyageurs…

— Non, pas vos petits volatiles, a poursuivi le commandant Jacques comme s'il pouvait lire dans mes pensées. Je veux parler des voies du Seigneur.

Et il m'a montré la lettre en question. Elle était directement adressée au général de Marchand.

Mon Général, mon cher Henri,

Comme l'époque de nos missions au Mali, parmi les hommes purs de la terre d'ébène, me semble loin. Comme ces temps d'innocence, partagés avec nos camarades de la mission Barkhane, tous ces jeunes hommes aux âmes intrépides, me manquent. Une marche au clair de lune, une gamelle de soupe, le vent du désert et des chants inspirés suffisaient à remplir notre cœur de lumière. Au service du Seigneur, nous savions que nous étions sur le droit chemin. Et nous savions reconnaître les pécheurs. Toi, mon Ami, mon Frère, tu m'avais dit :

« Philippe, souviens-toi de ces jours et de ces nuits. Nous luttons contre le mal, et le mal recule. » Nous avions sauvé des innocents, nourri des enfants et châtié des malfaisants. Mais les choses étaient simples. Tu étais général de division, j'étais aumônier, et dans le Sahel, l'ennemi était le terroriste, le violeur, le félon. Qui est l'ennemi aujourd'hui ? Le pollueur ? Certainement. Et s'il a emprunté le costume de l'écologiste modèle ? Comment le démasquer ? Le pollueur d'hier, qui se cache sous le masque du repenti d'aujourd'hui, n'est-il pas le corrupteur de demain ? Notre Seigneur nous a appris la clémence et le pardon. Mais n'est-ce pas céder à la tentation que de pardonner celui qui a détruit la maison de Dieu ? Sommes-nous aptes à juger les actes des hommes ? Dans notre paroisse d'Aubrac, des hommes, des femmes et des enfants sont arrivés récemment. Je les ai accueillis. Pourtant, parmi eux, se cachent, je le sais, des hommes, des femmes et peut-être même des enfants qui hier ont péché. Ils ont souillé la maison de Dieu. Ils ont trompé leur prochain. Le ver est-il déjà dans le fruit ? Juger mon semblable n'est point mon métier. Ce sera la tâche du Seigneur, le jour venu. En attendant ce jugement, j'ai décidé, une fois n'est pas coutume, de me conduire en simple citoyen, afin de te faire part de mes doutes. Un prêtre ne peut juger. Mais un général en a le droit. Et peut-être même le devoir. Cette famille sur laquelle je m'interroge vit au buron du petit sentier. Ils portent des noms de Roms et c'est cela qui m'a interpellé. Mais je ne suis qu'un simple prêtre, et pas un policier. Et encore moins un général. Tu sauras, je l'espère, dissiper mes doutes, et je serai heureux de savoir que je me suis trompé. Que la paix du Christ t'accompagne dans ton beau combat, mon Henri.

Philippe, ton Frère, ton Ami

— Ils ont vérifié les noms des Roms, et ils n'ont rien trouvé à redire, a repris Jacques. Les papiers de la famille d'André sont en règle. Mais ils voulaient vérifier de visu. Je leur ai dit que c'était inutile. Je n'ai eu qu'à confirmer moi-même que vous étiez bien des Roms pur jus, en leur assurant que je vous connaissais bien.

Le commandant Jacques venait de sauver notre peau. Une fois de plus. Il m'a révélé les activités de délation auxquelles se livrait le père Philippe. Aveuglé par l'admiration qu'il avait pour son aîné, le général Marchand, mû par une fascination quasi filiale née lors de ses jeunes années au Mali, l'ecclésiastique se sentait investi d'une mission à la fois divine et morale : sauver la planète et aider le père spirituel de sa jeunesse. Il avait rejoint l'un des nombreux groupuscules religieux qui avaient fleuri depuis l'avènement de l'Ordre vert. Abusant de la maison de Dieu, les églises où beaucoup de réfugiés avaient afflué, croyant y trouver un asile et un lieu d'écoute, ils n'hésitaient pas à utiliser les confessionnaux comme des salles d'interrogatoire. Certains étaient allés jusqu'à enregistrer les confessions des malheureux sur de vieux smartphones. Jacques nourrissait depuis l'enfance un dégoût viscéral à l'égard des hommes de Rome. Sans rien me dire de l'origine de sa détestation, il m'avait juste confié être révulsé par ce « nouvel abus » de l'Église. Il ne fallait pas être fin psychologue pour comprendre qu'enfant, il avait été victime d'abus. Et dans quelles circonstances… Combien de fois nous avait-il prodigué ses « conseils de scout » durant les premiers mois où j'arrivais à peine à couper une bûche. Il en avait gardé une haine recuite pour les serviteurs du bon Dieu. Pour ceux comme ici qui dévoyaient le message de tolérance originel, il passait à l'action. Ses gendarmes, qui avaient été formés dans le culte de la laïcité et le respect des lois de la République, partageaient sa révolte. Ils veillaient à protéger ceux que le père Philippe et ses amis tentaient de faire embastiller. Ils se réjouissait d'avoir pu déjouer le « complot de ce scélérat » dont nous avions été l'objet. Ce sont ses mots exacts.

— Nous n'en avons pas fini avec ces petits hystériques, a-t-il ajouté froidement. Méfiez-vous, nous dit-il avant de repartir avec ses fidèles gendarmes de l'Aubrac, l'air fier et déterminé.

Nous avions la certitude que le père Philippe n'en resterait pas là.

* * *

À l'époque, Sylvia ne m'a rien dit. Et dans un calme que je ne m'explique pas, elle, qui peut faire une crise pour une paire de chaussures laissées en travers du couloir, a fomenté un plan redoutable. Dans son esprit, tout était clair, c'était le père Philippe ou nous. En louve qui protège sa tribu, elle n'avait pas hésité une seconde. Elle qui connaît si bien la campagne a trouvé dans ses souvenirs d'enfance l'inspiration pour le crime parfait. Tuer sans être un assassin.

Trois jours étaient passés depuis l'ultimatum glaçant. Il faisait déjà tiède ce petit matin-là. Les rayons roses du lever du soleil réveillaient les champs, les vaches et les fleurs. Sylvia adorait l'odeur d'herbe qui se dégage de la rosée qui s'évapore. Prétextant une visite chez le vétérinaire, elle avait embarqué Rocky dans la Lada. Après s'être garée au bas de la draille, elle était montée se poster, tenant d'une main le chien en laisse et de l'autre, un bout de bois, derrière un petit buron abandonné près d'un pâturage où broutaient une douzaine de vaches et leurs jeunes veaux. À 7 h 30 tapantes, coiffé de son béret noir, le père Philippe en soutane était apparu en bas du champ, avec son bâton de marche. Il avait fière allure. Comme chaque matin, de son pas de marathonien, il faisait le même tour de quatre kilomètres, frôlant presque les bêtes du troupeau. Tout le monde ici connaissait la « balade du prêtre », par le même chemin, à la même heure, été comme hiver. Il y faisait allusion à chacun de ses sermons. Quand il s'est trouvé près des vaches, Sylvia, qui se tenait à dix mètres de lui à peine, a mis son plan à exécution. Elle a détaché Rocky puis a lancé de toutes ses forces le bout de bois aux pieds du prêtre. Le jeune chien a bondi pour aller le chercher en aboyant gaiement. Les jeunes mamans à cornes, conditionnées pour défendre leur progéniture, ont évidemment chargé. Rocky a eu le temps de fuir, ramassant au passage un coup de sabot. Ceux qui ont déjà assisté à la charge d'une vache peuvent aisément imaginer la force d'un troupeau entier attaquant pour se défendre. Au moment même où il a compris ce qui se produisait, quand Rocky s'est jeté à ses pieds, le père Philippe a été encorné par l'une de ces jeunes mamans. Le reste de la troupe l'a ensuite piétiné. Sylvia a entendu des cris mais surtout des craquements d'os.

Le corps du jeune et beau prêtre a été retrouvé autour de l'heure du déjeuner par le propriétaire des vaches venu leur apporter un rouleau de sel. Si l'on en croit les commentaires des gendarmes au café, sa dépouille était très abîmée. Curieusement, chacun blâmait le père Philippe qui, à se croire béni de Dieu, en avait négligé une chose fondamentale, et bien connue ici : une vache protégeant son veau est plus dangereuse qu'un taureau.

Que du vent

Nuit de Varenne, pyramide de Ponzi et patte de pigeon

Quelques mois après la mort du père Philippe, l'hiver est revenu. Un matin, notre ami Jacques, le commandant de gendarmerie, est repassé à la maison avec ses hommes. Cette fois, ils sont restés sur le seuil de la maison, l'air sombre et embêté. Sylvia et les enfants étaient à l'intérieur, et je ne leur ai pas proposé de rentrer.

Les jeunes gendarmes se balançaient d'un pied sur l'autre, soufflant sur leurs mains ou les enfouissant dans les poches de leur gabardine. Quelque chose les tracassait : cela pouvait se lire sur leurs visages au regard fuyant. Le père Philippe était prêtre, tout de même, et cette mort, subite et sauvage, les avait bouleversés. Des rumeurs circulaient au village. Sylvia avait été aperçue par des villageois qui, de plus en plus souvent, évoquaient « les lieux du crime ». Il n'y avait aucune raison de la soupçonner, mais, de toute évidence, ce drame avait tout du crime parfait. Pourtant, malgré les supputations des uns et des autres, personne n'avait pu imaginer ce que Sylvia avait tranquillement fomenté dans son esprit à la logique implacable : la promenade du père Philippe, le bâton jeté à ses pieds, la réaction de Rocky, et celle des vaches défendant leurs petits. Seul le visage régulier de Sylvia trahissait l'existence d'un plan secret. Mais lequel ? Sylvia a toujours suscité la suspicion : elle était trop belle pour ne pas avoir de mauvaises pensées, trop belle pour ne pas cacher quelque chose. Alors les hommes de Jacques, eux aussi, avaient commencé à nous soupçonner.

Il devait faire 15 °C en dessous de zéro. J'ai proposé à Jacques d'aller marcher plus loin, vers ce que j'appelais le grand large, comme si nous vivions à bord d'un galion naviguant en pleine mer. Nous avons chaussé des raquettes et il a marché dans mes traces en direction du soleil qui se levait à l'est de l'horizon blanc. Il avait beaucoup neigé ces derniers jours, comme à l'époque de notre arrivée, lorsque nous avions traversé l'Aubrac à traîneau. Cette chevauchée fantastique s'était inscrite dans ma mémoire et je me demande si les enfants s'en souviennent encore. Sacha était si petit.

Avec Jacques, nous avons atteint les premières collines. Depuis ce point de vue, on pouvait embrasser le panorama d'un regard : au loin, à la frontière des hauts plateaux, le clocher d'Aubrac, la tour des Anglais, la Dômerie, et le Royal Aubrac. De l'autre côté, c'était Saint-Urcize et sa petite station de ski qui continuait de fonctionner dans notre nouveau monde vert où se côtoyaient caciques du régime et fuyards accusés d'« écocide ». Des saints ou des ordures. Selon les points de vue.

— Le père Philippe…, a-t-il commencé.

Mon cœur s'est accéléré, mais Jacques m'a vite rassuré. La main qu'il a posée sur mon épaule n'était pas celle du flic venu arrêter un malfrat.

— Le père Philippe, a-t-il répété, comme une sorte d'incantation, oui, le père Philippe était un sale con. C'était un homme de foi, et Dieu sait comme nous en avons besoin, mais il avait dévoyé la parole du Seigneur. Il avait dénoncé d'autres hommes. Des familles entières ont été arrêtées et séparées par sa faute. Tu te rends compte ? Séparées !

Et il a poursuivi.

— Le père Philippe, qui avait une relation directe avec le général de Marchand, a dénoncé une trentaine de personnes. Il s'agissait pour la plupart de familles arrivées comme vous des grandes métropoles, fuyant les contrôles des brigades de l'AIR, des gens qui n'avaient rien fait de mal, pour la plupart. Le gouvernement reproche aux gens d'avoir trop consommé. D'avoir trop bien réussi dans le monde d'avant. D'avoir possédé une voiture de collection, une maison secondaire, ou que sais-je ? Beaucoup d'entre eux avaient échoué dans le petit village d'Aubrac, et certains s'étaient confessés. Le père Philippe se fendait alors d'une belle lettre à son « cher Henri », et quelques jours plus tard une brigade débarquait.

Nous savions déjà tout cela, mais Jacques avait du mal à admettre cette réalité, à formuler même les faits à voix haute. Son visage se crispait.

— Putain d'époque, a-t-il lâché. C'est très bien qu'il se soit fait encorner et piétiner, ce foutu prêtre. J'ai envoyé le rapport. Il n'y a aucun problème. Je n'ai même pas mentionné Sylvia. Elle est très forte, tu sais. Je te félicite.

Nous sommes retournés vers le buron, et Jacques et ses hommes sont repartis. Ils ne nous embêteraient pas. Nous avions eu de la chance. Le régime était à cette époque au sommet de son art – et peut-être de son œuvre, comme aurait pu dire le père Philippe. Car il était bien question d'un gouvernement en mission quasi divine à qui tout réussissait. La Présidente semblait marcher sur l'eau. Les bienfaits du nouveau système qu'elle avait imposé étaient incontestables. C'est à cette époque que toute la filière du bois a connu le boum que l'on sait, et que l'on enseigne à l'école[1]. Personne auparavant n'aurait parié que cette matière vivante deviendrait le nouvel or noir de l'humanité. L'industrie arbro-chimique et la nanocellulose ont explosé, avec des applications dans presque tous les domaines. L'hémicellulose permettant de remplacer le plastique, les forêts des Ardennes et des Landes se sont transformées en usine à « plastique de bois », une matière 100 % biodégradable. Le bois densifié, cinq fois plus fin que le bois, douze fois plus solide et trois fois plus durable, a commencé à être utilisé pour remplacer l'acier dans les industries automobile et aéronautique. Les batteries de bois ont bientôt pris place dans les smartphones, les ordinateurs portables et les voitures. Le plus beau, à mes yeux, a été l'utilisation du bois transparent pour créer un bois laser. Qui aurait pu imaginer des gratte-ciel, des voitures, des avions ou même des batteries en bois ? Après l'âge de pierre, l'âge de bronze, l'âge de fer, on parlait de l'âge de bois. C'était comme si les choses étaient revenues à leur place. Les lieux qui avaient été dépecés par l'homme sont revenus à l'état de forêt. L'inversion de la courbe climatique a été le fruit de cet élan : un immeuble en bois de huit étages pouvait être préfabriqué et monté en quelques jours seulement. Il ne fallait que sept secondes pour construire un étage.

D'autres innovations sont apparues : les véhicules électriques à pales rotatives, sortes de cycloptères high-tech[2] que l'on a vus jaillir dans le ciel des grandes

1. « Our Wooden Future : Making Cars, Skyscrapers and Even Lasers from Wood », Graham Lawton, *The New Scientist*, 13 mars 2019.

2. « Russian Military Is Building a Flying Vehicle with Rotating Paddles », David Hambling, *The New Scientist*, 13 mars 2019.

villes, puis des villages et des campagnes, le kérosène naturel, aussi appelé « biofuel », fabriqué avec les déchets des villes[1], la viande artificielle et les éoliennes miniatures qui ont fleuri un peu partout.

* * *

Les brigades de l'AIR voyaient tout, savaient tout, et en abusaient. Des familles étaient séparées abusivement. Au fil du temps, ces abus ont fini par toucher tout le monde. Mais peu à peu l'« âge de la surveillance[2] » a lassé les gens.

La goutte d'eau de trop, celle qui a fait déborder le vase, comme on dit, a été le prélèvement automatique imposé à la nation tout entière. L'idée était simple, et peut-être pas mauvaise : que les Français rachètent eux-mêmes la dette publique. Sans débat à l'Assemblée, par décret, la somme a été prélevée directement sur les comptes bancaires des Français. Un lundi matin, au lendemain de cette ponction forcée, la France était affranchie de la pression des banques centrales, des fonds de pension et de certains États. Mais, alors que le pays allait profiter de cette libération unique dans l'histoire, l'opinion publique s'est retournée. Personne n'aime qu'un étranger se serve dans son porte-monnaie. Or, le régime vert, malgré toutes ses bonnes intentions, demeurait un étranger. Il avait eu le tort de s'attaquer à la famille. Comme d'autres régimes totalitaires avant lui, il avait commis l'erreur de s'imaginer supérieur au foyer familial. Essayez pour voir de toucher à l'antilope que la lionne s'apprête à servir à ses lionceaux… En

---

1. « Jet Fuel Made from Waste Plants Could Be One of The Most Efficient Yet », Michael Le Page, *The New Scientist*, 21 mars 2019.
2. « Un capitalisme sous surveillance », Shoshana Zuboff, *Le Monde diplomatique*, janvier 2019.

France, la réaction a été radicale. La limite du supportable avait été atteinte.

On dit souvent que les régimes totalitaires « s'effondrent de l'intérieur ». J'ai entendu cette théorie au sujet de l'Union soviétique des années avant que cet empire que l'on imaginait installé pour des siècles ne s'égrène comme un château de sable. Il est pourtant difficile de comprendre exactement comment et pourquoi un régime passe de l'adulation au rejet. Par quel mystère un leader tient-il son peuple d'une poigne de fer, l'armée à sa botte et ses ministres et conseillers au doigt et à l'œil, pour employer le vocabulaire d'usage, puis se retrouve soudain dans la peau d'un pauvre hère en fuite ? La chute est-elle l'effet d'un effondrement naturel, intérieur, ou le résultat de complots, de luttes, de pressions et mêmes de violences ? Coups d'État, guerres, révoltes, révolution… Une chose est certaine, les idoles finissent un jour ou l'autre par tomber. Combien de tyrannies ont disparu sous le sabre, les flèches, les bombes, les balles ou les grenades de ceux qu'elles avaient cru soumettre. D'autres ont mué, jusqu'à devenir l'opposé de ce qu'elles prétendaient être. Des rois ont été décapités, des empereurs exilés, des dictateurs emprisonnés. Mais la chute des despotes, qu'elle soit lente ou brutale, douce ou violente, ne signifie pas forcément la disparition du régime – et encore moins de son esprit. Napoléon chassé, exilé, n'est-il pas revenu sous les clameurs ? Capturé et banni une seconde fois, après Waterloo, son âme a-t-elle jamais cessé de hanter le cœur de Français – y compris chez ses successeurs ? Et qu'en est-il des rois de France ? La tête de Louis XVI a bel et bien roulé sous le couperet de la guillotine, et pourtant, les Français n'ont-ils pas adoré, à nouveau, après lui, des rois, des empereurs et des présidents habités de la même morgue majestueuse, ces grands airs que nos dirigeants ont de tous temps exhibés comme des couronnes ? Il me semble qu'il en fut ainsi de notre Présidente. Sitôt déchue – ce destin tragique nécessaire aux grands personnages historiques –, son esprit a comme ressuscité à travers ceux qui ont pris sa suite. Mais, d'abord, ce fut le fameux effondrement. Prévisible ? Je pense que oui. Les Français l'avaient trop aimée pour ne pas la haïr.

La nouvelle est tombée sans que rien ne l'ait annoncée, alors que le pays commençait à peine à savourer les premiers effets des mesures écologiques, et le régime s'est écroulé aussi rapidement qu'il était arrivé. Comme un soufflé se dégonfle dès qu'on y enfonce un couteau. Il aura suffi d'une information, un article publié dans une feuille de chou polonaise, la *Rzeczpospolita*, pour que l'on comprenne enfin que la Sainte Présidente et son Ange gardien de général étaient des êtres humains comme les autres, c'est-à-dire corruptibles. La découverte de leurs comptes offshore, alimentés par une filiale de DeepRecycling, la société de Vicktor Pokanowski, a mis bas les masques. Ainsi, la Présidente et son général s'étaient-ils enrichis tout au long de la révolution verte. Soit, ils avaient transformé la France en une start-up nation de la Green Economy et ils avaient inauguré le modèle économique qui se répandrait bientôt dans la plupart des pays du monde. Mais alors que le peuple avait dû remettre en question son mode de vie, au prix de restrictions drastiques, eux s'étaient enrichis. La déception a été à la hauteur de l'engouement qu'ils avaient suscité. Et le rejet instantané.

Les étudiants, les ouvriers, les agriculteurs, les enseignants, l'Église, et même des fonctionnaires de police sont sortis dans la rue pour réclamer, de façon pacifique, la fin de l'état d'urgence et l'organisation de nouvelles élections démocratiques. Tous ceux qui s'opposaient hier, dans une sorte de guerre morale permanente, se sont retrouvés unis par un dégoût commun : nous avions tous le sentiment d'avoir été dupés par le couple politique qui nous avait gouvernés ces trois dernières années. Le duo en question, de la Présidente et du Général, formait maintenant un trio, avec le riche et puissant Vicktor Pokanowski.

D'autres nouvelles ont circulé : la Présidente prenait des bains le soir et changeait de vêtements tous les jours, et le Général utilisait plus de trois serviettes de papier pour se laver les mains ! Autant d'habitudes banales autrefois sur lesquelles les Français avaient dû tirer un trait depuis longtemps. Les bienfaits de ces nouveaux comportements n'étaient plus à démontrer. C'était le cumul de ces petits gestes qui avait permis à la France de prendre la tête de la course au développement économique décarboné, le nouveau modèle en vogue dans les universités. Découvrir que nos dirigeants négligeaient ces pratiques nous a rappelé le fameux « Qu'ils mangent de la brioche » de Marie-Antoinette devant son peuple affamé. Qu'importe que cette réplique ait été inventée par Jean-Jacques Rousseau. La vérité était là. Elle s'était moquée des Français. Et les Français supportent rarement longtemps d'être bernés par leurs dirigeants. La fuite du couple présidentiel, arrêté à l'aéroport du Bourget alors qu'il s'apprêtait à s'envoler vers la Russie, a achevé de les décrédibiliser. *Le Monde*, *Libération*, *Le Point*, *L'Express*, *L'Obs* et *Paris Match*, dont les parutions avaient été suspendues, sont réapparus dans les boulangeries et dans les bras de vendeurs à la criée, avec de grands articles relatant la fuite de Varenne 2.0 de l'exécutif. À nouveau, la Présidente et le Général étaient comparés à Louis XVI et Marie-Antoinette.

Une autre nouvelle est tombée comme un couperet : la start-up DeepRecycling était une pyramide de Ponzi. L'enfouissement des déchets radioactifs dans le cœur du magma terrestre n'était à ce stade… que du vent.

Une semaine plus tard, le Congrès s'est réuni à Versailles et a voté, à la majorité des quatre cinquièmes de deux chambres, celles du Sénat et de l'Assemblée nationale, l'instauration d'une nouvelle Assemblée constituante afin de rétablir les grands principes du régime de la Ve République. Le Congrès avait tout de même ajouté une obligation qui devrait guider cette nouvelle Constitution : la présence dans tous les domaines de la notion d'écologie. De nouvelles élections présidentielles seraient organisées, avec les anciens partis et quelques nouvelles formations. La liberté était de retour.

La disparition du régime d'exception s'est accompagnée de la mise à pied des agents de l'AIR et de la création d'une commission d'enquête. Celle-ci a découvert les abus auxquels se livrait la cellule de l'AIR, sous l'autorité directe du général Henri de Marchand. Des milliers d'innocents avaient été arbitrairement placés dans des camps dits verts, dans lesquels ils étaient supposés participer au réaménagement de zones vertes : défrichage, ramassage d'ordures, manipulation de déchets radioactifs et des dizaines d'autres tâches dégradantes et dangereuses sans aucun effet sur la décarbonisation de la planète. Le récit des hommes et des femmes revenus de ces camps était bouleversant. Les enquêtes en cours ont été suspendues, et les noms des personnes abusivement poursuivies ont été publiés.

Le nom de Christian Blanchard, mon ancien patron, faisait partie de la liste des martyrs de cette triste époque. Il n'avait pas survécu aux dures conditions des camps d'éveil à l'écologie. Certes, sa culpabilité était avérée, mais sa tête n'avait-elle pas roulé à la place d'autres responsables ? Je repense parfois à lui avec émotion : Casque d'argent, comme nous le surnommions alors, avait malgré tout été un patron bienveillant grâce à qui des centaines de familles avaient longtemps vécu dans l'insouciance matérielle. Bien sûr, ce confort d'une minorité avait eu un coût exorbitant pour la planète. Et bien sûr aussi, le système était vicié, et il est incontestablement bon qu'il ait pu changer. C'était nécessaire. En cela le régime de la Présidente avait été efficace. Mais il avait aussi été redoutable. Et, surtout, impitoyable.

J'ai pour ma part eu le plaisir de recevoir, accroché à la patte de Bibi, la confirmation que Masha était allée chercher à la préfecture de police de Paris : c'était officiel, nous ne faisions plus partie de la liste Carbone. Nous pouvions reprendre nos anciennes identités et rentrer à Paris. Mais en avions-nous envie ?

Je m'étais juré de ne jamais poser de questions

Chasseur, cueilleur et grille-pain

Je vais épargner au lecteur la liste et la description des successeurs de la Présidente tant ils se sont ressemblé. Tout le monde politique était à présent « total green », d'un bout à l'autre de l'échiquier. La sortie de l'état d'urgence et le retour des scrutins électoraux a rétabli l'alternance républicaine, mais les fondamentaux issus de la révolution verte n'ont jamais été remis en question. Ils sont restés inscrits dans la Constitution et ont été considérés comme des acquis universels, au même titre que les droits de l'homme et du citoyen. La nouvelle Constitution avait été gravée sur le tronc déraciné d'un chêne, totem géant qui avait été installé au cœur du Panthéon. Notre République et la nature ne faisaient qu'un. Quelle que soit leur couleur, tous les gouvernements d'après ont poursuivi la politique résolument écologiste initiée par l'idole récusée. Je préciserai simplement, à leur crédit, qu'ils ont eu le mérite de ne plus donner dans les terribles excès du premier régime vert.

La France a continué sa mue tout en retrouvant une certaine sérénité. Je dis certaine car si l'intransigeance de l'esprit vert d'antan s'est assoupli, il n'a pas tout à fait disparu. La société dans laquelle nous vivons ne menace plus la planète, mais nous n'avons jamais retrouvé l'insouciance et l'hédonisme de mon époque. Je ne saurais dire si j'ai été heureux ou frustré de cette entrée dans l'âge mûr de l'humanité. Les deux peut-être, selon les heures, les saisons et mon humeur. Je sais, on ne se refait décidément jamais vraiment.

Je craignais de me confronter à la réalité du nouveau monde. J'étais heureux de fouler pieds nus l'herbe mouillée le matin, avant ma salutation au soleil, et cela me suffisait. Sylvia se plaisait dans sa vie de petite bergère. Notre couple avait trouvé un nouveau souffle. Et les enfants leur équilibre. Alors, après tous ces remous, nous avons préféré nous donner encore un peu de temps avant de prendre une décision : rentrer à Paris ou rester vivre ici. Et, dans cette attente qui n'a finalement jamais cessée, notre vie quotidienne a repris comme avant. Aligot, boulot, dodo.

Du haut de notre montagne, nous avons regardé la tornade verte qui avait failli nous emporter poursuivre sa course à travers les pays et les continents. Heureusement, elle avait perdu de sa force. C'était à présent un doux zéphir. Mais il a peu à peu enveloppé toute la planète de son souffle résolument vert. À cette époque de normalisation de la « vie en vert », selon le slogan d'un ministre dont j'ai oublié le visage et le nom, le monde a commencé à changer. La nouvelle révolution française s'était partout répandue. Même New York était devenue une ville plongée dans le noir total la nuit : Londres, Shanghai, New Delhi, Jakarta… toutes les mégalopoles ont bientôt suivi le mouvement. Black-out électriques, potagers et élevages urbains, bonus-malus impitoyables, nouveaux modes de vie, loisirs écoresponsables : les utopies d'hier sont devenues partout la norme.

Sur l'Aubrac, nous étions loin de ces grandes tendances urbaines. Notre vie tournait autour de toutes petites choses : une nouvelle poule, une naissance dans la bergerie, une bonne récolte ou l'attaque surprise d'insectes jamais vus auparavant qu'il fallait combattre avec d'autres insectes plus féroces. La vie à 100 % bio était pleine de surprises !

Au village, André s'enfermait toutes les fins d'après-midi dans la salle de classe avec Martin, l'instituteur de Sacha. L'école, qui avait déménagé pour s'agrandir, était installée dans une jolie maison de granit gris. Elle avait le charme austère d'une blouse d'instituteur de la IVe République, un doux parfum de *Guerre des boutons*. À travers la petite fenêtre qui donnait sur la rue, on les voyait travailler à la tombée du jour. Souvent à la lueur d'une vieille lampe à huile. Une calculette solaire dans une main et un crayon à papier de l'autre. Dans mes souvenirs, les calculettes sont sans doute les premiers objets du quotidien à avoir intégré de l'énergie solaire.

Sylvia et moi étions très touchés par cet engagement d'un professeur envers un élève certes pas analphabète, loin de là, car doué d'un intarissable appétit pour la littérature, d'une mémoire des citations phénoménales et capable de calculs mentaux compliqués, mais néanmoins arrivé à l'âge adulte sans diplôme ni équivalence validés. Ce genre de carence avait mis toute une génération au ban de la société, privant l'économie de personnalités pleines d'énergie et de bon sens mais dont les profils avaient été systématiquement écartés par les DRH et les algorithmes des moteurs de recherche d'emploi. Avec le bac, on n'avait pas grand-chose. Sans, c'était la casse assurée. André, lui, n'avait même pas le brevet des collèges. Autant dire qu'il était considéré comme un bon à rien. Le nouveau gouvernement avait fait analyser les datas des dernières décennies et en avait déduit que cette ségrégation volontaire et assumée était en partie responsable de l'aveuglement des classes dirigeantes de l'époque, au sein des entreprises, des collectivités, des États et de tous les corps intermédiaires en général.

Le professeur Martin était à la fois un écologiste engagé et un passionné d'histoire, obsédé par les similarités des faits à travers les différentes époques. « L'histoire se répète sans cesse », disait-il souvent. Les yeux rieurs, le cou rentré dans les épaules, les mains enfoncées dans les poches, il n'était toutefois pas très loquace. Sauf quand il avait le sentiment de tenir une audience. Il était alors difficile de l'interrompre.

— Le monde d'avant était trop cloisonné, expliquait-il sans vous quitter des yeux. Privées de sang neuf, de regards extérieurs, d'avis nouveaux, différents, divergents, contradictoires, ces microsociétés élitistes se sont isolées dans une bulle de certitudes, optant d'un seul corps pour une stratégie collective suicidaire. Comment s'en seraient-ils rendu compte ? Ils étaient tous d'accord. Un peu comme les généraux français aveuglés par leur victoire de 1918 n'ont pas su voir venir le danger des nouvelles forces mécaniques hitlériennes, nos dirigeants biberonnés au storytelling des écoles de commerce et des grandes universités internationales avaient une guerre de retard. L'état-major de la Grande Guerre n'a jamais daigné écouter le récit des poilus : de la même façon, nos États ont sacrifié les vies de millions d'innocents sur l'autel de leurs certitudes. Comme les vieux chefs de guerre à rouflaquettes, aux costumes d'opérette et aux bottes bien cirées, les P-DG et ministres ancienne école en costumes cintrés sont restés trop longtemps sans contact avec le terrain. Et une fois de plus, les plus modestes, en l'occurrence les sous-diplômés, ont constitué la chair à canon.

André profitait de l'enthousiasme du professeur Martin pour rattraper le train des études dont il avait sauté en marche pour faire l'école buissonnière. Il avait abandonné les cours à quinze ans pour vivre en Rom, au gré des saisons, des festivals, des fêtes de famille, et souvent de ses amours et amitiés. Il se réjouissait de ces années de bohème, de poésie, mais aussi de formation à la dure vie du voyage, dont le récit évoquait plus l'odyssée d'un peuple élu que le parcours des migrants que j'avais souvent vus à la télévision. Il était fier, nous disait-il, de son peuple et de cette existence vécue sur les routes, à travers le monde, à la rencontre des autres, des cultures et de la nature. Il avait le sentiment d'avoir sondé l'âme des peuples et des pays, disait-il souvent, avec peut-être un peu d'emphase. Mais il avait maintenant « une petite idée derrière la tête ».

Il était émouvant d'apercevoir le soir la silhouette du professeur et de « son vieil élève », comme M. Martin aimait à l'appeler, penchés sur leurs livres et cahiers derrière la vitre embuée de la classe principale surmontée du drapeau tricolore.

Chaque fois que je me suis enquis de leurs progrès, le professeur Martin, plutôt que de me répondre, avait une sorte d'acquiescement complice auquel André, par modestie, se gardait de réagir. Cette illustration de ce que l'Éducation nationale, et plus largement, la France, produisait de meilleur a déclenché chez nous un pincement de cœur patriotique en ces temps où nous ne savions plus quoi penser de notre pays.

Je m'étais juré de ne jamais poser de question à André sur ces séances de travail. Je ne voulais à aucun prix heurter sa dignité de Rom – j'employais encore ce genre de clichés un peu grossiers à l'époque – au milieu de ce que je regardais comme un sublime effort pour s'intégrer. Les petits Français trop gâtés et trop paresseux que nous avions engendrés seraient bien inspirés d'y regarder de plus près.

Pourtant, un soir, André a pris les devants. J'avais préparé un chou farci. C'est peut-être un hasard, mais j'ai pu observer que le chou farci déclenchait de grandes conversations. Sans exception.

— J'ai une chose importante à vous dire. J'ai fait des progrès énormes sur un sujet qui me tient à cœur…

Sylvia et moi nous sommes regardés discrètement, j'ai vu son œil se mouiller. En observant Jeanne, je lui ai trouvé l'air impassible au moment où son amoureux allait nous annoncer qu'il préparait un diplôme.

— C'est décidé, je lance ma start-up. J'ai fait tous les calculs avec Martin. Notre business plan tient la route. D'ailleurs, Martin sera mon associé, il n'en peut plus de s'épuiser comme prof pour gagner si peu. Mon idée est simple. Je veux mettre en contact la main-d'œuvre la plus qualifiée en recyclage et en récupération avec les nouveaux besoins en explosion dans les grandes villes.

Honteux et curieux, j'étais pendu à ses lèvres. Je n'osais pas croiser le regard de Sylvia à qui cela semblait très bien convenir aussi.

— Et vous savez qui sait le mieux distinguer le cuivre, l'aluminium et les autres métaux ? Vous savez qui sait encore réparer un grille-pain ? Les Roms ! On est les spécialistes de ces sujets depuis des siècles. Je peux mobiliser la communauté par le bouche-à-oreille dans la France entière en quarante-huit heures. Ma start-up s'appelle Romcycling. Martin me dit que nous pouvons atteindre les 10 millions de chiffre d'affaires dès la première année. Les pouvoirs publics, les entreprises et les citoyens sont incapables d'affronter les nouvelles normes zéro déchets si rapidement.

Il s'est levé, a mis ses mains sur les épaules de Jeanne dont l'indifférence sereine me semblait soudain plus adaptée.

— Alors, vous en pensez quoi ?

Ce projet me procurait une joie profonde, ma fille était amoureuse d'un génie des affaires, mais cette joie était égratignée par ma culpabilité. Deux mille ans de préjugés de mon peuple sédentaire venaient en quelques secondes de se fracasser sur le discours d'un nomade chasseur-cueilleur. Son peuple n'emportait rien. Tout son art était de bâtir avec ce qu'il avait sous la main. Ne rien perdre, ne rien gâcher, ne rien posséder. La définition de l'économie circulaire. Dix minutes plus tôt je le regardais avec un œil condescendant. Maintenant, c'était lui qui me faisait la leçon, moi le cadre dirigeant d'une entreprise de recyclage de pneus, je n'avais jamais envisagé les choses comme ça. Mais le pire était sans doute qu'en voyant André travailler chaque soir à l'école, nous étions étonnés, comme s'il ne savait pas parfaitement lire, écrire et compter. Nous étions au chaud dans nos certitudes et n'avons même pas pensé à ouvrir les fenêtres, même un peu.

Sylvia s'est alors lancée.

— André, je vais être franche, je n'ai aucune compétence pour juger de la partie financière de ton projet, mais l'idée est juste géniale. Je ne me souviens pas d'avoir entendu un truc si simple et si fort depuis longtemps.

J'ai poursuivi les mots de Sylvia :

— Moi je sais compter, André, et au taux horaire du recyclage à Paris en ce moment, avec des frais de structure quasi nuls, même en déclarant tout le monde, tu viens de trouver une mine d'or, mon bonhomme !

Vingt ans

Gargouilloux, vieux rhum et économie de l'écologie

Je savais que ce jour finirait par arriver. Il paraît que le but de toute éducation est de préparer l'enfant au départ. Le préparer à quitter sa famille. Je trouve ça complètement idiot. C'est une théorie de quinquas égoïstes qui veulent se remettre au golf. En Mongolie, dont les paysages sont jumeaux de ceux de l'Aubrac, les générations restent ensemble. Sous la yourte. C'est beaucoup mieux, merde ! Nous avions fui Paris trois ans plus tôt. Jeanne en avait à peine dix-sept. Nous l'avions arrachée à ses copines et ses chagrins d'amour qu'elle aimait tant pour l'enfermer dans ce paradis à ciel ouvert. Elle avait compris que c'était indispensable, elle avait même fait des efforts pour y croire. Mais son nouveau monde écologique, elle devait le vivre dans la vraie vie, à Paris. Où l'on attend de sa génération qu'elle invente le nouveau monde, pas juste qu'elle traie des brebis. Heureusement, André était entré dans notre existence. Surtout dans la sienne. Il avait deux ans de plus qu'elle, sa vie de Rom lui avait donné une très grande maturité. Il servait d'interprète entre notre fille adolescente et nous. Et elle l'aimait vraiment. Mais elle avait vingt ans et « à vingt ans on ne peut pas vivre dans quelques kilomètres carrés », nous disait-elle de plus en plus souvent.

La démocratie était en train de renaître, et Jeanne allait partir avec André le lendemain. Ils ne pourraient pas habiter notre appartement d'Asnières qui, à l'instar d'autres logements des grandes villes, avait été réquisitionné et transformé en poulailler pour approvisionner en œufs frais les habitants du quartier. Pour les premiers mois, Caroline leur prêtait le joli nid d'amour avec terrasse et potager récupéré à la grisette d'Alain, au cœur du Food District, autrefois Saint-Germain-des-Prés. Le Luxembourg, les jardins de l'Observatoire et le boulevard Raspail avaient été recouverts de serres et de fermes verticales. Elles produisaient une partie significative des besoins des Parisiens en fruits et légumes frais.

Pour le dernier souper de Jeanne dans le giron familial, Sylvia, Sacha et moi avons préparé les plats qu'elle préférait. Gargouillou de légumes de l'Aubrac inspiré par le génie de la région, Michel Bras. Il avait fait de ses balades sur les plateaux l'un des plats les plus célèbres du monde. Des Japonais parcouraient dix mille kilomètres pour venir y goûter ici. Une hérésie quand on y repense aujourd'hui. En plat principal, mon désormais célèbre lapin à la provençale avec de l'aligot pour l'accompagner. En dessert, des pruneaux macérés dans du thé d'Aubrac. Tout devait être parfait. Pourtant, le gargouillou à peine entamé, j'ai eu le malheur d'émettre un doute sur le choix de ses études en économie de l'écologie. Les hostilités ont commencé. Nous avons eu droit à un réquisitoire d'une demi-heure contre Sylvia et moi, représentants, accessibles à sa colère, de notre génération égocentrique.

Mon bébé était devenu une femme. Plus forte et déterminée, capable des mêmes colères que quand nous lui disions d'aller se coucher à trois ans. Son regard me faisait presque peur par moments. Elle n'arrivait pas à comprendre comment notre génération, celle qui pouvait encore changer les choses, avait pu « merder à ce point ». Maintenant il fallait « nettoyer derrière nous », réparer autant que possible les conséquences de notre irresponsabilité. Il y a trente ans, il aurait suffi de peu de choses, un peu plus de bon sens et de frugalité. Les solutions étaient déjà écrites dans les publications scientifiques du début des années 1980. Mais non, nous avions appuyé sur le champignon parce que nous avions bien le droit de « kiffer », ce mot qu'elle tenait pour responsable de toutes ces années de folie. Et à eux, que resterait-il comme marge de manœuvre pour kiffer ? Elle comparait le destin de sa génération, partout en Europe, à celui de mes grands-parents qui avaient dû tout reconstruire sur les ruines de la Seconde Guerre mondiale. Mais comment reconstruire un monde dont on ne veut plus ? C'était l'équation que nous leur avions laissée. Mais elle, elle le savait, elle allait y arriver, et cet épisode sombre de dictature verte avait eu le mérite de nettoyer les écuries d'Augias, de jeter les bases d'une société de haute technologie imitée aujourd'hui par toutes les grandes nations. La violence en moins, comme après la fin des pleins pouvoirs des monarchies au XVIIIe siècle. La France fait une révolution, ses voisins une évolution. Au fond rien ne change.

Nous n'avons pas fini le lapin ni l'aligot. Les reproches de Jeanne nous avaient coupé l'appétit. Il y a eu une petite éclaircie au dessert. Juste après, j'ai sorti un vieux rhum que m'avaient offert mes copains Alex et Jérôme pour mes quarante ans. Je suis allé chercher un de mes havanes que je gardais dans la pièce humide en bas du buron. Je me suis installé devant la cheminée et je l'ai allumé. La dernière image que j'ai de cette soirée est celle d'une grosse volute de fumée à l'odeur délicieusement âcre. Divine pollution.

Carte de la Réserve griffonnée par Samuel Bourget
avant le départ pour l'Aubrac

AIR QUIZZ

Combien de ces douze gestes écologiques simples pratiquez-vous déjà ?

1. Maintenir une température de 19 à 20 °C.
2. Baisser la température à 16 °C la nuit et en cas d'absence.
3. Régler correctement les vannes thermostatiques.
4. Éteindre la chaudière en été ou en cas d'absence prolongée.
5. Dégivrer régulièrement réfrigérateur et congélateur.
6. Laver le linge à basse température.
7. Choisir les programmes « éco » des lave-linge et lave-vaisselle.
8. Éviter d'utiliser le séchoir électrique.
9. Débrancher les appareils électriques et éviter le mode veille.
10. Préférer les douches rapides.
11. Couvrir les casseroles.
12. Nettoyer les éclairages.

Imprimé en Espagne par
Liberdúplex
à Sant Llorenç d'Hortons (Barcelone)
en décembre 2021

POCKET – 92, avenue de France – 75013 Paris

S32026/01